岁月留痕

颜培林／著

吉林人民出版社

图书在版编目（CIP）数据

岁月留痕/颜培林著. -- 长春：吉林人民出版社，2022.2（2024.1重印）

ISBN 978-7-206-18959-3

Ⅰ.①岁… Ⅱ.①颜… Ⅲ.①散文集—中国—当代 Ⅳ.①I267

中国版本图书馆CIP数据核字（2022）第029946号

岁月留痕
SUIYUE LIU HEN

著　　者：颜培林
责任编辑：韩春娇　　　　　　封面设计：王三川
出版发行：吉林人民出版社（长春市人民大街7548号 邮政编码：130022）
咨询电话：0431-85378033
印　　刷：北京一鑫印务有限责任公司
开　　本：787mm×1092mm　　1/16
印　　张：17　　　　　　　　字　　数：260千字
标准书号：ISBN 978-7-206-18959-3
版　　次：2022年10月第1版　　印　　次：2024年1月第2次印刷
定　　价：49.00元

如发现印装质量问题，影响阅读，请与出版社联系调换。

冰雪遮盖着金沙河
（摄于2021年1月）

上海知青和北京知青相聚在新南华大酒店　前排左二作者（摄于2019年9月）

在纪念上山下乡50周年大会上　右二作者（摄于2018年9月）

岁月留痕

相亲相爱一家人　后排左二作者（摄于1993年1月）

一家人欢聚一堂庆祝父亲90寿辰　前排左二作者（摄于2002年12月）

可爱的外孙女琳琳和外孙浩浩（摄于2020年8月）

序

培林在自序中说:"本书取名为'岁月留痕'的真正内涵是:童年的脚步是可爱的,青年的脚步是活泼的,中年的脚步是坚定的,老年的脚步是稳健的。在漫长的岁月中,我们走过的每一条路,跨过的每一条河,越过的每一座山,都留下了深深浅浅的珍贵印迹,值得回味,值得与人分享。"

这很自然地让我想到那个举世闻名的关于"人"的谜语——斯芬克斯之谜。俄狄浦斯的答案是斯芬克斯之谜的表面含义,回答了"人"的动物性的一面,而对人的本质是"一切社会关系的总和"(马克思语),没有具备认识的可能。但是他却在不懈地追索弑王凶手、待案情揭晓之时,用自己的肉眼为代价换得了认清现实的"慧眼",获得了不再受命运摆布的自由。斯芬克斯是什么?是现实的人生。

培林就是从个人的经历和视野,在描摹现实的人生。他说:"一般而言,散文只有写出自己经历过、体验过的事情,才会产生独特的感受和真挚的感情,写出来的作品才能打动读者。"从先贤学习观察生活、思考人生的方法,然后,"感情冲动不达到饱和点的时候不写,写起来便不掩饰自己……真实感情。"

就这样,直面人生,他完成这本散文集,我认为这是一本平民文人札记。他从平民视角、平民兴趣出发,以沪上特色的里弄故事、"北大荒"的知青生活、旅途的所见所闻和身边的细小题材,以学术研讨,文字流变,典籍印证,诗词情怀为途径,展示民俗掌故,地名溯源,平民冷暖，乡土变化。例如"往事钩沉"中的《压岁钱断想》，"节日抒怀"中的《话说端午》《漫谈晒书节》等篇，涉及别人未曾或不屑作文的题材，又能发常人所不能发之见解感受，予人启迪。在"边看边聊"中的《古塔风韵》《竹之赞》《游广富林文化遗址公园》《游郭洞》《又到梅花盛开时》《生活中的幽默》《学会倾听》等篇，或融汇知识于一体，或抒发独特感慨，或笔调清新雅致，或令读者开阔眼界，或颔首会心一笑，或引发悠然遐思。

《最想说的还是知青》这是培林"往事钩沉"一辑第一个题目，对于有知青情结的人，应该最爱看有关"北大荒"知青岁月的回忆。当年的一桩桩小事、趣事、糗事，被作者从遥远的记忆中挖掘呈现，娓娓道来，如数家珍。读来那么生动、鲜活、亲切，有的至今仍令人辛酸，有的使人难以忘怀，心中难免五味杂陈。有过类似经历者，仿佛瞬间回到过往的岁月，重历年轻时光。一桩桩一件件的往事，如春草叶上的露珠，点点滴滴，都辉映着青春的光辉，都一直滋润着曾经那么干渴的心田，而且这种滋润绵延至今，还在点缀着暮年的梦。老年时回忆青春年华的文字，总像夕阳下的风景，江山万物都笼罩着一层橙红色的光辉，尽管依然有着春夏的跳跃、涌动和勃勃生机，但是一股脉脉的温情如同轻缓柔和的音乐在始终伴随。

"不管青春无悔也好，有悔也罢，在这片神圣的土地上，得到了锻炼，收获了爱情，还是值得庆幸的。"对培林的这种感慨我有赞同，也有保留。

我们写下回忆文字，尽管只是留下个人在生活的时代里的真实经历和感受，仅此而已，但仍有其存在的意义。我们必须对自己和时代有清醒而真切的认识，才可能写出真正有意义的作品来。当然人贵直、文贵曲，我们不需要在回忆性散文中，直接评价什么人和事。但是观察的角度、下笔的取舍轻重、文字的温度冷暖，都不可能没有是非判断为基础的倾向和情怀体现。

序

培林是个性情中人，这从他讲述的种种往事中可以看出。不藏拙，不晦丑，行文中常有自嘲，说当年的糗事如同讲他人的段子，比如偷吃西瓜，学嗑葵花子，仰脖喝母鸡刚下的蛋，等等，使你仿佛面对一个浑身通透的玻璃人。在好多人竞相包装自己，竭尽全力给自己的形象挂上各种自我神化美化滤镜的当今，他是一位可贵的另类。

散文的文字宛如戏曲的行头，店铺的门面、菜品的色香形，不可不讲究。叙事状物，精当生动，词句简洁而文，自不待言。另外，吸收生动活泼的民间语言，也是一种使文章增色的办法。培林文中常常可见。例如他引用的生产民谚"寸草铡三刀，无料也上膘""独轮车不用学，全靠屁股扭得活"等等，下里巴人亦可与阳春白雪媲美。

在行文中，培林的书生本色时有体现。比如，在讲述中常常联想起某个中外名人故事、名著细节或名言名句，穿插其中，并常有议论感慨生发，使文章平添了厚度和趣味。此外，解释字词，阐述文意，溯源联想，启发思考，这些语文教师的基本功，也尽显无余。此种功力体现在文章结构上，散文不散，开合自如，正得其宜。

当年我与培林曾在黑龙江的一个团当知青，却不曾谋面。回城多年后有文字交往。未曾想他会命我为他的新散文集写序。自知学识能力不逮，不敢应承。终禁不起他坚持压担子于我肩上，只好勉力为之。深恐有损培林精心之作，一直未敢动笔，在他一再催促之下，今天终于不免心怀履冰之惴惴而交卷。

是为序。

谢远京
2021年10月5日
于北京寓所

自　序

　　散文，是人们熟悉的文章和文学的体裁，它的含义有广义和狭义两种。广义的散文，是指诗歌、小说、戏剧以外的所有具有文学性的文章。除以议论抒情为主的散文外，还包括通讯、报告文学、随笔杂文、回忆录、传记等文体。随着写作学科的发展，许多文体自立门户，散文的范围日益缩小。狭义的散文是指文艺性散文，它是一种以记叙或抒情为主，取材广泛、笔法灵活、篇幅短小、情文并茂的文学样式。

　　散文作为一种文学体裁，有它自身的特点，它题材广泛，表现形式自由，手法丰富多彩，往往围绕一个思想、一种感受，或叙事，或描写，或抒情，或议论，或缘事而议，或触景抒怀，可以放肆手笔，变化多端。散文与每个人的关系都很密切，要懂得大至宇宙人生、小至花鸟虫鱼各个学科领域的知识，都是通过阅读书籍、杂志、报纸上的文章获取的，而且通过阅读这些文章，我们可以得到思想和情操的陶冶，得到美的艺术享受。

　　冰心说："散文最能够表现作家的性格。对读者来说，和自己相似，或者能够引起共鸣的，就更容易欣赏和喜欢。"我之所以喜爱散文，是因为阅读散文使我积淀了喜爱文学的情结。在"文革"期间、"北大荒"务农期间，乃至大学时期所读的许多中外优秀散文名作，至今都铭刻在我的脑海里，难以忘怀。庄子的《逍遥游》，荀子的《劝学》，司马迁的《鸿门宴》，诸葛亮的《出师表》，陶渊明的《桃花源记》，苏轼的《赤壁赋》，泰戈尔的《新月集》，鲁迅的《藤野先生》，朱自清的《背影》，杨朔的《茶花赋》，吴伯箫的《记一辆纺车》，翦伯赞的《内蒙访古》等，都曾滋润了我的学养，陶冶了我的审美情趣，丰富了我的思想。

散文创作历史悠久，佳作如云，在我国文学宝库中，优秀的散文作家卓然林立，写出了无数脍炙人口的篇章。散文创作永远追求着无拘无束地描述自己对社会人生和宇宙万物的深切体验，抒发自己出自内心的真情实感，表露自己充满个性色彩的人格风范，敞开心胸坦诚地跟读者交谈和对话。我的文友吴绍钒在《南溪语林》一书中写道："我之所以喜欢写散文，是喜欢在写散文过程中，能抒发我的真情实感，能寄托我的思想、看法，哪怕一山一水、一草一木、一虫一鸟，我都能因物联想，寄托心志，即景即情，兴会所至。我从写作中感受到了自然之美，人情之美，生命之美。"

我从小生活在城市，有过知青的经历，也有过教书的生涯，为我散文创作提供了丰厚的资源。丰富的生活为我散文创作开拓了广阔的空间，每一片地域，每一个具体所在，都有着自己独特感受的一面，为散文写作提供了不重复的天然优势。在创作中，遵循前辈创作的经验，感情的冲动不达到饱和点的时候不写，写起来便毫不掩饰自己对人、对事，对山水、花鸟、木石的真实感情，并让它尽量地顺着笔尖流露出来。写出自己的人格识见、学养趣味，描摹出亲人、朋友的音容笑貌，等等。近年来，阅读、创作是我生活中不可或缺的内容。回味我写下每一个字时涌上心头的那些人生的感悟，往事之于我的人生之旅，蕴含着那么多意味深长的内容，丝丝缕缕地拼接成了一条我人生亲历的逻辑链条。作为文学爱好者，我没有人生苦短的长吁短叹和"为赋新词"的无病呻吟，而是潜心地观察与记录我的心路历程，去捕捉在时间之流中所发生的人的命运与时代的变化。莫言说得好："当笔下肆意挥洒的心情化为汉字，我将用它记录人生。"我把写作当成一场心灵的修行，一次生命的旅行，且行且吟，且悟且歌。每当我的小文给人带来哪怕是丁点的快乐时，我都会窃喜，乐上一阵子。

自 序

本书取名"岁月留痕"的真正内涵是：童年的脚步是可爱的，青年的脚步是活泼的，中年的脚步是坚定的，老年的脚步是稳健的。在漫长的岁月中，我们走过的每一条路，跨过的每一条河，越过的每一座山，都留下了深深浅浅的珍贵印迹，值得回味，值得与人分享。本书分为四辑：第一辑"往事钩沉"描写了少年时代和知青岁月的人和事，借以抒发自己的真切感受。第二辑"节日抒怀"描述了与家人共度佳节的喜悦之情及传统节日背后蕴藏着的精神财富。第三辑"生肖随想"叙述了每一种生肖都有丰富的传说，并以此形成一种观念阐释系统，成为民间文化中的形象哲学。第四辑"边看边聊"抒发了对祖国大好河山的赞美以及对生活、社会、人生的思考。

2012年退休后，有了更多的时间从事文学创作，有多少个云淡风轻或万籁俱寂的夜晚，不知疲倦地敲打键盘，放飞我的文学梦想。通过几年的努力，2015年创作了第一部散文集《流淌的歌》。紧接着，我马不停蹄、孜孜不倦，不知不觉间，写出的散文竟又能结成一本小集子。我热爱生活，珍爱生命，我有一颗感恩而敏感的心，我需要以文字的方式倾诉和沟通。生命的历程中有许许多多的故事，我愿意用业余时间慢慢讲述给你听。囿于本人学识，无论构思与立意，还是剪裁与提炼，手法与笔调等方面都会有许多不足之处。也许有的篇章读来觉得干涩，品咂无味；有的只能告诉别人一件事情，而引不起任何联想，心领而不能神会。有的看来也具有了某种要素，但没有完成主客观、情与景的较好契合。这都需要在以后的创作中不断探索，不断完善。

风过留声，岁月留痕。我记忆中那些历久而不忘，经常能回味咀嚼，并为之心动的散文，一定取决于作者真诚的态度，也取决于文字中潜藏的深挚情感，还有作者对所描述事物的独特见解。生活是无止境的，读书是无止境的，写作是无止境的。我很庆幸，自从致力于散文写作后，逐渐被一些读者认识和认可。作为一名文学爱好者，一定要勤奋学习，读大量的书籍，从中吸取精华，充实自己。

罗丹说过："艺术家应该用自己的眼睛去看别人见过的东西，在别人司空见惯的东西上能够发现出美来。"要达到这一点，必须多观察，然后才有希望找到最佳角度。歌德说："无论如何要不怕辛苦，充分地观察一切，然后可以描写。"莫泊桑则说："应当久久地注视你所想要表现的东西，发现过去任何人没有看到过和说过的形象和式样。人，总有根据前人思索过的记忆来使用眼睛的习惯，因而一切东西都一定还有未被探索到的地方。区区小事也都包含着未知的部分，把它找出来吧。"对我来说，从写作中获得不少益处，其中最大的收益就是使我对生活富有乐趣，对人生保持乐观。今后我还要让写作陪伴我的人生岁尾，让写作调整我的身心与情绪，让写作记录我晚年的人生旅途。

《岁月留痕》是我退休后完成的第二部散文集，错误和疏漏在所难免，祈请读者批评指正。

颜培林
2021年5月22日
于上海卧书斋

目　录

第一辑　往事钩沉

最想说的还是知青	002
向黑土地敬礼	004
兵团碎忆	007
歌声的回忆	049
年画记忆	052
年历记忆	054
口琴的回忆	056
弄堂情结	058
手帕记忆	061
温馨的老虎灶	063
自行车情结	065
岁月印记	067
最是长相忆	098
压岁钱断想	106
绵绵的思念	108
忆忠良	110
永远的大嫂	112
我心中的一座丰碑	115

第二辑　节日抒怀

话说元旦 … 118
辞旧迎春话春节 … 120
元宵情缘 … 123
绽放的花朵 … 126
植树节怀想 … 128
话说清明节 … 130
五一放歌 … 133
飘扬的红领巾 … 135
话说端午 … 137
教师节断想 … 140
话说中秋 … 142
十月情结 … 145
话说重阳节 … 147
冬至抒怀 … 150
话说腊八节 … 152
漫谈晒书节 … 154
趣谈少数民族的节日 … 157
丰收礼赞 … 160

第三辑　生肖随想

鼠年随想 … 164
牛年随思 … 167
虎年随感 … 170

兔年话兔	173
龙年说龙	176
蛇年言蛇	179
马年论马	181
羊年叙羊	183
猴年谈猴	186
鸡年道鸡	189
狗年述狗	192
猪年议猪	195

第四辑　边看边聊

古塔风韵	198
漫谈面具	201
话说算盘	204
游郭洞	207
放生记	209
竹之赞	211
又到梅花盛开时	213
天一阁情缘	215
走进嘉业堂藏书楼	218
本草园里春光好	221
游山玩水赏楹联	223
长兴果圣山庄游记	226
故乡行	228
韩湘水博园印象	230
吴淞炮台湾湿地森林公园游记	233

游广富林文化遗址公园……………………………………………… 235

再见了，幼儿园…………………………………………………… 238

生活中的幽默……………………………………………………… 240

用照片诉说温暖的故事…………………………………………… 242

学会倾听…………………………………………………………… 245

师生情长…………………………………………………………… 247

相逢是首歌………………………………………………………… 249

后　　记…………………………………………………………… 252

第一辑

往事钩沉

最想说的还是知青

前不久,我与朋友相约聚会。聊起我们这代人的那些事,彼此百感交集,而且说着说着又绕到知青这话题上了。虽然这些朋友大都接近古稀之年,但是各个都神清气爽、谈笑风生。互相问候之后,便天马行空,争先恐后地聊起来。

大家饶有兴趣地聊到我的散文集《流淌的歌》。闫志安说:"写得真实、真切,是真情的流露。"王香兰说:"杨剑秋从北京发来微信,让大家好好读读'蹉跎岁月'这一章节。"我说:"值得回味,值得与人分享。"

从1962年到20世纪70年代末,曾有1700万名以上的城镇知识青年被送往农村,而家居农村、在城镇学校读书毕业后回乡务农的知识青年为数更多。上山下乡是我们这代人独有的特殊经历。是与非、对与错、有悔无悔,现在都不重要了。绝大多数的知青在安享晚年生活里自得其乐。

每一次相聚都是一种期待,大家早早地来到了聚集场所,围坐在一起有说有笑,回忆往昔的苦和累、辛酸与快乐。我想,我们在享受幸福晚年的时候,又怎能忘记故去的战友。他们是(据我所知):汪海淋、徐慧根、杨铁忠、杨金友、王根娣、陈云根、赵爱生、童淑存、颜宪增、任风云、王治平、于宝泉、陈顺春、张春义、尹宝坤、郎立凯、张绪金、刘玉兰、顾金胜、顾万彪。

记得有一次聚会,蔡国平还建议我表演诗朗诵活跃活跃气氛,我没有推诿,有声有色地朗诵了曹操的《龟虽寿》("神龟虽寿,犹有竟时;腾蛇乘雾,终为土灰。老骥伏枥,志在千里;烈士暮年,壮心不已。盈缩之期,不但在天;养怡之福,可得永年。幸甚至哉,歌以咏志")。博得了阵阵掌声。

光阴似箭,岁月如梭,作为一个曾为这片土地流过汗的知青,我为之骄傲，也请大家记住两位最早走进这片土地的大诗人郭小川和将军诗人陈沂的诗句："请问：什么是"北大荒"人？答曰：堂堂正正的中国人。""耕耘下去吧，未来世界的主人！这是一片神奇的土地——人间天上难寻。"

　　写到这里，我想起辛弃疾的那句"廉颇老矣，尚能饭否？"我们如今已渐渐变老，但"北大荒"精神长存。让我们老有所养、老有所依、老有所乐、老有所安，如曹操所言"养怡之福，可得永年"。幸矣哉！知青战友们！

向黑土地敬礼

诗人雅姆说:"如果说生命是神奇的,那么泥土也应该是神奇的,因为任何一个伟大或是渺小的生命都来自泥土。"可以说,这片黑土地,构成了我生命的底色。

我在一首诗中写道:"我从黑土地走来/裤卷上还沾满泥土的芳香/尽管我湮没在城市里四十年/泥土的气息仍然散发它的清香/我多么想再捧一抔黑黝黝的泥土/紧紧地贴在心窝上/温暖我的心房/当重返黑土地的那一刻哟/我紧紧偎依在你的脚下/亲吻着你的胸膛/我呀,迫不及待地捧起一把黑黝黝的泥土/放进我的行李箱/了却了我多年的愿望/我的青春啊/奉献给了这片神奇的黑土地/我的灵魂啊/已深深镶嵌在这片黑土地上/深情的黑土地啊/我无论漂泊有何方/伴随我的是那情思绵绵、一生难忘。"

记得刚到连队不久,就赶上了农忙——夏锄。天不亮就出工,天擦黑才回来。每天要干十几个小时。锄草也是一门技巧活,要将杂草锄掉,多余的苗锄掉,还要将好的苗保留。记得吴连长手把手教我,渐渐地掌握了锄草的技术。我看着连长的手,虽然如树皮一样皱褶苍老,有点变形,手上的青筋如蚯蚓,但握着他那双手时,就像庄稼的汁液传到我的脉管和血液,我想这大概就是泥土的温度吧。清晨,最招人烦的是小咬,它是一种比蚊子小体色发黑的小飞虫。其特点也是它的强项专门找有毛发的地方叮,成群结队,飞时可见黑压压一片。时常刚轰赶完要干活,它又在见缝插针地叮咬,而且它咬的包奇痒无比,常常搅得人心烦意乱。到了中午,更是难熬,火辣辣的太阳,仿佛要把人烤焦似的。虽然艰苦,但是我们终于挺了过来。

1970年的深秋,天气渐渐凉了,有些低洼的地块已经出现了斑驳的青霜或薄冰,草地也变得有些枯黄。远处与地块相邻的低矮山丘上的树木,却被秋霜染得五颜六色，色彩斑斓，一派生气勃勃的景象……秋天是收获的季节，也是最累人的季节。记得在大会上，吴连长向知青们进行了秋收动员，紧接着全排、全班召开临时开会。人人表决心，然后是磨刀霍霍，当然不是向猪羊了。割大豆一般每人两根垄，尤其是一眼望不到尽头的长垄，极其考验人的腰肌强度和生理、心理的承受能力。再说那豆秸、豆荚成熟后十分坚硬，时常是隔着手套把左手几个指头扎得血迹斑斑。更主要的是这一劳作的特点是低头弯腰，一手握一把豆棵，一手挥镰割下。初来乍到的我，割不到一半，就已筋疲力尽了。如果镰刀太钝，就会将豆棵连根拔下，耗费很大气力。割上一阵，就知道什么是"腰酸背痛"了。尽管如此，我还是坚持了下来。

　　冬天，主要的农活是修水利、打石头、伐木、刨粪等。初冬修水库，那是最苦的活儿了，早上出工，天黑才回来。冰天雪地眉毛上都挂满了霜。如果在那荒野上站上五分钟脚指头就像猫咬似的疼。有时一镐下去，打在冻土上，只砸出一个小白点；两镐下去，依然如此；三镐下去，小白点稍微大一些。我的虎口震得生疼，但身上热起来了，感到由里往外冒汗，头上汗气和嘴里的哈气直往外冒。打石头也是一份重体力活，往往要扛着钢钎、铁锹等工具，冒着刺骨寒风到离连队十几里路的金沙河对面的采石场作业。记得采石头要打炮眼，扶钢钎是技术活儿，钢钎事先要淬过火，钢口要软硬适中。打炮眼两个人轮流抡大锤，钢钎要不停地转动，否则钢钎就容易被石头卡住。打一个炮眼一般要用半天时间，炮眼打好以后装上炸药和雷管，然后再插上引信就可以点炮了。点炮前要大声向大家招呼着："点炮了！点炮了！注意隐蔽！"然后大家赶紧找个隐蔽的地方躲起来。几声轰隆隆的响声之后，大块的石头松动了，碎石、沙土崩了一大堆，接着我们清理碎石、沙土。被震松的大块石头要用撬杠撬下来，然后用十八磅的大锤把大石块破成一个人可以抱得动的小块，这些石头就可以装车往连队运送了。打石头主要备第二年开春建房、铺路使用。刨粪就是把堆肥刨开。在夏天时将牲畜的粪便掺上土，堆在一起，冬天时刨成一块一块的，然后装上牛车运到田地里，堆成一堆一堆的，开春种地时用。

　　在"北大荒"的日子里，也有许多乐趣，有一次放假，我和汪海淋、纪克余、向国林、闫志安等知青到金沙河对面的山上去采木耳，在山上转着转着就转到了一片开阔地，眼前冒出了一大片的灌木丛。海淋眼尖，喊道："榛子！榛子！"果然这一大片灌木丛竟是齐胸高的野生榛子树，我兴奋极了，动手就摘。一会儿工夫，采了满满一袋。红日西沉，我们在灌木丛中，在崎岖不平的山路扛着往下走，走不了几步就气喘吁吁，走走歇歇，好不容易才到连队。第二天，把采来的榛子放在太阳下暴晒，然后再用开水浸泡，榛子的外面包裹一层很紧的绿荚壳，就会剥落。当我嗑出第一颗榛仁惊奇地叫了一声"哇！"好饱满耶！只见那榛仁严丝合缝镶在榛壳里，光亮的内皮没有一点儿褶皱（说明非常成熟），虽然是生的但口感香甜，回味无穷。那种成色的榛子我只碰到这一次，往后再也没吃到那样饱满的榛子。

"北大荒"，在我的心里决然不是一个地理名称——她是我的精神支柱，也是融进我生命中充满活力的新鲜血液。我坚信黑土地下面孕育着无限的生机，无论是多么强劲的北风和严寒，她始终默默地等待，等待积雪在春分时节化作春泥。黑土地，天地间永不枯竭的生命大动脉，与我们搏动着同一脉搏，脉搏里倾注真挚、纯洁、厚重的爱。作为知青，虔诚地向黑土地敬礼。

第一辑　往事钩沉

兵团碎忆

一 "天天读"

刚到连队的第二天，连队就把我们——初来乍到的知青们集中起来办学习班，进行屯垦戍边、保卫边疆的教育。

学习班由指导员王治平主持，大概有一个星期。每天吃完早餐，大家就集中在一间简陋的土房里，学《毛泽东选集》，然后让大家谈体会。学习班结束后，我被分配到基建排，"天天读"一直延续着。

在连队"天天读"，即每天早上安排一小时专门学习《毛泽东选集》。不论工作再忙，情况再特殊，"天天读"不可取消。"天天读"读什么，印象中，经常读的是"老三篇"——《为人民服务》《纪念白求恩》《愚公移山》。

记得从基建排调入食堂，负责"天天读"的是食堂班长单永晨，我们一群人，围坐在一起学《毛泽东选集》。单永晨常常请我读报上刊登的重要社论，他就食堂一天的具体事务安排安排。我依稀记得，单永晨在"天天读"时，向大家提出一个十分尖锐的命题。如果连队发生"火情"，或前方发现"敌情"，是坚持继续读呢？还是去"救火"或"跟踪目标"呢？大家议论纷纷，莫衷一是。"天天读"也有例外的时候，但绝不是不读，而是把早上读改成晚上读。记得有一天连部通知基建排知青们收工后在大礼堂前集合，听团部李文学参谋长讲话。我记得他讲的是在学习生产中，要联系实际，用毛主席思想武装头脑，等等。

依稀记得，在煤油灯下读《毛泽东选集》，在宿舍与知青交流。《毛泽东选集》那是知青的"粮食、武器、方向盘"。《毛泽东选集》四卷，曾通读过一遍，至今还记得参照学习辅导材料做过比较详细的笔记，可惜的是笔记已消失在风雨中。有一年连队评比"学习毛主席著作积极分子"，榜上有名，至今还珍藏着连队奖励给我的《毛泽东选集》四卷。

二 "忆苦饭"

有一天从水利工地收工回宿舍路上，关明山对我说："今晚食堂吃'忆苦饭'，连职工家属都要参加。"

约莫快到吃晚饭的时辰，知青和职工家属陆陆续续地走进食堂。依稀记得，大会由吴连长主持。吴连长沉着脸说："吃忆苦饭就是不要忘记旧社会的苦，要勤俭节约，艰苦朴素，要懂得今天的幸福生活来之不易。"话音刚落，不知谁唱起了"天上布满星，月牙儿亮晶晶，生产队里开大会，诉苦把冤申，万恶的旧社会……"然后大家也跟着唱了起来。唱完了，只见坐在第一排一位身材瘦小、满脸皱纹的老太太（吴连长的母亲，不知是谁扶她上台）上台讲如何受地主的剥削压迫，吃不饱穿不暖，还经常遭受地主的打骂……说着说着泣不成声，台下有的人也在抽泣着。此时林雪琴义愤填膺地扯着脖子高喊："不忘阶级苦！牢记血泪仇！翻身不忘共产党！幸福不忘毛主席！"在场的人也跟着她一句句地喊着，震耳的口号声在食堂的上空回荡。

当晚，由连长、指导员直接到食堂监制的"忆苦饭"登场了，食堂的土墙上还挂着"不忘阶级苦，牢记血泪仇"的大幅标语。那"忆苦饭"是用麦麸子、豆腐渣、冻白菜等搅成的糊糊，黑乎乎的，还带有一股刺鼻的酸味。尽管我们已是饥肠辘辘，但面对这玩意儿都心存疑虑，知青谁也不敢轻易动口。连长、指导员为显示"以身作则"，便用大勺盛在搪瓷碗里吃了起来，边吃边做出享受美味的表情。关明山等老职工也端着碗大口大口地吃起来。受其感染，知青们也相继动手。我也从大铁桶里盛了一碗，身边的吕寿林紧皱眉头，汪海淋抻长脖子往下咽，向国林面目扭曲十分难看……我屏住呼吸，一口一口地咽着这生平最难咽的"忆苦饭"。这种饭的确难吃，吃一口就会叫你刻骨铭心。

几十年过去了，吃"忆苦饭"的情景，至今难以忘怀。我虽然不喜欢"忆苦饭"，但"忘记过去就意味着背叛""吃得苦中苦，方知甜中甜"的哲理名言却一直铭记在心。

三　连队的会议

我参加过无数次连队会议。那年代，阶级斗争年年讲、月月讲、天天讲。潮流的不可抗拒，使每个人都随波逐流。但知青的纯真可爱也无时不在，无处不在。

坚持学《毛泽东选集》是当时首要的政治任务，而"天天读"一度被认为是最好的学习方式。

"天天读"主要是自我提高，起到教育别人的效果，连队还采用"讲用会"的形式，也就是请"活学活用毛主席著作"积极分子向全连知青讲自己"学毛选"的心得体会。记得在"讲用会"上谈体会的有陈建国、邵建生、杜文新、沈宝贵、顾金胜等。还记得，每周还要开班会，由班长主持，主要总结一周的工作、学习情况，讨论存在的问题。时间大约半小时。

我是自费订阅上海《文汇报》的（也是知青中唯一订报纸的）。那时。作为连报道员，连部选派我到团政治处宣传科举办的学习班学习过一段时间。记得团政治部主任李楚华为我们讲过课。在学习班里，不是光带两只耳朵去听听就完事了，得发言、得表态。好在我去学习班前，随身带了几份《文汇报》，晚上就在团部招待所撰写稿。说实话，稿子都是从《文汇报》上抄的，其中也吸收了团政治部主任李楚华讲话的精髓。学习班结束后，在全连大会上，还向大家汇报了学习体会。

当年连队会议多，我常常被排里推荐到全连大会上发言，有一次在食堂打饭，遇见闻黎明，他对我说："你发言的水平不错啊。"还记起，1975年盛夏，团部调遣十来个兄弟连队二百多人来我连支援水利建设。有一天晚上，吴连长到宿舍找我，说明天要在水利工地现场开会，让我写稿，我连夜赶写了一篇。至今还依稀记得那篇稿是围绕上山下乡运动的观点来阐述的，还引用了《论语》"是可忍，孰不可忍也"的名句。记得会议由团部某领导主持，各连的知青们都坐在地上（其中2连的陈翠萍、5连的俞民莉是我小学同学也在场）。由于念得流畅，声音洪亮，还得到相识或不相识知青们的赞许。

四　拔河

　　身边有许多不同时期的老照片，唯独没有在"北大荒"代表连队去团部参加拔河比赛的照片，实是憾事。记得参加完比赛后的某一天，我在宋兆福的影集里看到过这张照片，照片上人物清晰，神情专注，展现了赛场上拼搏的动人画面（据宋兆福说，这张照片是张国璋拍的）。

　　拔河在我国有悠久的历史。早在春秋战国时期，就有拔河这项活动，不过在那时不叫拔河，而称为"钩强"或"牵钩"，后演变为荆楚一带民间流行的"施钩之戏"。

　　记忆中，1972年5月，全团要举行一场运动会，其中有拔河这一传统项目。当连长把这一赛事向全连公布时，大家笑逐颜开、兴奋不已。记忆中，这支拔河队共有十人参加，队员有宋兆福、衣忠实、于宝泉、陈顺春、我等人（其他队员记不清了）。

　　为了训练这支拔河队伍，我们不顾一天的辛苦，收工后，队员们在小学校操场训练，富有经验的吴连长在现场指导我们怎么握绳、拉绳。尤其是站姿，他告诉我们，比赛时所有人尽量向后倾斜、半蹲、马步、重心向后压。我们按照吴连长教的方法一遍遍学，一遍遍练，如果哪位队员没有到位，他会走到跟前，亲自示范给他看。

　　记得比赛那一天，我们早早起床了，队员们及啦啦队坐在王志田驾驶的尤特上，向团部进发，一路上欢歌笑语。参加这次运动会的有团直机关、学校、汽车队、粮油站及各生产连队的知青。在当时物质精神极度匮乏的年代，这场运动会，的确给我们知青的业余生活注入了活力。

　　印象中比赛在团部学校的操场上进行，当比赛即将开始，我们精神抖擞地上了阵，摆好架势，两眼注视着对方，双手像铁钳一样紧紧地抓住大麻绳，当裁判员的哨声一响，我们使出吃奶的劲，队员们肌肉紧绷，筋脉凸出，由于大家齐心协力，绳子中间的红带子慢慢向我们这边移动了。我们先后战胜了粮油站、团机关两支拔河队。休息片刻，我们又和汽车修理厂拔河队进行了拉锯战。结果，几个来回，终于败下阵来。但我们在拔河中尝到了快乐的滋味。

拔河比赛，培养了我们坚强的意志和高贵的品德，树立了在艰苦岁月里战胜困难的信心。同时也给知青生活抹上了一道亮色。

五 露天电影

"北大荒"的夜格外漫长，连队也没有什么娱乐活动，有时停电了，没事可做，知青们就早早钻进了被窝。不过有一件事情很值得期待，每隔一段时间，场部的放映队要轮回到各连队放电影。每当听到团部放映队要来的消息，连队就如同过年过节一样的热闹。家属们忙着烧火做饭，闲着无事的孩子则拿着小板凳早早去抢占地盘。

天刚擦黑，开始有人陆陆续续地走出家门，向临时放映地走去。放映地挂起了一块镶着黑边的白色幕布，距离幕布有八九米的空地上，一张桌子端端正正地摆在那里，桌子上放着一部放映机。在放映地，没带板凳的，有的就地取材，随便捡几块砖头，在两边摞起来，再用一块结实一点的长条木板横在中间，几个人挨个坐着。记得，当屏幕上开始出现字幕的时候，吵吵嚷嚷的人群总算安静下来。记得在放映正片之前，总会先放映北京、上海等新闻电影制片厂拍摄的《新闻简报》。

观看露天电影给我们带来了快乐，记忆中观看了《地道战》《闪闪的红星》《南征北战》《列宁在一九一八》《卖花姑娘》《小兵张嘎》《英雄儿女》《春苗》等影片，影片中哪怕一句台词，一个镜头，都会深深印在脑海里。汪海淋对影片中的对白情有独钟，劳作之余，常挂在嘴边："打一枪换个地方""高，实在是高""面包会有的，牛奶也会有的""消灭法西斯，自由属于人民""我胡汉三又回来了"，常常引得大家一阵欢笑。有时放映中由于两盘拷贝没有接好，而产生断片时，大伙儿会静静地等待，有的还会小声议论人物命运的结局。

记得有一次傍晚，董成宽说："四连今晚有露天电影。"我们兴奋不已，晚饭后，成宽、厚明、海淋、克余、国林与我结伴而行。那天晚上，看露天电影的人几乎一个挨着一个。到很晚才散场，散场后，我们有说有笑，摸着黑往连队赶。

如今，足不出户，只要轻轻地拨弄手中的遥控器，上百套节目频道任你挑选，可我还是怀念在连队观看露天电影的往事，它像一坛甘醇尘封的老酒，氤氲在我的记忆里醇香绵长，久久挥之不去……

六 难忘的会餐

转眼快过年了，在这冰雪覆盖、黑暗包裹的漫漫冬夜里，暖暖的灯光依然会顽强地从家家户户那遮蔽得严严实实的窗户里钻出来，流露出浓浓的年味，洋溢着人们心中的喜悦。

依稀记得1971年春节的前几天，连部作出决定，未能探亲的知青，除夕之夜集中到食堂的饭厅参加会餐（食堂兼作会场，食堂是我们基建排知青亲手建造起来的。2006年回连队，食堂已倒塌了）。当听到这一消息时，知青们会心地笑了。为了庆祝第一次在"北大荒"过年，海淋和我还特地到连队小卖部买了两瓶"北大荒"酒。记得那天会餐由吴连长主持，他头戴一顶绿色棉帽，穿着一件黑色羊皮棉袄，面带笑容地在台上即兴发言，音调铿锵，声如洪钟，当听到宣布开饭时，台下响起一片热烈的掌声。顿时，饭厅里那热闹欢乐的场面使我们这些知青暂且把想家的念头抛在了九霄云外。记得同桌的有汪海淋、向国林、纪克余、吕寿林等人。当炊事员杨剑秋、董秀英等人把猪肉炖粉条、素炒土豆丝、凉拌大头菜丝一一端上来时，有的兴奋叫喊着，有的手舞足蹈，此时，海淋早已把酒瓶打开，为大家一一倒酒。不知谁说了一声，干杯，大伙儿高高举起酒杯，庆祝新年的到来。大家看着美味的佳肴，嗅着弥漫饭厅的菜香，让平日里缺油少荤的我们食欲骤增。连长、指导员春风满面地来到桌前举起酒杯向知青敬酒，饭厅里立刻沸腾了，碰杯声、欢笑声交织在一起，像一首动听的交响乐。

邻桌李传杰、宁奎刚、刘青春、郎立凯、董平等人还兴奋地划着拳。划拳声时而高亢，时而低沉，好几个来回，才决出胜负。赢者春风满面，得意扬扬，嘴里不停地说，喝呀喝呀，输者也落落大方，拿起小酒盅一口闷下。印象中，他们猜拳很带劲，声音叫得响亮，尾音也带得好听，一切都表明他们老于此道。还记起划拳时每个人都要做手势，如1.伸出食指；2.伸出食指和中指；3.伸出食指、中指和大拇指；4.伸出除拇指之外的四个手指；5.伸出五个手指；6.伸出食指，中指和无名指；7.食指、中指和小指；8.伸出食指、无名指和小指；9.中指和无名指和小指；10.握拳。划拳的场面往往令人看得出神，久久不愿离去。

不知过了多久，大伙儿才打着饱嗝结束了除夕之夜的会餐。

古诗曰"每逢佳节倍思亲"。我想起了父母在彭浦车站为我送行的场面，想起了童年时光与兄弟姐妹在一起快乐过年的情景……那晚躺在被窝里，辗转反侧，夜不能寐，默默地流泪，真的想家了。不过，那顿连队的会餐至今难以忘怀。

七　宿舍记忆

记忆中，刚到连队，我们住在还散发着一股牛粪气味的简陋屋子里，屋子大约有20米长，有两扇大门朝西开。按每人的褥子70厘米左右计算，通铺约可睡30名知青。熄灯后，大家躺在被窝里，话题总离不开故乡、父母、老师、好友，聊到伤心处，还能听到有人抽泣声，继而竟是号啕大哭……

来到"北大荒"的当年，我们冒着刺骨的寒风，在完达山北麓打石头，挖沙子，为开春建房做准备。第二年，在关明山等老职工的带领下，知青们在连队的新址上建造了几栋宿舍，陆陆续续住上了砖瓦结构的平房，记忆中，每间宿舍可住十来人，收工后，大家到水房打水（热水仅供两勺），回宿舍洗洗擦擦。晚饭后，有的坐在炕上，有的斜躺在被褥上，有说笑话的，有讲故事的，有侃大山的，更多的时候，议论连队各地的女知青的姿色，如果哪位弟兄有了中意的人，我们就趁热打铁地说："弟兄，大胆追吧。"这时，宿舍里就会响起一阵阵爽朗的笑声。

由于建房需要砖块，我们还亲自动手建窑、脱坯、烧砖。不到两年的工夫，连队又建造了两栋知青宿舍（原先十人住的宿舍分配给了老职工）。比原先宽敞了许多，可睡二十来人。

　　每逢休息日，宿舍里的知青各自在忙乎着，或写家信，或看书读报，或洗衣服，或补鞋袜，或下象棋，或打扑克，或拉胡琴，或吹笛子……记忆中，打石头、修水利的活儿不仅辛劳，而且鞋也容易磨损。我曾为汪海淋、闫志安、翟伟光补过雨靴、棉胶鞋。有一次翟伟光的雨靴被镰刀划了一道口子，来到宿舍找我帮忙。我二话没说，从小布袋取出工具（这些工具是我从上海带来的），坐在炕沿儿边，双膝垫上一张旧报纸，把雨靴夹在双腿之间，先用小锉刀把破裂的表面锉出毛头，在雨靴破损的地方和内胎皮上分别涂上胶水，稍干后粘贴上，再用小锉刀的背面木块将补的地方敲紧。一会儿工夫，大功告成。还记起，闫志安拿了一双脚尖儿磨出了窟窿的胶鞋请我帮忙，我取出锥子、剪刀和钉拐子。便飞针走线地修补起来。高滋涛夸奖到："你的手艺可以和修鞋匠媲美。"说得我怪不好意思的。还记得，每天收工之后或星期日，在宿舍里王洪林经常捧着一本有关针灸学之类的书在仔细阅读，有时在自己身上试扎，不断琢磨。有一次，我腰背疼痛，他还为我针灸过，居然效果不错。慢慢地在连队有了一点小名气，找他扎针灸的人也多了起来。

　　那时连队没有什么娱乐活动，有时休息日，知青们以打扑克消磨时光。如顾万彪、孙长发、胡远山、周忠鹤、寿元根、徐慧根、陈金根、蔡国平、洪解平、杨金友等人。印象中，徐慧根洗牌动作麻利，陈金根发牌老练，杨金友出牌迅速，蔡国平记牌精确。顾万彪告诉我，玩牌妙在一张一张地摸起来，永远变化无穷。

　　到了中午，大伙儿从食堂打饭回到宿舍，坐在炕上边吃边聊，好不热闹。李传杰、张春义、宁奎刚、刘青春等人喜欢喝酒，兴奋地在炕上划拳取乐。尤其是李传杰和宁奎刚两人的猜拳，加上手势配合，往往喊得脸红脖子粗，如两军对垒气势颇足，那腔调亦是铿锵有力。我觉得这种酒令也需要很大的智慧才行，手眼脑合一、思维敏捷才是取胜的关键。像愚笨的我，至今不得要领。记得有一次，突然一只啤酒瓶飞向了墙角，砰的一声吓了我一跳，原来是刘青春喝多了。

每逢春节，总有一部分知青回家探亲，有的宿舍没有几个人，显得冷冷清清，有一种落寞凄凉的感觉。宿舍，显示出"原生态"连队生活的气息，真实地展现出"北大荒"知青的生活图景。

每每想起知青生活，昔日的往事一幕幕展现在我眼前，既有酸甜苦辣，更有那忘不掉的情怀。

八　挑水

每逢麦收、秋收，连队总要抽调人员挑水。记忆中，颜宪增、王泉水、石步青、马金雄、张春义、郎立凯曾经挑过，后来，我调入食堂也干过挑水的活儿。挑水其实是强劳力活儿，每天要挑两次到地号（上午一次，下午一次），挑着百十来斤的一担水，从食堂出发，在窄而不平的水渠上面行走（有时一不小心脚被土块硌了一下，水桶里的水就会往外泼洒，不巧的话，人还会从水渠上滚下去。在大田里劳作的知青和老职工就不能及时喝到水了，挑水者只能重返食堂再去盛水），要行走近半个小时才能到达离连队最近的地号。地号里，"东南西北中"都有劳作的身影，每当知青和老职工看见我挑水来了，就会把双手合拢做成喇叭状围在口边大声地向我叫喊，快过来呀，快过来呀。我往往加快脚步。刚放下担子，大家就围了上来，但秩序井然，有的拿着搪瓷碗、有的拿着茶缸，极有耐心地等我用勺舀到他们各自的容器里。印象中，田城凯咕咚咕咚地就下肚了。喝完后，对着我喊，再来一勺。陈顺春喝得有些急，呛了一下，过一会儿只听见他说"呛死我了"之类的话。汪海淋喝到一半后，会鼓起嘴，然后再一点一点喝下去。女知青喝水微微仰着头，露出黑里透红的脖颈，水珠调皮地顺着微扬的嘴角流下，像透明的露珠滑下花蕊，形成一个弧度。等大家喝完了，我继续挑着水向远处的地号走去。还想起，有一次挑水行走在割过的一片大豆地里，由于豆秆没有割到位，露出小半截，扎得脚底生疼，差点摔了一跤。

记得1971年麦收，知青们天蒙蒙亮就下地，在地里弯腰弓背，挥汗如雨地劳作着。在地头吃过午饭，休息了一会儿，大家甩起膀子又干了起来，到了下午3点左右，始终未见挑水者的身影，实在口渴了，话也不想说，嗓子里冒着烟。我就弯下身子撅着屁股趴在水沟里狂喝（尽管水中还漂浮着小的微生物），痛快极了，这种感觉至今依然记忆犹新。王泉水、陈顺春见状，也学着我的样子喝了起来（事后才知道，张春义挑的水在半路上打翻了）。

"北大荒"的经历是我人生最大的财富，凡经历过那个年代的人，都会对那段岁月，有着刻骨铭心的记忆。这种回忆将伴随我一生，今后不论遇到什么困难都不会被难倒。

九　担任统计员

记忆中，连队首任统计员是老崔（农校毕业或农大毕业记不得了）。后来我接替老崔的统计员工作，等我调入食堂后，杨幼伟和蒋顺利相继担任过。

记得某一天午后，关明山告诉我，收工后，去连部一趟，连长找你有事。到了连部，连长正在接电话，示意我坐下。打完了电话，连长用商量的口气说："连队需要一个统计员，让你干，行吗？"我接口道："刚来几个月，对连队的情况一点也不熟，能行吗？"连长拍拍我肩膀说："你们城里人，有文化，只要肯学一定行。"我小声地说："试试吧。"连长露出了灿烂的笑容。接着告诉我，"刚才我接的那个电话是团部生产股打来的，后天团部要举办各连统计员学习班。要准时到团部报到噢。"

在学习班上，我认真听课，记笔记。生怕遗漏了什么。休息之余，还与三连赵惠民和二十四连张延康相互探讨。通过学习，初步掌握了一些统计知识（填表、制表）提高了自己的业务素质和综合技能水平。

连队统计员是一个很重要的工作岗位。统计员的职责是要按农时节气及时、准确地统计、反映和传递连队的农、林、牧、副等各种生产进度的情况，为准确核算出从种子到成品粮食的经营成果提供数据。初担此任，就算经过了短期的专业培训仍感到力不从心，好在老崔是同行中的佼佼者。老崔瘦高个儿，为人热情，知识面广，在他的精心指导下，我很快地就胜任了这一工作。从春耕、夏锄、秋收一直到冬天的兴修水利。每天忙碌在田间地头，特别到了农忙时节，连队实行的是"早起三点半，晚上看不见，地里两顿饭"的作息制度，我不仅能及时地统计生产经营中的有关情况、数据和进度，还能及时向连长提供相关信息。记得有一天，我穿着一双长筒雨靴，扛着一只简易的测量器（像一只大型的圆规，可拉开收起）去测量6号地、7号地面积（6号地、7号地一直延伸到金沙河边）。测量了一上午，总算大功告成，但人累得再也不想动了。一般而言，大面积土地精确测量先分成小块面积逐块测量再加起来。有的时候，土地面积不规则，就比较麻烦，还得划分成一些三角形，再用公式计算出每个衔接三角形的面积，然后相加。平时，我还跑后勤，了解养殖牛、猪等数量，定期上报团部生产股。

那个年代物资短缺，供应困难。连队自谋出路，在离连队几十里外的山丘上自建小煤窑，知青们在煤窑里忘我地劳作着，为连队食堂及职工家属解决了一部分用煤问题。有一次，我坐上王志田驾驶的尤特向山里进发，去了解小煤窑日产量的情况。实地考察后，其实每天产量并不多。由于一时的疏忽，把煤场现存的15吨煤，在填表中多加了一个"0"，向团部生产股汇报。过几天，团部派了两辆解放牌卡车到连队的小煤窑拉煤，结果空车而归，闹了笑话（有一次杨剑秋从煤窑回连队，遇见我笑着说："你以为我们是神仙呀"，说得我难以启齿，羞于表达）。

统计员是连队的"八大员之一"令人羡慕。虽然统计员有时往往一个人在大田里作业，显得很寂寞。但我很快地适应了新的工作环境，并快乐地工作着。

十　独轮车

独轮车俗称"手推车"。在近现代交通运输工具普及之前，是一种轻便的运物、载人工具。由于车子只是凭一只单轮着地，不需要选择路面的宽度，所以它在建筑工地、农地、田埂中有它的用武之地。

《三国志》有"木牛流马，皆出其意"的文字记载，据考，木牛流马也就是独轮车。宋代高承撰《事物纪原》也将造独轮车之功归于诸葛亮。到了明末清初，独轮车还传到欧洲，引起了巨大反响。我第一次见到独轮车，是在《平原游击队》《红日》等影片中，看到抗日游击队员化装进城时推着独轮车。根据地的老百姓们支援前线、运送军粮也是推着独轮车。陈毅元帅曾经说过："淮海战役的胜利是人民用小车推出来的。"

在连队，干过繁重的体力活：如脱坯、挑砖、挖沙、修水利、打石头。一天劳作下来，腰酸膀子疼（尤其是往砖窑里运砖坯，一次挑50块，足足有350斤）。连扯动嘴皮子的力气也没有了。记得1972年5月，团部生产股拨下来一批独轮车，我们排也配备了好几辆。有了独轮车，知青们笑逐颜开，大家围着独轮车议论着，每个人都跃跃欲试。但真正一用，多数人都傻眼了。原来，仅有一个轮子，推着独轮车，很难掌握重心。车上几百斤的货物，即使你力壮如牛、浑身是劲儿，如果没推过独轮车，走不了几步，就会侧翻在地。

印象中，连队推独轮车，推得轻松而稳当的有老职工老吕头、王云鹏、关明山、杨先开，知青中有高滋涛、于宝泉等人。记得有一回，杨先开推着独轮车，轻松自如。事后才知道原来他从小生活在四川农村老家，在父辈的指导下，干过不少农活，推独轮车就是在老家学会的。于是，杨先开成了我们排的"独轮车"教练。他说："推独轮车时，双手提起车把，两眼就要注意了，随时注意车前的道路，尽量选择平道走，避开石块儿等障碍物，遇到沟坎要提前做好减速的准备，同时要用自己的臀部包括腰部左右找平衡，随时保持独轮车的平稳运行。"在他的耐心指点下，通过不断地实践操作，没多久，大家都熟能生巧了。

推独轮车如稍不留心，就会侧翻。有一次，我推着推着，想避开路面的石块，结果失去了平衡翻了车。这时，知青们那善意的哄笑声会在旷野中传得很远、很远。印象中，高滋涛是个好把式。有一次，王金良、李传杰、我往他的车上装砖（等量砖块两边分）。装完后，只见他往手上吐了口唾沫，双手抄起了车把，两眼朝前平视，小腰身一扭一扭地、稳稳当当地把车推走了。很快，卸完砖后，推着独轮车又轻快地回来了。

许多回忆，像风中的一串风铃，轻轻撞击，发出一片细碎而好听的声音。自从有了独轮车，我们运坯、运砖的劳动如虎添翼，工作效率大大提高，累并快乐着。

十一　捉鱼捞鱼

连队不远处有水泡子、鱼塘，它们大小不等，形状各异。水泡子沉稳、纯净。站在水泡子边可摆脚，弯下腰来可洗手。它从不暴涨暴落，也无湍急的水流。鱼塘平静、清纯。农忙时，渴了，掬一捧鱼塘水喝，也怪舒服的。

一晃几十年过去了，仍然忘不了盛夏在鱼塘捉鱼的往事，也忘不了冒着严寒凿冰捞鱼的趣事。连队21号地块与小龙头（二十七连）相连。水渠不远处，有一片鱼塘。有一天收工往连队方向赶，突然发现早上路过这儿，清澈的鱼塘，现在怎么变浅了呢？可能是土堤坝渗水了吧。

看到此景，老职工关明山、刘其安、杨先开等人疾步往鱼塘方向赶，知青王泉水、于宝泉、陈顺春、王金良、高滋涛、李传杰、宁奎刚、汪海淋、我等人，也不甘示弱地向鱼塘方向跑去。在鱼塘里，不知如何捉鱼，只能手脚并用，将水搅浑，鱼便在惊慌中乱逃。由于惊动了鱼儿，有的鱼躲进了鱼塘边的水草里，有的鱼则钻进了塘底的稀泥里。一会儿工夫，只见关明山将在水里挣扎的鱼儿抓住。我仍在稀泥里来回移动，仔细观察，终于发现一条鱼在稀泥的低洼处扑腾，我小心翼翼挪动脚步，眼疾手快地把鱼死死地按住，鱼有天大的本领也只好乖乖地束手就擒了。虽然满身沾满了泥水，弄了一脸的污泥，但心里乐滋滋的。

还记起，在千里冰封、万里雪飘的冬季，北风呼呼地刮着，有一天清晨，我们不惧严寒，扛着工具兴致勃勃地来到了水泡子上。有的手持钢钎，在水泡子上凿冰，有的挥动着铁锤，敲打着冰块，不多时，大家嬉闹着在厚厚的冰层上凿开了直径七八十厘米的冰洞，然后赶紧把冰洞周围的碎冰扒开，往冰洞里放捞鱼的土筐子。为了不让刚刚凿开的冰洞由于寒冷再次封冻起来，王金良用木棍在冰洞里不停地搅动，我牢牢抓住土筐子上面系着的绳子，让土筐子完全沉在冰底下。没多久，战果累累，我迅速提起了土筐子，有的落在冰面上的鱼儿还迸发出强劲的活力，只要有一线生机就要舞、就要跳，三五秒过后，无情的严寒就会把鱼儿固定在冰面上。看到这么多"战利品"，大家脸上露出了得意的笑容。

夕阳西斜，炊烟袅袅，知青宿舍里飘出鱼的香味，那高兴劲就甭提了。知青岁月，捉鱼捞鱼增添了生活乐趣，大家的脸上荡漾着灿烂的笑容。

十二 打石抡锤

20世纪60年代中期，小说"欧阳海之歌"风靡全国。其中描写欧阳海为练抡锤打炮眼把胳膊都练肿的故事，给我留下了深刻的印象。没想到在"北大荒"务农，因为要打石放炮也学会了抡大锤。

记忆中老职工关明山、杨先开是抡大锤的行家里手。十八磅的大锤抡起来像一阵风，不偏不倚地正好砸在钢钎上。在采石场，杨先开向我们介绍了打锤的要领。他让关明山扶钎，只见他左手抓住锤杆末端，右手抓杆上端，用腕劲将锤抡圆，一气打了几十下，人群里发出"啧啧啧"的赞叹声。过了一会儿，我对身边的关明山说："我来试试吧。"他乐呵呵地说："行呀，我扶钎，你抡锤吧。"接着，我往手心上啐了两口唾沫，挥动双臂，抡起大锤朝钢钎砸去，第一锤打在了地上，引来了一阵哄笑，第二锤仅仅砸在了钢钎的边沿，差点砸到老关的手……老关说："没关系，慢慢来。"接着，我又抡起来打了一会儿，累得我气喘吁吁。老关说："你扶钎，我抡锤怎样？"我说行呀。接着老关抡起锤就打，只听叮当叮当，一声接着一声，锤锤都砸在钢钎上，一口气打了几十锤，他才停下手来。在以后的工作中，我经常和关明山、杨先开搭档，替他们掌钎。同时，我也仔细揣摩他们打锤的动作，并向他们请教。有时我还在大块的石头上用粉笔画个小白点，抡起大锤朝小白点砸去。经过反复的操练，终于练就了"抡锤"的本领。

在没有任何机械，只靠大锤和钢钎打炮眼的工作是十分繁重的。每打一锤,"叮当"一声,震得虎口生疼。每打两三锤,扶钎子的要把钢钎转一个角度。每打几十锤,要用"大耳挖勺儿"掏一下碎石屑。更麻烦的是因每个炮眼所处具体地形环境不同,钢钎可能处于肩膀到脚面的任一高度。这就需要我们能在任一高度角度左右开弓抡舞大锤。一开始,锤打偏打空是常事。打了扶钎子的手这种"事故"每个人都出过不止一次两次。

功夫不负有心人。通过不断地打磨,我练就了一身"锤艺",不仅打得稳、打得准、打得狠。如今,眼睛里仍闪亮着光芒,因为那是我遥远青春的记忆。

十三　偷吃西瓜

"北大荒"的盛夏,西瓜开出了一朵朵黄澄澄的小花,像一个个小巧玲珑的田螺。那小花还发出一股淡淡的清香,让人感到十分清爽。等花凋零后,那原本特别小的西瓜便变得越来越大。不久,那又大又圆的西瓜就从枝叶上长出来了,躺在地面上了。阳光把西瓜皮的颜色一点点地变绿。墨绿色的西瓜就成熟了,而浅绿色的则没有熟。没有熟的西瓜皮上的条纹十分杂乱,果肉是白色的,吃起来特别硬。而成熟的西瓜皮上的颜色又深又绿,而且条纹也十分清晰。

连队6号地有一片瓜地,每当西瓜成熟的季节(我们有时挨着6号地干活),趁休息或收工时,王泉水、颜宪增、于宝泉、陈顺春、我等人趁人不备,溜到瓜地,由于手忙脚乱,把瓜秧搞得乱七八糟,瓜地顿时一片狼藉。然后用拳头重重敲开西瓜,狼吞虎咽地吃起来,连瓜子也不吐。记得有一回,吴连长不知怎么知道颜宪增偷吃西瓜一事,在大会上点了名,幸亏他一人承担了(他为人豪爽、敢于承担、讲义气、够朋友是大伙对他的评价)。

有一次休息日,吕寿林约海淋、国林、我等人,偷偷地在瓜地里尽情享受了一番(几个人吃得肚皮一点点鼓起来,滚圆滚圆地也快变成大西瓜了,裤子上的皮带也早就抽掉了)。撑饱了,寿林还壮着胆子拿了好几只西瓜偷偷地放在食堂边的草丛里。晚上,等大伙睡觉了,寿林、海淋、国林、我等人就在食堂外大口大口地吃起来，大家感受到从未有过的幸福。吃完后，各自乐滋滋回到宿舍。在昏暗的灯光下，海淋见我的上衣有西瓜汁印痕，让我赶快换掉，生怕惹出麻烦。

《西游记》描写了唐僧师徒四人去西天取经，途经荒山野地，唐僧派孙悟空去寻找瓜果食品，猪八戒也要同去。两人没走多远，八戒就假装肚子痛，悟空只得独自前去。八戒刚要入睡，忽见前面山崖下有个大西瓜，连忙把它搬到树荫下，切成四块。先把属于自己的一块吃了，但觉得不过瘾，便想了各种借口，相继把属于悟空、沙僧，以致师父的西瓜全吃了。猪八戒虽然贪吃，但毕竟把西瓜"切成四块"，我们呢？进了瓜地，挥拳敲开西瓜（有时敲开的西瓜，尝了一口不甜，就另敲一个，有时还把瓜藤扯断了）。回想起来当年那样做实在太粗野了。

在"北大荒"，"偷吃西瓜"的情景至今历历在目。它是知青生活中的一段小插曲，永生难忘。

十四　葵花子

向日葵，原产南美洲，驯化种由西班牙人于1510年从北美带到欧洲，最初为观赏用。19世纪末，又被从俄国引回北美洲。我国均有栽培。向日葵种子叫葵花子，常炒制之后作为零食食用，味美，也可以榨葵花子油用于食用，油渣可以做饲料。

连队地处完达山北麓，不仅种植水稻、小麦、高粱，还种植向日葵等植物。由于"北大荒"的土地肥沃，日照时间长，向日葵长得像脸盆那么大，葵花子粒大饱满。一到夏天，那黄澄澄的向日葵花，顺着太阳转动，在阳光下发着金光，与旁边绿色的庄稼搭配在一起，构成了一幅田园风光画，令人神往。在收获的季节里，向日葵由绿变黄，花盘外的花瓣也凋谢了。但是花盘里那些数不清的花蕊下面却结出了饱满的果实——葵花子。丰收季节，在玉米地里或菜地里，也会偶尔发现单株的向日葵，知青们路过就随手把它剥下来，一颗颗生吃了，你别说，还真有一股清香味。南宋诗人刘克庄在《葵》中还赞美过它的精神："生长古墙阴，园荒草木深。

可曾沾雨露，不改向阳心"。

记得收割时，先把葵花子盘用镰刀割下来，堆放在一边，再用牛车拉回到麦场去晾晒。而向日葵的秆也是好东西，干了以后既可以当柴烧，也可用来做鸡舍的围栏用。记得有一年，颜宪增等人，偷偷摸摸地在向日葵地里，割下葵花子盘，装了满满一麻袋。事后吴连长知道了，在大会上狠狠地批评了一顿（那年代，葵花子是稀罕物，记得城市春节每户才配售2斤）。

葵花盘晒干后，把葵花子从盘上剥下来，堆在一起，再用木锨把葵花子扬起来，用风吹掉杂质，再装入麻袋，保存起来。葵花子丰收后，连长会分给老职工和知青。但数量有限（记不清了，大概几十斤）。分葵花子的时候，场面可热闹了，老职工拿着麻袋、知青拿着脸盆等各种容器向麦场走去，我拿了一条外裤，把裤腿口用绳子一扎，就往裤腿里装。装满后，往肩上一挎，扛回宿舍去了。

有一回，到杨先开家去玩，见他和闫志安、杨国兴等人正在嗑葵花子。杨先开笑嘻嘻地说："嗑吧。"我坐在炕沿儿边，把葵花子塞进口中，"格"地一咬，然而咬时不得其法，唾液把葵花子的外壳全部浸湿，拿在手里剥的时候，滑来滑去，终于滑落在地上。我空咽一口唾液，再选一粒来咬。这回剥时非常小心，把咬碎了的葵花子陈列在炕桌上，低着头，细细地剥，好像修理钟表的样子。一两分钟之后，好容易剥得了瓜仁的碎片，郑重地塞进口里。连称好吃、好吃。他们也不禁笑了起来。

每次探亲回家，葵花子必带无疑，还作为礼品，赠送给亲朋好友。父母瞅着又大又饱满的葵花子赞不绝口，说从未见过那么大的。除夕之夜，母亲围着围裙，在煤炉边炒葵花子，没多时，一股香味扑鼻而来。全家围坐在一起嗑葵花子，天南海北地闲聊，真是其乐融融。那个年代，嗑葵花子，也算是"北大荒"留给我的一点欢乐吧。

十五　果园

果园坐落在连队的南面，与四连相邻。印象中，果园班长张庚新（山东支边青年，为人诚恳，聪明好学，多才多艺）。印象中，先后在果园工作过的有杨幼伟、顾万彪、张金娣、刘玉兰、宋德明、何参军等人。

刚到连队时，听说有果园，知青们听了都非常兴奋，在我的脑海里，浮现出一幅幅美妙的画面：一群少男少女，在结满果实的绿荫下，欢歌笑语，男生摘果，女生装筐，好一派愉快而又忙碌的劳动景象……还想着，如果能把我分到果园，果园里的果随便吃，那该多好啊。事实上，我后来分配到基建排，只有个别人去了果园。

春天苹果树贪婪地吮吸着甘露，伸展着嫩绿的枝条，在雨雾中欢笑着。暮春后，苹果树就开出了粉白色的小花，这些可爱的花，远远看去好似一片片小雪花。花落后，苹果树上结满了青色的、枣核般大小的小苹果。夏末秋初时，苹果树已是硕果累累。走进苹果园，每一株都被打扮得或伸展，或乖巧，或浪漫，枝条散开很有朝气，向着天空展示着自己的装扮。不知名的鸟儿，在枝丫间顾盼，果园里的人们在辛勤地忙碌着。

记得秋后的一天早上，吴连长带领我们去果园采摘苹果。吴连长慷慨地说："果园的苹果可以随便吃，但不能带出果园。"来到果园，只见张庚新等人正在忙乎呢！我们走到张庚新面前，他笑嘻嘻地说："你们采摘过苹果吗？"我接口道："没采摘过。"张庚新边示范边说："采摘苹果，要捏住苹果把儿，这样一拽就下来了。"听完他的详细讲解，然后大家分头采摘。海淋和我找了一棵苹果树，采摘了起来。连队的苹果树长得不高，容易采摘。有的结得稍高够不到的苹果，我就踮起脚尖，捏住苹果的把儿，将苹果摘下。熟透的苹果不仅模样可爱，而且还散发出诱人的香味，使我们心旷神怡、垂涎欲滴。我俩还没摘几个，就迫不及待拿着苹果（海淋用手擦了擦，我在衣服上蹭了蹭）大口大口地吃起来。此时，我环顾四周，许多人啃着苹果，身边还能听到吃苹果的声音。这是我们到连队第一次公开、免费的果品招待（这天边摘边吃，边吃边摘，估计吃了有五十来个，晚饭也吃不下了，第二天午饭前肚子还是胀胀的）。其实，采摘苹果，也是挺累的活儿，一天劳作下来，脚发麻腿抽筋，整个身子像树桩子一样。手臂、脖子也酸疼得难受。

劳作是艰辛的，生活是美好的。我爱连队的那片果园，因为它充满了勃勃生机。更爱果园里劳作的人们，用青春的汗水浇灌这片神奇的黑土地。

十六　猪号班

　　猪号班坐落在连队的老点，作为连队的统计员，为了统计猪月存栏，每月总要例行公事去猪号。

　　印象中先后在猪号工作过的有林兴发、张伟、刘勇、周忠鹤、徐慧根、田恩江、刘秀珍、沈宝贵、蒋宏杰、寿元根、葛秀梅、张玉善、沈梅娟、何参军、潘慧兰等人。

　　记忆中，猪舍饲料间，有一个大锅台，两口大锅立在屋中央，锅两旁一左一右两口大缸。屋旁还有一台粉碎机。每个畜栏里总有五六头猪，猪圈还铺了一些稻草。有的猪在圈里溜达，有的悠闲地躺着，见人来了还会发出哼哼的声音。春夏猪群被放牧在草甸上，秋季放牧在收获过的麦田、豆地里。在冰天雪地的季节，不能放牧，猪猡只能待在猪舍里，晚上猪猡都挤在猪圈避风的一角，相互取暖。

　　猪号班首任班长林兴发，四川人（何时来"北大荒"不清楚），四十多岁，个头不高，为人善良，性情温顺，埋头苦干，从不张扬。在老林的带领下，有的放猪、有的准备猪食（剁菜、切豆饼，烧时先往大锅里倒水，再倒豆饼、苞米以及剁碎的菜叶子），有的清理猪圈（把猪粪和潮湿的麦秸，清理出来，然后放上一些新鲜的稻草）。有一次，为了统计猪月存栏来到了猪号，只听见老林那"唠唠唠……唠唠唠……"时高时低、悠扬顿挫的吆喝声。我走近一看，一大群白色、黑色、黑白相间花色的大肥猪，在冒着热气的大槽子里争先恐后大口大口地抢着吃食儿，甚至有的猪儿踏进食槽里拼命地吃，发出呱嗒呱嗒的响声。至今老林喂猪的吆喝声还在脑海回荡。后来，山东支边青年张伟接替了老林的工作。张伟个儿不高，胖乎乎的。是个闲不住的人，稍一有空就带着猪倌们锯木头、劈柈子、铡豆饼、粉碎饲料，总有使不完的劲儿。沈梅娟，身材苗条，肤色白皙。挑水、放猪等活儿样样拿手。葛秀梅，小巧玲珑，见人爱笑，烧猪食、割猪草驾轻就熟。寿元根话不多，有时猪圈坏了，就地取材把猪圈修好。兽医张玉善，真诚朴实，少言寡语。通过培训，掌握了饲料配制、繁殖技术、饲养管理、疫病诊断等相关技术，往往能独当一面。每当母猪产崽时（无论白天还是半夜），他总是第一时间给母猪接产。有一次，与他闲聊，他告诉我，仔猪刚生下时，浑身湿漉漉的，沾满了血和黏液，得赶快用草将其擦干（打上耳号，有的还要剪断乳牙，生怕小猪吃奶时咬痛母猪），然后放在母猪肚子旁让其吃奶。尤其是冬天，如果处理不及时，仔猪就会被冻死。在较长的一段时间里，还要经常派人值班看护，防止仔猪被踩死压死。印象中值夜班几乎都是他，不为名不为利，兢兢业业地工作着。

光阴如烟，连队的一草一木依然清晰。我遥望连队，更思念曾经的猪倌们。

十七　养鸡场

离连队原先的旧食堂不远处，有一排用柞木、杨木搭起的简易木棚，大约一米高，院子周围还用竹子、木条围了一圈。这就是连队的鸡舍。

印象中，在鸡舍工作过的有任凤云、徐慧根、徐顺妹、赵朝安等人。记得有一次，我们在鸡舍附近干活，我怀着好奇心走进鸡舍，突然，一群鸡兴奋起来了，也许是看到陌生人了，也许是对我表示欢迎，拍打着翅膀咯咯地叫个不停。此时，我发现有一只母鸡慢腾腾地走进鸡窝，用尖尖的嘴把草扒平，安静地伏了下去。我正奇怪，只见母鸡的翅膀架起来了，脖子抻得长长的，冠子也涨得通红。它睁大眼睛，两腿半蹲，整个身子前高后低，原来叉开的翅膀也夹紧了，看上去很吃力。就在这一眨眼间，母鸡后半身往下一坠，一个滚圆的鸡蛋就落在了鸡窝里了。这时，我忙跑过去，捡起带有余温的鸡蛋，往木头上轻轻一磕，仰起脖子，张开大嘴，双手掰开鸡蛋，蛋清蛋黄直往嘴里流。王泉水见了，冲着我笑，味道怎样，我得意扬扬地说："鲜美极了。"只见他疾步走进鸡舍，在另外一个草丛觅了一只，学着我的样子吃了下去（当时认为吃鸡刚下的蛋，营养价值高，其实，从食品卫生的角度讲，是不科学的）。

有一次，去养鸡场的路上，遇到徐顺妹，她告诉我："每天早晨来到鸡舍，清理鸡粪，然后挑起两个装满鸡粪的土篮子，担出鸡舍外，清扫完毕，在地面撒上一层白灰，卫生就打扫完了。"喂鸡我也见过，有一次，路过鸡舍，见赵朝安精心地在调饲料，动作麻利（饲料里面有麸子谷子骨粉等），调好后倒在槽子里，一群鸡低着头翘着尾巴不停地在享受美食。我主动地上前与赵朝安攀谈，他告诉我，夏季剁鸡食还过得去，三九天剁鸡食老费劲了，白菜冻得梆梆硬，剁鸡食时间一长，手几乎都抬不起来了。到家后，再也不愿动手洗菜做饭了。

记忆中，有时也能在食堂吃到青椒炒鸡蛋或西红柿炒鸡蛋，那全是养鸡人的功劳。在连队吃鸡蛋的往事（在当年，鸡蛋是凭票供应的主要副食品之一），如昨日般那么清晰。"北大荒"有说不完的故事，回头望，有我的青春在回荡。

十八 食堂

刚到连队，我们新来的上海知青落脚在老点（老点大约建造于1960年）。食堂坐落在老点的中央，东面是知青宿舍和牛号，南面有菜园、果园，西面有一口井，北面是猪号。食堂的大门朝西，是一座外观陈旧，墙体剥落的矮平房。食堂内部也显得十分简陋，饭厅面积不大，呈长方形，没有餐桌，只有几只孤零零的长条板凳。饭厅内的南面还用木板搭起了简易的隔层，给知青摆放木箱等杂物。夏天，知青们从食堂打完饭菜，有的蹲在食堂外的井边、有的坐在原木上边吃边聊。有一天午后，据说苏联基洛夫斯基发生地震，波及黑龙江东南地区，食堂轰然坍塌，一片狼藉，幸亏没有人员伤亡。但食堂的锅碗瓢盆及隔层上的木箱及杂物被埋在废墟里。记得张长江、衣忠实等人还为损坏的木箱进行过细心修理。

食堂未坍塌前，连队在新点已盖起了新食堂。印象中，红砖青瓦，高大宽敞。食堂的大门朝西，大门旁连着饭厅还有一间小屋，这间小屋作为连报到组专用。食堂厨房共有三扇门，一扇朝东，一扇朝南，一扇朝西（在饭厅内）。堂内还有二十来条长凳整齐地排列着，正前方还建了一个见方不大的舞台，这在当时可以说非常气派了。

印象中，先后在食堂工作过的有刘其安、单永晨、张伟、王德明、杨先菊、张盛友、杨剑秋、谭广荣、逯巧荣、刘淑珍、李秀玲、孟繁珍、董秀英、向喜萍、唐万生、王静华等人。司务长原先是刘其安，后由张盛友接任。

1971年秋天，连队食堂人手不够（连队有近200号知青在食堂吃饭），吴连长把我从基建排调入食堂工作（主要任务是压水，每天压水需8小时，不仅供食堂用水，而且还要供全连知青的热水）。这个工作虽说是辛苦的，可比起下大田的活来说，还是要好得多，能干上这个工作也算是很幸运的了。

食堂主食有馒头、窝窝头、大碴子粥等。副食有大白菜、卷心菜、土豆、豆腐等。因季节的变化也能吃到一些新鲜的蔬菜。如青椒、西红柿、黄瓜、豆角、茄子、角瓜、倭瓜等，有时年节和农忙时节还能杀口猪改善伙食。记得晚上开饭时，我总能听到知青们敲着饭盒来打饭。如有的知青生病了（凭连卫生室开的病假条），食堂还会安排专人做病号饭，即擀面条，煮好后送到宿舍去。记忆中马金雄是吃病号饭最多的一个。

炊事班长单永晨，山东人。印象中，说话慢声轻语、瘦骨嶙峋、眼睛不大、神清气爽、任劳任怨、脚踏实地、技术娴熟、精心传授、关爱知青，把食堂工作搞得虎虎有生气。食堂的技术活儿主要是炒菜、蒸馒头、烧火。虽然我主要工作是压水，有时还得帮忙烧火。初到食堂，对烧火这活儿，一窍不通。有一天下午，单永晨一边给我示范，一边耐心地教我，他和蔼地说："烧火是有窍门的，如果柴火把灶口都塞满了，这就不通风了，怎么烧得起来，应把柴火互相架起来，保证有空隙能通风才行。"后来，经过反复实践，终于学会了烧火。蒸馒头也是技术活。听单永晨介绍：蒸馒头，要蒸好，放碱是一个很重要的步骤。刚上任，我总是掌握不好分寸，经常不是碱放少了馒头发酸，就是碱放多了馒头发黄。为了学会这门技术，平日虚心地向有经验的同行请教。记得有一次值夜班，与董秀英搭档。她耐心地指点我，事先将碱面放在碗里，用热水化开，水不要多（多了就稀释了），也不能少（少了蒸出来的馒头会发酸），然后再将碱水倒进发面里面揉。经过不断地探索，也掌握了做馒头的本领。

其实，食堂工作并不轻松，起早贪黑。就拿切菜来说吧，为了把菜切得细一点，我的左手食指多次被切伤。冬天洗菜双手浸在冰凉的水里，冻得又红又肿，手背上的裂口一道一道的，真疼啊。睡前用蛤蜊油擦擦感觉好多了，可是第二天一干活，手一沾水又不行了。有时机务排（耕地）和基建排（拉石拉沙）夜间作业，还得加班做饭。农忙还得挑着担送饭到地头。有一次，翟伟光对我说："每当看到你晃动的身影，挑着担向我们走来，我立刻放下镐头，静静地等着，因为肚子咕咕叫了。"在寒冬腊月，冰天雪地的水利工地上，能吃上食堂送来的还带有余温的饭菜，大家心里还是暖洋洋的。

记得有一年秋天，李建整在麦场附近逮住了一只狍子（狍子在麦场附近一瘸一瘸地走着，估计被猎人击中了腿部）。于是当天晚上，连队食堂飘出了炖狍子的香味，那是我第一次吃狍子肉，鲜美无比。

2006年7月，与连队的知青结伴重返第二故乡，站在连队的大路望去，当年连队的食堂已夷为平地，如今变成了伸向远方的稻田。我左顾右盼地竭力想寻找当年留下的痕迹，奈何夏日的凉风从身边拂过，时光老人已悄然远去。

每当回忆食堂的往事，真是感慨万千，因为那是知青岁月中一段真实的记录。

十九　小卖部

连队的小卖部坐落在新点家属区最后一排（最北面的一间平房里）。门朝西，面积大约20平方米。推开吱扭作响的陈旧木门，有一个长长的柜子，靠东面墙角整齐摆放了几麻袋的玉米、大豆等杂粮。靠北墙有一只装食油的大铁桶。靠南墙的货架上（上下两层）摆放着烟酒、肥皂、毛巾、信纸等日常用品。

先后在小卖部工作过的有蔡玉华、徐爱宝。蔡玉华：中等个儿，扎两个小辫，面色红润，朴实大方，态度温和，让人感到温馨舒畅。听小蔡介绍：1969年6月连队才有小卖部。小卖部设在老点连部的旁边（我记不清了）。常规进货由老职工白福山赶着牛车和我一起去团部把货物拉回来。如果连队尤特明天到团部办事，尤特驾驶员康焕章、王志田、肖正飞就会当夜告诉我，我就会盘算着还需要进点什么货。

有一次去小卖部买东西，看见小蔡正在给董存贵的爱人称糖果（那时没有电子秤等）。瞥见货架上有玻璃瓶装的水果罐头。罐头在那个年代是奢侈品，一般人买不起，想吃舍不得买（有一次，陈顺春与田城凯不知为什么干了一仗，后来陈顺春到小卖部买了两瓶水果罐头送给了田城凯，以示道歉）。还有不知什么食品厂生产的饼干，黑不溜秋的、硬邦邦的。即使这种饼干，也很快会被卖光了。曾记得，有一年小卖部还进了许多半红半黄的沙果，我一下买了大半袋子，足足有几十斤。还想起有一年中秋节，我和海淋去小卖部买了两块月饼，月饼非常硬，口感极差，还不如我母亲做的糖饼好吃。海淋边吃边说："硬得如砖块，可以砸死人。"还记起，有一年在连队过春节，小卖部门庭若市，知青们倾尽囊中所有，纷纷购买食物过年。"北大荒"白酒、哈尔滨香烟，连糖果糕点也都成了抢手货。好不容易买来了冬季难得一见的柿子，里外冻得像石头般坚硬，怎么啃都啃不动，我就在火炉上烤，烤化后，弄得一塌糊涂难以食用。后来与副连长黄庆祥谈天说地时，才得知需用冷水浸泡多时，等表面渗出一层冰壳去掉后才能食用，感觉味道不比新鲜的差多少。由于工作变动，小蔡调入了科研班，后由徐爱宝接替。徐爱宝：身材匀称，英姿飒爽，爱说爱笑，待人热情。记得有一次，去小卖部购物，王志田驾驶的尤特停在小卖部门前。只见徐爱宝在忙着卸货，我也上前助了一臂之力。

重返黑土地，行走在连队的大道上。道路两旁，参天的大树在阳光的照耀下显得一片葱绿。原来的小卖部早已荡然无存，我却惊喜地发现道路的左侧有一爿小卖部，仿佛又把我带到了那段刻骨铭心的岁月。小卖部，难忘的小卖部，永远荡漾在我的心中。

二十　卫生所

　　我连的卫生所原先坐落在老点西面的一间破旧草房里，大约20平方米。门朝东，而且木门上还有几条裂纹。有一扇窗，也朝东。那时连队的医疗条件很差。印象中，卫生所内有一个白色柜子，作为药柜使用，里面有几个玻璃瓶子，装着一些常用药。再有就是消毒用的酒精、碘酒，以及紫药水、红药水等简单的外用药。卫生员是傅桂香。面色黝黑，眉宇间透露着一股和善之气，给人一种容易亲近的感觉。平日里走家串户。有时到知青宿舍走一走，转一转，看看是否有吃药或打针的。农忙时节，总见她背个医药箱来到地头，和大伙一块锄草、割麦。随时为劳动中不小心割破了手或是中了暑的知青送去一份关爱。记得有一次，机务排的马云龙喉咙里有一口痰吐不出来，她主动采取了口对口人工急救措施，被大家称为白求恩式的好医生。当年我还写了一首诗加以赞扬："药箱伴着泥土香，全连上下齐夸奖，小傅大夫多奇志，不爱红装爱药箱。"

　　自傅桂香离开连队后，卫生员的工作由姜玉琴接替。原先的卫生所也搬到了新点。记忆中，新点的卫生所位于家属区的第一排第二间屋子。比原先宽敞明亮多了。姜玉琴毕业于哈尔滨医科大学，随丈夫赵朝安一起来到我连。印象中，个儿不高，扎两个长辫，肤如凝脂，手若柔荑。为人平和，服务热情。平时里，有的知青头疼脑热、胃疼拉稀的，她会按照病情的轻重，往一个白色的小口袋里装上几片药，并且不厌其烦地告诉你"服药须知"。还别说，那个年代的小药片尽管价钱十分低廉，但是在疗效上特别管用。记得有一次，我上吐下泻，甚至不能起炕，张春义搀扶我到卫生所。见我来了，放下正在阅读的一本厚厚医学临床手册，让我坐下，为我搭脉，耐心地询问我的病情。通过几天的治疗，终于恢复了健康（并且还为我开了病号饭，那时能吃上一碗热乎乎的面条，可高兴了，病也会马上好起来）。还记得，有一天我从水利工地收工回宿舍，路过卫生所，还向她讨了一个药瓶做煤油灯用。有时我还看到她背着药箱走家串户，把关爱送到职工心坎上。她为病人着想，为病人所急的良好医德，得到了知青们的夸奖。

小小卫生所，给我们的生活带来了便捷（免得小毛病长途跋涉去团部医院求医配药）。傅桂香、姜玉琴两位大夫对工作高度负责和热心为大家服务的精神，永远值得我学习。遥望北国，我默默地祝福她俩：老有所养、老有所乐，老有所学、老有所为，幸福安康。

二十一　小学校

连队学校的创办，首任校长钱爱娟向我介绍过：1969年5月来到连队，当时连队没有学校，有些老职工的孩子就在附近的三连、四连就读。1969年11月左右才开始筹办。吴连长从连队中挑选了三位知青担任教师。袁婉君、李彩云和我。学校坐落在连队老点南边的一间破旧仓库里，黄泥墙，草棚顶。教室里一面墙上，正中贴着一张毛主席像，下方是一块小黑板。没有课桌椅，老职工林兴发等人就地取材，起早摸黑，辛勤劳作，用大树墩当课桌，小树墩当凳子。书包就放在脚边。原来在三连、四连读书的孩子们听说可以回连队念书了。各个欢天喜地。学校还成立了由连长、校长、贫下中农管理学校的机构（林兴发曾是贫管会成员）。

记忆中，在简陋的教室里，孩子们蓬乱的头发、不太干净的衣服、脚上的泥鞋，还有那一支支短小的铅笔、一块块已经拿不住的橡皮和一本本已经没有一丝缝隙的计算本……都在诉说着孩子们的艰辛与不易，可这一切丝毫没有减少孩子们的学习热情。其实，连队的孩子很聪明，有独立的思考能力，特别愿意接受新事物。

李彩云：高中生。教语文、数学和美术。对她没有什么印象。何参军告诉我，她有才气，歌唱得好，教学认真，关爱学生。尤其是素描基本功扎实，手法细腻，题材多取于连队生活劳动的瞬间。何时离开连队不清楚。

袁婉君：高中生。1969年5月来连队。1973年10月入党。个子不高，一头短发，面容白皙清秀，眼睛灵动有神。不仅教语文、数学、政治，还教全校各年级体育课。有一次收工路过小学部操场，看见她正在和学生们踢

第一辑 往事钩沉

足球呢!你别说,袁老师踢足球还真有两下子,有时还会做假动作(踢球前的助跑、支撑脚的选位、踢球腿的摆动、脚触球的部位和踢球的随前动作十分专业)。操场上袁老师那轻盈的身影,与学生们如骏马般自由奔跑的情景历历在目。1974年8月离开连队,调入团直中学任教,1977年11月离开农场,去了广东韶关。先在韶关某棉纺厂当工人、教育干事。后调入市文化局担任局纪委副书记。2001年回沪,曾在知青聚会上遇见她,风采依旧,不减当年。

钱爱娟:初中生。中等个儿,典雅、端庄、大方。风度气韵具有文人学者的清丽。不仅教语文、数学,还为全校各年级上音乐课。吴国徽告诉我,自己唱歌老是跑调,钱老师总是耐心地指点我,有时钱老师在教室里起个头让大家唱学过的歌,自己信步游走在课桌间,目光总是注视着我们。记得1971年秋天,有一栋女知青宿舍着火了,浓浓的黑烟卷着火焰蹿出房顶,正向四处蔓延。听到救火的呼喊。大家从四面八方向出事地点跑去。我赶到时,那里已经聚集了许多人,钱爱娟也亲自带领学生们,加入了救火的行列。记忆中,她还担任过连宣传队队长。宣传队搞得轰轰烈烈,有声有色。在团部有一定的知名度。

何参军:初中生。面色白净,聪颖精干、目光沉着笃定,有一种穿透人心的力量。开过拖拉机,养过猪,管理过果园,到学校后,担任小学一、二年级的语文、数学等课程。听栾魁林说:"何老师读课文是我们最享受的时刻,发音准确,吐字清晰、声音洪亮,感情充沛,听得让人如痴如醉。这样的课堂怎能忘怀?"

高向华:高中生。1964年来到"北大荒",从别的连队调入我连担任教师。对她没有什么印象。钱爱娟告诉我,她是两个孩子的母亲。性格活泼,为人正直,踏实持重,教书认真、热爱学生。何时离开连队,不得而知。

杨春启:从三连调入我连。中等身材,皮色白皙,有才华、肯钻研。有一次与颜宪增去他宿舍,见他坐在炕上捧读《欧阳修文集》,犹如沉醉在书海的世界里。大概1973年被推荐到伊春林业学校。在读书时还写了一封信给纪克余,纪克余让我看过。记忆中,字迹清秀,文采飞扬,其中引用了"时务者为俊杰"的俗语至今难以忘怀。听说他在某地林业部门担任

要职，离开连队，再也没有相见。

纪克余：初中生。个子不高，聪明过人，好学多思，多才多艺，喜欢文学，凡有习作，与我分享。乒乓球打得好，写得一手漂亮的钢笔字。四角号码查字法还是他教我的。到学校后，担任四、五年级语文、数学课。还教过体育。他告诉我，学生中有老职工张庚新的女儿张红霞、张红艳，关明山的女儿关金花，黄庆祥的儿子黄闽苏，还有李书章（记不清是谁家的），等等。我清楚地记得，在新建学校的外墙上，"使教育与劳动生产相结合"这幅标语，出自纪克余之手（我是看着他一笔一画写上去的）。记得有一年我还看见他带领学生在麦田里烧荒（烧荒就是秋天麦子收完之后，把剩下的麦秆烧掉，然后拖拉机带着犁耙，把烧好的麦地翻一下，这样烧好的麦秆还能做肥料）。拿着长条木棍（棍的顶端做成了一个铁丝弯钩，学生也手持一根类似的长条木棍），在地头把麦秆点燃，再用铁丝钩，钩着烧着了的麦秆，从垄沟的这头向那头走去。有时风大，火苗蹿得老高，有时风向突变，你别说，学生们还真会辨别风向，自我防范能力超强。在麦田里，一会儿跑到东，一会跳到西，犹如猴儿一般灵活，烧荒结束后，大家都被烟熏火烤成了小花脸。

童淑存：初中生。中等身材，皮肤白皙，明眸皓齿。曾任农工班班长，后调入学校，担任三、四年级语文、数学教学工作。精心备课，上课认真。由于各年级的人数不均，三、四年级在同一个教室上课，上完三年级课后，让学生做作业，然后上四年级的课。即使在这样的环境中，学生们的学习基本上互不干扰，学的是那么的专注，那么的认真。后调入团部学校，离开了连队。

杨秀芳：何时来"北大荒"不清楚，个子不高，微胖，性格温婉和顺，沉稳淡定，谦逊不张扬，特有内涵修养。听纪克余说过，她讲课的风格是和风细雨，润物无声，细水长流，如沐春光，让你轻松愉悦。

刘其安：好阅读，有才气。思路清晰，明白易晓。说话有条有理，办事干净利索。有一次，去他家玩，看见炕上还放着一本由游国恩主编的《中国文学史》第二册。何参军对我说："他上课时一边讲解，一边含笑地观察学生的反应。"据说他在语文课上，时而吟诗，时而放歌，深受学生的欢迎。

自钱爱娟被推荐到华东师范大学音乐系读书后,沈宝贵接替了钱爱娟校长的工作。印象中,中等个儿,为人随和,严于律己,说话沉稳。眼睛不大却炯炯有神,眉宇间透着一股刚毅。曾担任过连报道组组长、后勤排副排长、团支部组织委员。曾荣获三师优秀教师。工作踏实,任劳任怨。喜阅读,爱创作。记得我俩劳作之余还常常交流习作的体会。我记得他对我说过的一句话,条件再艰苦,只要用良好的心态去对待,这生活一定是丰富多彩的。从中可以道出他对生活抱有坚定乐观的态度。我还经常看到他走家串户的忙碌身影,深受老职工的尊重。

2006年7月,与蔡国平、张应龙、金厚强、李耀祖、杨铁忠等人重返"北大荒",在连队,我们受到了老职工及"北大荒"第二代的热情欢迎,尽管阔别30多年了,有些人已辨认不出,叫不准名字了,可他们拉着我的手,亲近得仿佛从没离开过似的,争着述说当年在连队的一件件往事,其细节清晰得触手可及,而我微笑着回答"记得,记得"。在重返"北大荒"的日子里,许多老职工子女还急切地向我打听曾经教过他们的老师的情况,我说:"他们很好。"接着他们笑着说:"可想他们了。"如今,老职工的第二代,他们大都在知青当老师的课堂上学习过,现已步入中年,正英姿勃发,成了农场各行各业的中坚力量。

二十二 机务排

连队机务排宿舍坐落在新点靠北的第二排第一间和第二间。记忆中在机务排工作过的老职工:贾全孝、江渭清、林兴发、黄顺财、孙延忠、马春青、刘成贵、杨先开、马云龙、李诗文、李梦彪、王启仁、蔡明生、周显延等。佳木斯知青:王志田。北京知青:张俊岩、康焕章、郝军、杨春启、肖正飞、高滋涛、杨长生、苏来顺、逯巧荣、汪雁西等。哈尔滨知青:宋兆福、韩敬平、张绪金、窦长发、霍金龙、王秀敏、贾桂珍等。上海知青:何参军、王红女、杨金友、季燮鋆、顾忠琪、蔡国平、朱思庆、董成宽、薛厚明等。宁波知青:钟慈德。还有一位大学生韩树斌(辽宁大连人），在机务排搞技术革新工作。

有一次知青聚会，张俊岩对我说："当年开着东方红拖拉机（54匹马力），在大田里播种、收割、翻地、耙地多神气啊，那可是最先进的了。"我笑了笑说："那时我特别想上机务，有一次，吴连长找我谈话，本来安排去机务排的，考虑我近视，就让我担任统计员。"在连队，哪个知青不希望开拖拉机开康拜因啊，机务排是连队最重要的部门，也是知青们最向往的地方，记忆中，能上机务排的人都是在农工排、基建排表现相当突出，领导信得过的。虽说我未能上机务排，但梦见自己驾驶着东方红拖拉机驰骋在"北大荒"的原野上，也梦见拉着满满一爬犁的原木，拖拉机的轰鸣声在林海雪原中回荡。

春播与秋收是机务排工作最忙的季节。机务排人员成天泡在地里，起早贪黑地干着。记忆中食堂的西北面是机务排保养间和农耕机械停放场地。在连队，在机务排工作过的，有的给我留下了深刻的印象。

蔡明生：沉着稳健，技术娴熟。记得有一年春播，我看见他在大田里驾驶着拖拉机来回穿梭。居住在家属区第一排靠北的第一间，老婆皮肤黝黑，短发。记忆中，有一次连队放一部罗马尼亚电影，其中有男女拥抱的镜头，她突然惊呼了起来。吓了我们一跳，好久没有回过神来。

李诗文：个子不高，干净利落。从六连调入我连，康拜因驾驶员。我瞧见他驾驶的康拜因轰鸣着驶过金色麦海。不仅会驾驶，而且能修理，是机务排技术骨干之一。居住在家属区第一排靠南的第一间，老婆身材矮小，待人和气，手疾眼快，干活利索。记得在麦场一起晒麦、灌袋过。

王志田：尤特驾驶员。高高瘦瘦的，嘴有点扁，两排牙齿长得有点小，但笑起来眼睛弯弯的，说话风趣。每年冬天总是坐着他驾驶的尤特上山拉石头、煤和原木。大概1972年结婚，老婆身材高大，面色红润，居住在家属区第二排第二间，左边是老职工刘光全家，右边是老职工董存贵家。

杨金友：中等个儿，性格直爽，待人诚恳，聪明好学。杨金友告诉我，师傅孙延忠，山东支边青年，四十来岁，正直善良，驾驶娴熟。教授机械常识一点都不含糊，比如驾驶的技巧、保养注意事项等，事无巨细地传授，让他受益匪浅。当他独立驾驶拖拉机在大田作业时，那种自豪感油然而生。

顾忠琪：为人正直，好学多思，我俩常常在一起交流习作，后来上了机务排，虚心向师傅学习技术，不久就能独立驾驶了。由于驾驶技术高超，团部曾派他到河南驻马店农村支援当地建设。

逯巧荣：身材匀称，皮肤白嫩，言语不多，内涵丰富。一双明亮的眼睛，忽闪忽闪地透出一股灵气。显得朴实、纯情、大方。到机务排后，努力学习驾驶技术，虚心学习，工作上不怕苦不怕累，很快就成了一名优秀的拖拉机手。

汪雁西：由三连调入我连，据说是高干子女。印象中，个儿中等，黝黑的脸庞，扎两根小辫，眼角有点朝上，总见她穿一套蓝色的工作服来食堂打饭。何时离开连队不清楚。

王秀敏：性格活泼，见人爱笑，微胖，俊秀的脸上有一双美丽的眼睛，干起活来从不落在别人后面。

康焕章：个子不高，皮肤白皙，为人和气，给人一种容易亲近的感觉。曾坐过他驾驶的尤特到团部办事，冬天去打石场拉过石头。

肖正飞：性格外向，活泼开朗，思维敏捷，多才多艺。印象中尤特开得飞快，有一次在采石场运石头回连队，路过水泡子，他把车停下来，把炸药扔进水泡里，顿时水花四溅，一会儿鱼儿就漂在水面上，我们乐不可支，随后用树枝把鱼儿拨到水泡边，十分有趣。

张绪金：个儿不高，待人真诚，聪明好学。喜欢下象棋，闲暇之余，我俩在宿舍对弈，有一次，他用"仙人指路"开局，着法虚虚实实，不好捉摸，中盘时我已被巨蟒缠身，步履艰难，最后我白丢一子，输了。曾坐过他驾驶的尤特到砖场运过砖块，在大田里拉过麦子。

何参军说："平日起早贪黑和男同志一起播种、翻地、耕地、蹚地样样不落后。每天还把拖拉机擦得干干净净，认真保养。"有一次我看见她坐在驾驶室里，将长发掖在蓝色的工作帽里，脖子上扎着白毛巾，青春洋溢的脸上带着微笑，手握操纵杆全神贯注地开着拖拉机，英姿飒爽，令人羡慕。

蔡国平说:"凭着自己勤奋好学,不久就学会了驾驶拖拉机。当我驾驶拖拉机在一望无际的田野上,心里觉得特别美,真想放歌一首《马儿啊,你慢些走》。"

董成宽告诉我,平时不仅阅读相关书籍,而且在实践操作中不断地琢磨,没多久学会了开拖拉机。记得有一年秋耕,天一亮就上班,开着拖拉机拖着三铧犁到麦田里耕地,一直到天黑了才回来。

朱思庆告诉我,每年的冬季,拖拉机启动前先要用炭火烘烤机油底槽,有时还要用喷灯烘烤、疏通柴油管。他总是早早来到了保养间,动手干了起来。

薛厚明告诉我,有时机车坏了,就得爬上爬下修车,弄得浑身油污。

记得有一年,阴雨连绵的天气造成严重的洪涝灾害,机械收获受到严重影响(我见过两台拖拉机一起从泥沼里往外拖康拜因的场景),连长动员全员参战,人工割麦子。泥水里割小麦困难重重,双腿深陷泥水里,每迈一步都要费好大的劲,有人还脱掉鞋子,赤着双脚,在泥水里坚持劳作。

重返连队,当年这种老式的机械再也看不到了,取而代之的是自行、液压、全自动的联合收割机。驾驶室是封闭式的带有空调,坐在里面操作,与外面的炎热和风沙绝缘。灵巧的操纵杆一个指头拨拉得车团团转,工作起来简直是一种享受,过去的一脸尘土一身汗与现在是无法比拟的。

在"北大荒",老职工毫无保留地把技术传授给我们,生活上无微不至地关怀我们。他们那种敬业的奉献精神一直激励着我们。再说,我们经过磨砺所形成的阅历、见识和经验,也是人生宝贵的财富,是弥足珍贵的。

二十三　讨厌的蚊子

姐姐听说我要报名去黑龙江生产建设兵团,给家中来信(姐已在"北大荒"近两年了),特别关照爸爸妈妈,一定要让我备一顶蚊帐。

去"北大荒"的前几天,母亲特意到商店买了一顶白色的蚊帐,到了"北大荒"还真是派上了用场。记得刚到连队,简陋的宿舍住了几十个人，由于居住条件差，宿舍的窗户根本就没有纱窗。夏日的夜晚，只要宿舍的灯光一亮，那成群的蚊子、小咬、瞎蒙便"嗡嗡"前来光顾，要是没有蚊帐遮挡，这一宿就别想睡个安稳觉（不过，即使有了蚊帐，蚊子也是防不胜防，由于我睡相不好，胳膊一不留神靠在蚊帐上，立刻被咬出一片包）。最不能忍受的是半夜上厕所时，成群的蚊子嗡嗡地飞，叮着咬，难受啊！

夏天不用蚊帐根本是不行的。蚊子会在蚊帐外转来转去，寻找洞眼儿。有一次，半夜上厕所，没有把帐门夹好，结果蚊子在帐子里飞来飞去，为了拍打蚊子，折腾了好半天。平时入睡前总要把帐子的边角捏一捏，还经常会捏出血来。血是黑色的，说明它已经在帐子里待了好久了。蚊子虽体形微小，可被叮咬之后能痒上数日，有时抓破皮肤表面，渗出血丝，方能以痛克痒。皮肤上斑斑点点，大多是蚊虫留下的劣迹。吴连长曾经告诉我，1958年来到"北大荒"，野兽成群，沼泽密布，杂草有一人多高。没有住的地方，大家就搭起马架子、地窨子（半地下的住所）。最可怕的是夏天的蚊虫，干活时只能戴着蚊帽，有时只能留张嘴在外边吃饭，蚊虫经常掉到饭碗里。还听参加过修建"二抚"（从二龙山到乌苏里江边的抚远）国防公路任务的战友说："蚊子咬到什么程度？有的知青为了躲避蚊子，爬到树上出恭。因为上面有风，好受些。"

我连是在荒原上新建的连队。有成片的草甸子（湿地），野草一人多高、水泡子多，特别适合蚊子滋生。记得有一年到草甸子打草，我穿着长裤、长袖，头戴蚊帽，只听见耳边的蚊子"嗡嗡"呼啸着飞来飞去。尽管如此，只要有不慎露出皮肤的地方，那被叮得疙瘩摞疙瘩，就像个褶多的肉包子，痒得钻心。有一次，张春义告诉我，他与小阎处于热恋之中，有一天吃完晚饭，在通往老点的小路上谈情说爱，不大会儿工夫，成群的蚊子、小咬在他俩的头上轮番骚扰，让他俩烦躁不安。不得已只能拉着小阎的手向前猛跑一阵，企图甩开讨厌的蚊虫。跑了一段停下来，一会儿头上又是黑压压一片，再跑，再停，再跑……这哪里是花前月下的恋爱呀，简直是五十米间接短跑，让人哭笑不得。

在知青岁月里，我们经受了风和雨的考验。那一段难忘的经历，深深印在我的记忆里。

二十四　洗衣缝被趣谈

　　刚到连队时，第一次洗衣与枕巾还闹出了笑话。记得，那天晴空万里，朝霞满天，阳光把大地镀上了一层金黄色。正是洗晒衣服的好时光。我兴致勃勃地从水房压了满满的一桶水，拎到宿舍门前，倒在木脚盆里，再把脏衣服、脏枕巾浸泡在里面。大约浸泡了半个时辰，撸起袖子借搓衣板搓衣，结果脏衣服上的油渍仍未洗掉。此时，李传杰从宿舍出来，见我洗得好费劲，建议用刷子刷。我说："哪来的刷子？"他转身回到宿舍拿了把刷子给我，我欣慰地笑了。接着，使劲地刷，油渍终于被我洗刷掉了。然后刷枕巾（其实枕巾多以纯棉纱线制成，也有用腈纶线与棉纱线编织的。枕巾不能用刷子刷，只能用手狠揉狠搓）。结果，枕巾被我刷得起毛了。正在晒枕巾时，被林雪琴看见，林雪琴说："你的枕巾怎么洗成这样了？"我接口说："刷子刷的。"她捂着嘴哈哈大笑。往后，有哪位女知青帮男知青洗衣缝被，往往就是初恋的开始。说心里话，好羡慕呀。

　　记得有一年仲夏的晌午，我和汪海淋、高滋涛、王金良、马卫东等人去山上采木耳（上山要蹚过金沙河，河水有深有浅），顺便拿了几件脏衣服到金沙河去洗，那天天气晴朗，阳光洒满了河面，河水泛着粼光，细腻的河沙，穿梭在水中的鱼儿，给人一种心旷神怡的感觉。清澈的河水倒映着我们的身影，河滩上留下一片洗衣欢乐的笑声。不知什么时候，向国林、纪克余、雅树怀也来到了河边，我对向国林说："什么风把你吹来的。"他笑吟吟地说："刚才在河套边的丛林里，采摘野果，途经这儿。"向国林看见我在洗衣服，他快速脱下脏兮兮的外衣扔给我，笑着说，帮我洗一洗吧。其实，在流动的金沙河洗衣服，水质清亮，环境优美，既省力又有趣。到了冬天，洗衣服的次数大大减少了（主要用水不便，加之寒冷）。冰冷的水冻得双手又红又肿，如将洗好的衣服晾在室外，一会儿，衣服就会冻得硬邦邦的。记得有一条外裤穿了半年没洗，裤子膝盖处油光发亮。有一次知青聚会，阎志安还提起了这事，大家听了哈哈大笑。

被子盖久了，需拆洗，洗被子问题还不大，但缝被子却成了难题。在家时，见过母亲拿着那枚细小的钢针在棉布之间穿梭的情景，仅看过而已。记得第一次缝被子就被针扎了好几下，手指也被扎出血了。费了九牛二虎之力，终于在被面上歪歪斜斜地出现了几道缝好的线。这时眼睛也酸了，总算缝完了。有一次，与纪克余聊缝被子一事，他告诉我，缝被子前，先把四个被角叠成斜对角，戴上"顶针"，缝被时针码还不能太大，"行"起来还要横平竖直，不能歪斜。印象中，纪克余是个缝被子高手，细针密线使女知青都叹为观止。

几十年过去了，在连队洗衣缝被的生活经历，回想起来还是蛮有味道的……

二十五　可怕的跳蚤

跳蚤是小型、无翅、善跳跃的寄生性昆虫。人被叮咬后往往会造成局部组织的变态反应，产生大小不同的丘疹，反应严重者有奇痒难耐的感觉。刚到连队不久，半夜不知被什么小虫咬醒了，身上多了几个红疙瘩，奇痒难耐。我爬起来在炕席上、墙缝里搜寻着这些不速之客，折腾了好久寻不着，我边挠边抓，迷迷糊糊睡了。天亮后，我撩起衣服给李传杰看，他说："跳蚤咬的。"没过多久，又被跳蚤咬了，不仅奇痒而且折磨人。收工后，擦完身，海淋在我的前胸后背数了数，足足有六十多个小包，尤其是大腿两侧咬得最厉害。当年连队的卫生室缺医少药，连一般的硫黄软膏也没有。无奈，用指甲使劲搔抓皮肤，结果皮肤瘙痒没有减轻，反而瘙痒得更厉害。还有一次，痒得实在受不了，我正挑着沙往建筑工地运送，半路撂下担子，从土筐里抓了把沙放在大腿上搓（缺乏基本的医学常识）。虽然一时痛快，过几天皮肤发炎，以致发生了溃烂、化脓，还增加了痛觉。

跳蚤，咬完人后，一跳八丈多高，根本找不到它，它是生物王国里跳高冠军——它可以跳到自己身体百倍的高度。

记忆中，宁奎刚在炕上被跳蚤咬后，想逮住这家伙，只见他两手乱扑乱胡噜，根本逮不着。印象中蒋顺利、李建整逮住过跳蚤。有一天入睡前，突然听见李建整大喊，抓住跳蚤了。我赶紧凑过去看，跳蚤在他的手指间，类似于小虾的形状，身子扁扁的，长度2—3毫米，宽度大约1毫米。这个自然界的跳高冠军，终于无计可施，乖乖就范。

跳蚤是一种让人讨厌的寄生虫，咬后会非常难受，不仅会发痒发肿，而且有时还会传染各种疾病。离开"北大荒"，再也没有被跳蚤咬过，值得庆幸。

二十六　老吕头

连队菜园旁有几间破旧的矮平房，其中有一间住着一对夫妻，印象中，老吕头五十来岁，长得高高大大的，身体硬朗。身上穿着一件洗得发白的旧上衣。由于多年的劳作，他的手背粗糙得像老松树皮，裂开了一道道口子，手心上磨出了几个厚厚的老茧。流水般的岁月无情地在他那绛紫色的脸上刻下了一道道深深的皱纹，一双深褐色的眼眸，悄悄地诉说着岁月的沧桑。他的爱人身材适中，眼睛不大，背稍有些驼，为人厚道，一脸慈爱的样子。

记得来到连队的当年，我们在离菜园不远处的大田里锄草。收工后，我和海淋、寿林没有直接回宿舍，怀着好奇心向老吕头家走去，想看看老吕头家究竟是什么模样（第一次踏进老职工家）。见我们来了，老吕头热情地拖了一条长凳让我们坐下。印象中，房间显得十分简陋，有里外两间，外间摆放了一些锄头、镰刀、铲子、水缸、水桶等日常用品和农用工具。里屋炕上有一张小方桌，炕头有两床陈旧的被子叠得整整齐齐。

夏天的菜园是多彩的。放眼望去，一片郁郁葱葱、姹紫嫣红。菜园的右边有长长的豆角藤，豆角的藤爬满了支架，结出了又长又绿的豆角，多得把支架都压弯了。左边还有碧绿碧绿的黄瓜，紫得发亮的茄子，青里透红的西红柿，小灯笼似的青椒……犹如一幅美丽的画卷。

有时路过菜地，或见老吕头锄草、扎篱笆或挑水浇地。记得有一年，正是连队土豆收获的好时节，拖拉机拉着一台土豆收获机在田间作业。为了尽快把遍地打散开来的土豆捡回来，拖拉机作业后的第二天，全连人马齐上阵。有的提着土篮子，有的拿着尼龙袋，有的把麻袋搭在肩上，到了地头，大家一溜排开，两人负责一垄，我管理的垄紧挨着他，只见老吕头弯着腰捡得很仔细、很认真。通过大家一上午的辛勤劳作，土豆堆得像小山似的。在地头吃过午饭后，我颇有兴趣地与老吕头闲聊。他告诉我，三年困难时期，粮食紧缺，我就用土豆充饥维持生命。有的连土豆也吃不到，只好啃树皮草根。从他痛苦的回忆中，我似乎觉得他与土豆的情缘可谓是剪不断理还乱，也许土豆在别人眼中可能仅仅只是一种蔬菜，但在他眼中却是当之无愧的救命菜。

还记起，有一次看见老吕头推着独轮车（独轮车俗称"手推车"。在近现代交通运输工具普及之前，是一种轻便的运物、载人工具，在"北大荒"，几乎与毛驴起同样的作用。）送蔬菜到食堂。蔬菜卸完，我说："你怎么推得这样平稳轻巧。"他笑吟吟地说："要推好独轮车就要善于掌握平衡，而掌握独轮车平衡的关键，是善于扭动屁股。"我接口道："改天我也来学学。"他幽默地说："独轮车，不用学，全靠屁股扭得活。"说得我哈哈大笑。

蓦然回首，时光如指尖沙般悄然溜走，老吕头勤劳而朴实的品质给我留下了深刻的印象。

二十七　刘秃子其人

刘秃子是我连的老职工，已过了不惑之年（哪里人，何时来"北大荒"不清楚），印象中，夏天穿一件蓝色长袖衬衫，冬天裹一件黑色老棉袄，秃顶、个儿不高、身体结实、络腮胡子、说话如雷、走路生风，颇有几分绿林豪气。是全连公认的赶牛车好把式。

刚到连队，我们新来的上海男知青全住在弥漫着一股牛粪味的简陋屋子里。记得有一天清晨，连队的起床号吹响，大家掀开被子，穿衣起床。我和宁奎刚看见刘秃子光着屁股，扑哧笑了。刘秃子听到我俩的笑声，爽快地说："我为何喜欢脱光了睡觉，你们知道吗？不穿内衣可免遭虱子骚扰，能睡得安稳。"我们才恍然大悟。

刘秃子特别勤快，特别能干，对牲口可亲啦！他时常唠叨："寸草铡三刀，无料也上膘。"在刘秃子的精心照料下，连队那几头牲口膘肥体壮，各个儿精神。我亲眼见过他左右手都能把牛鞭子打得啪啪响。

清晨，淡淡的雾霭里隐约传来叽叽喳喳的鸟叫声，连队从沉寂中苏醒了。在牛号前的院子里，一头黄牤牛正慢悠悠地来到车辕旁，它瞪着一双大眼睛怒视前方，丰满的腱子肉不停地抖动着。刘秃子熟练地让牤牛倒着退进车辕里，嘴里边吆喝着，边给牛戴上鞅子，捆上肚带，一切就绪后纵身一跳坐在车辕旁，一声底气十足地吆喝："驾！"再"啪啪"地甩几声响鞭（鞭子在某种意义上说是统率这牛车的权力象征），黄牤牛随即不紧不慢地开始了一天的劳作。我常常看见刘秃子，叼着烟，精神抖擞、驾轻就熟地赶着牛车，通往连队麦场、食堂、果园、菜园、大田、基建工地上。

后来王洪林、李玉俄、董平也去了牛号，有时看见董平在牛圈里牵牛、饮牛。听董平说："刘秃子耐心地教我赶车、套车、装车码垛，鞭子怎样甩得脆响，打在牛身上哪个部位，牛才听使唤，车才能驾驭应手，进退自如。"有一次刘秃子站在车上把董平从地面挑上车的麦秸、豆秆等摆放在车上，码得整整齐齐，像一道美丽的风景，煞是好看。

记得有一次，大家在宿舍里闲聊，正好董平进来了，我说："近来怎么就你一个赶牛车，你师傅呢？"董平神秘地说："相亲去了。"原来刘秃子经吴连长同意，请假到辽宁某县农村相亲去了。大约十天工夫，带一个女人回连队了。你别说，这女人五官端正，身材适中。四十来岁，虽然头发有点凌乱，不爱说话。皮肤灰暗，但眼睛却充满希望和喜悦。随她而来的还有三四个孩子，印象中，老大是女儿，十来岁，见人就红脸，低着头，不爱说，感觉很羞涩的样子。记得有一次，我和杨铁忠还去过刘秃子的新房，见我们来了，热情地递烟、倒茶。

记得董平向我叙述刘秃子相亲离开牛号的那段时间，我独自一人赶牛车，可费劲了。有一次牛脾气上来了，不但不上路，还自顾地向草甸子深处走去，任我怎么叫，它就是置若罔闻。我拽着它的牛鼻子往回走几步，它就使劲一甩脑袋自顾向草甸子深处走去。车上的蔬菜撒了一地。气得我大叫，抡起鞭子使劲抽。僵持好长一段时间。总算制服了它。

2006年7月，我与当年的知青重返黑土地，到连队后，向关明山打听刘秃子的消息，关明山告诉我，刘秃子快八十岁了，现在和爱人在金矿与女儿女婿生活在一起，身体硬朗得很。由于时间安排得很仓促，没有去金矿看望他老人家，实是憾事。在这里，我衷心祝愿刘秃子笑口常开、天伦永享。

二十八　黄皮子其人

连队能侃大山的老职工有田世来、李梦彪等人。但印象最深的，是同宿舍的老职工黄皮子。黄皮子个头不高，眼睛凹陷，尖下巴，最明显的特征就是有两颗龅牙。平时喜欢穿一件深黄色的棉袄，戴一顶黄色棉帽，人称黄皮子。他质朴淳厚，心地善良，见人总是爱笑。但笑起来的时候却会眯成一条线。干活时，喜欢叼着烟，和我一起挑过水、和过泥、搬过砖，别看个子小，干活却十分麻利，凡农活，哪样都能拿得起。

记得有一年，连队一百多号人在大田里掰苞米，大家沿着地头的垄沟展开，一人分配两垄，沿垄前进。我们手拿竹签、身背双肩箩筐，将成熟的玉米棒从厚厚紧裹的皮中剥离出来，掰下后扔到背筐中，当背筐装满时，将筐中的玉米倾倒在指定地点（一般在垄的中间）。然后返回原处，接着干。黄皮子掰苞米技术娴熟，没多久，就落在他后面。再说，在大田里，高高的玉米秸又阻隔了人们的视线，所以周边只有身体与玉米秸摩擦的唰唰声和自己将玉米棒掰下来的咔咔声。我尽量加快速度，紧追黄皮子，结果还是没赶上，相差好远。黄皮子喜欢说笑话，语调平和，不紧不慢，至今还记得他在玉米地休息之余跟大伙说的一则笑话："跟媳妇恋爱那会儿。有次带媳妇看完电影，骑自行车带她回家。经过他们村的一片玉米地时，她突然从自行车上跳了下来，把我也拽住，扯着我的衣服就往玉米地里钻。我受宠若惊，吓得心脏扑通扑通跳。于是，在那个阳光明媚的晌午，我就这样被媳妇拉着，原来她的父母在玉米地干活，于是帮他们掰了一晌午的玉米棒子。"还有一次，我和黄皮子一同到食堂打饭回宿舍，他边吃边说，印象中有一则笑话是这样的："有一年除夕，吃过年夜晚，老婆的表姐和表姐夫打扑克玩，赢者用手指弹输的脑瓜子，姐夫平时干重活，手劲特别大，把表姐脑瓜子弹出个大包，还在那笑着说：'不弹白不弹。'表姐一生气，拿个酒瓶子就是一下，结果他俩都去医院过年了……"逗得我哈哈大笑。

黄皮子为人厚道，休息天（休息天不固定，农忙时一个月没有休息）会步行几十里去十二连探望父母，回连队总会带点好吃的（咸鸭蛋等食物），让人分享。印象中，黄皮子有个弟弟，人称小黄皮子，个子也不高，长得清瘦清瘦的，话语不多，比我们后到连队，在农工排，有时吃完饭后，来宿舍找他哥哥说些什么。

斗转星移，光阴荏苒，不知黄皮子安好？我真的好想你、好想你。

二十九　印象中的老职工

我连有1958年投身"北大荒"建设的转业官兵，为数不多。也有少数从四川、河北、河南等地来的，多数是1960年左右从山东来的一批支边青年。我们统称为老职工。初到"北大荒"，印象最深的是一望无际、沃野千里的神奇黑土地和在劳作中任劳任怨、吃苦耐劳的老职工。

记得新点食堂的西北面，有一排土房。靠南面有一间简陋铁匠铺。有时收工路过铁匠铺，总能听到打铁时当当的声音。

刘成凡：（人称刘铁匠）山东人。身材不高，却结实有力，打铁时，夏天爱光着脊梁，套一件帆布围裙，露出膀子上黝亮的腱子肉，铁锤挥舞之中，迸溅得铁砧上火星四射，像有无数的萤火虫在他身边嬉戏萦绕着。他手艺高超，精妙绝伦。打制的犁、耙、锄、镐、镰农具既实用又美观。

仲夏某一天，路过铁匠铺，徒弟童根伟手握大锤进行锻打，刘铁匠左手握铁钳翻动铁料，右手握小锤一边用特定的击打方式暗号指挥童根伟锻打，一边用小锤修改关键位置。在刘铁匠手里，任何坚硬的铁块，都可以在烧灼滚烫的时候变成方、圆、长、扁、尖等形状。

还记得某一天，刘铁匠从炉膛里钳出火红的铁块，放在铁砧上敲打；

刘铁匠用小锤，徒弟田城凯用大锤，叮叮当当，有节奏地响个不停。小锤双击停下，刘铁匠把器件举起来就着炉火端详，脸上映出一片火红，而后又放进炉膛，钳出下一块，继续打。如果看看差不多了，就把器件放进水中淬火，刺啦一声，热气升起来，小铺子一片白汽。有一次与老刘聊天，他拉开衣袖，双臂上布满了疤痕，他说："这些都是在打铁过程中铁花迸溅留下的。"仿佛在讲述一个个逝去的岁月。

李梦金：山东人。身材中等，脸色灰黄，少言寡语。即使说话，也是轻声细语的。我们同在基建排，记得有一次，他身体不适（感冒发热）仍捋起双袖在泥坑里拧拉合辫，一干就是半天。

李梦彪：山东人。中等个儿，脸有点鼓，说话风趣，干活麻利。有一回，连宣传队在舞台上表演节目，不知哪位知青大声嚷嚷请李梦彪来一个，接着大家应和着，来一个，来一个。他爽快地走到台前，面带笑容，摸了摸下巴，清了清嗓子，唱了现代京剧《红灯记》"穷人的孩子早当家"片段，虽然唱得断断续续，但韵味十足。

江渭清：四川人。人称"江锤子"。1958年转业官兵，连队支部委员，拖拉机手。为人随和，正直善良。曾担任连队财产保管员。有一次，我去仓库找他，要求更换一把铁锹（原来的铁锹不好使），他说团部拨下来的铁锹等农具还没有登记完毕，让我改天再来换，我说："你看，这铁锹还能使吗？"他瞧了瞧，还是坚持不换。那时年少气盛，从仓库拿了一把铁锹就走。事后他主动诚恳地对我说："昨天的事，做得不够灵活，你也不该随便把铁锹拿走呀。"一番话说得我心服口服。

栾正礼：山东人，四十来岁，农工排排长，为人厚道，性格粗犷，走路身体有点前倾，印象中，上身穿着黑色土布对襟褂，下身穿了一条有补丁的蓝色裤子，裤管特别肥大。在工作中，遇到农活有轻重不匀时，他总是拣着最累最脏的活儿先干上了。知青有时干活跟不上趟，完不成指标，他总会力所能及地帮着干，从不咋咋呼呼地埋怨这个批评那个。

关明山：辽宁人。基建排排长，精明能干，好胜心强。样样农活都在行。而且干得还十分出色。记得有一次，关明山在新建的家属区砌炉灶。我做小工，忙了一下午，总算把六印铁锅放在刚砌好的炉灶上。收工前，关明山去茅厕解手，我出于好奇，轻轻地动了动六印铁锅。关明山回来，一眼就看出六印铁锅被动过了。"铁锅怎么回事？"他说道。我不好意思地说："我搞的。"接着他说："又得返工了。"只见他弯下腰熟练地将六印铁锅重新调整了一下。从这件事上，体现了关明山对知青的真心爱护和对工作精雕细琢的良好作风。

刘光全：中等个儿，五官端正，相貌堂堂，曾担任基建排排长，工作中吃苦耐劳，不计名利，深受知青的尊重。

周显延：吉林人，身材高大，心直口快，与人为善，工作踏实，一丝不苟。他喜欢和知青唠家常，倾听知青的心声。

老俞：（具体叫什么记不清了）大概从十六连调入我连。身体壮实，朴实善良，本本分分、谨言慎行。他父亲是一名老党员。在后勤工作，任劳任怨，不善言语。

还有许许多多可敬可爱的老职工家属，她们在工作中任劳任怨、勤勤恳恳的优秀品质，将永远激励我前行。

当年的老职工已步入耄耋之年。虽然我们相隔千里，但我一直牵挂着他们。今天，业已越过耳顺的我，回想曾在连队给予我扶持和指引的老职工，依旧是感慨万千，充满感激之情（他们其中有的去世了，然而每个人的音容笑貌将永远铭记在我心中）。如今，"北大荒"的第二代继承和发扬父辈的创业精神，为建设美丽的新农场，实现伟大的"中国梦"，贡献自己的智慧和力量。

歌声的回忆

"千里沃野，一马平川，白雪覆盖大地，湖水映照蓝天，南面靠大海，北面靠高山，美丽的"北大荒"啊。为了你，为了你，我愿把青春来贡献"，这首《美丽的"北大荒"》歌曲是由我连张国璋创作的。每当唱起这首歌，就会想起在"北大荒"岁月的点点滴滴。

五十年前，不少知青是满怀着"屯垦戍边"的理想与激情，高唱着《到农村去，到边疆去》的歌曲奔赴农村边疆的。

唱歌在我连蔚然成风，宿舍里、稻田间、打石场、水利工地上，都能听到那些耳熟能详的歌声。至今还能记起《新苫的房，雪白的墙》《我爱呼伦贝尔大草原》《兵团战士胸有朝阳》歌词。但那时唱得最多的是《红灯记》等八个样板戏中的选段和《战地新歌》中的歌曲。

刚到连队，我们这些小青年，精神旺盛，富有朝气。有时连队停电了，黑灯瞎火地什么也干不了，干脆钻被窝。不知谁唱起了《南飞的大雁》，这时就勾起大家的思乡情，唱的声音越来越轻，而哭声越来越大。记得我那个时候是含着泪迷迷糊糊睡着的。

记得清晨，知青们肩扛锄头或锹镐，一路上唱的多是雄起起气昂昂、节奏明快的进行曲，诸如《我们的队伍向太阳》《我们年轻人有颗火热的心》等，自然而然就让情绪高昂起来，收工回宿舍的路上，有的人唱得脸红脖子粗，有的人唱得尽兴到吼起来，其中，尤以《打靶归来》为必唱之歌。欢快的节奏亦把一天劳作后的疲累削减了许多。这歌声饱含着青春的热血，它唱出了战天斗地的乐观和不惧风雪严寒的顽强精神。

印象中，吴连长喜欢唱歌，不仅歌喉清脆响亮，而且脸部表情还十分丰富。记得每周都要召开全连大会。晚饭后，全连一百多号人集合在简陋的礼堂里，吴连长总会向大家唱起他拿手的歌曲"向前向前向前！我们的队伍向太阳，脚踏着祖国的大地，背负着民族的希望，我们是一支不可战胜的力量……"每当唱完一段，知青们总会爆发出热烈的掌声。以后全连大会，吴连长不仅亲自唱，还要求大家一起唱，然后分排唱，再合唱。有的知青扯着脖子喊，声音在礼堂上空盘旋，传得很远很远……其实，知青们离不开歌声，艰苦的劳动生活更需要歌声来调剂。

　　夏末，走在金黄的麦田里，麦香的味道扑面而来，知青们情不自禁地唱起了"麦浪滚滚闪金光，棉田一片白茫茫，丰收的喜讯到处传，社员人人心欢畅"这首歌。冬季，我们在原始森林伐木，那"哈拉腰的挂吧——嘿嘿，前后搂钩——嘿嘿，搂钩就挂上吧——嘿嘿，挺起个腰来——嘿嘿，往前个走吧——嘿嘿……"悠扬的号子声在林海中回荡。有一次，连队让我们基建排到老点挖地窨，挖到一半，汪海淋扯着喉咙唱起了地道战嘿地道战，接着大伙一起吼了起来，歌声传得很远很远，好不热闹。还记起，在新点建造食堂时，我在屋顶上铺瓦，仰望蓝天白云，远眺起伏群山，身边的李传杰唱起了《我们的田野》，顿时把我带回到无忧无虑的少儿时光。在宿舍，喜欢乐器的知青们，或吹口琴、或吹笛子、或拉二胡、或弹琵琶。有一年冬夜，在宿舍里，大伙儿请李传杰唱歌："传杰，来一个吧。"此时只见他大大方方地端坐在炕沿，目视前方，面带微笑，嘹亮而又圆润的歌声顿时飘出宿舍："手拉手儿，迎着朝阳，登上深绿色的车厢，列车奔驰在北方的原野上。"隔壁的知青们闻声也纷纷拥进宿舍，静静地听着。记得有一次，团部放映队到连队放映电影《红旗渠》，我还跟着他学唱《红旗渠》"劈开太行山，漳河穿山来。林县人们多奇志，敢教日月换新天……"主题曲。有一天晚上，高焕夫用扬琴弹起了《地道战》主题歌，我们一群年轻人突然疯了起来，边唱边舞，好不热闹。当然有时独自一人的时候，还哼唱过"蓝蓝的天上，白云在飞翔，美丽的扬子江畔，是可爱的南京古城，我的家乡"这首南京知青之歌，来默默表达心中的思乡之情。

　　连队为了丰富知青的文化生活，成立了文艺宣传队。肖正飞演唱的"打虎上山"有板有眼，李传杰演唱的《新货郎》委婉动听。宣传队员合唱的二人转"月光如水照河山"韵味十足。大家往往就以唱歌的方式来打发单调、枯燥的生活。

《美丽的"北大荒"》这首歌,它伴随着我们走过了那段艰苦奋斗的岁月。这首歌让我们唱得豪情万丈,它的优美与抒情,曾经是那样地拨动我们年轻的心弦!我们就是唱着这首歌在"北大荒"屯垦戍边,奉献青春。

歌声不仅缓解了身体的疲劳,而且更有内心的抚慰。如今,半个世纪的岁月如流水般逝去,但当年的歌声与琴声仍时时回荡在我的耳畔,让我久久难以忘怀。

年画记忆

自古以来，天津杨柳青、山东杨家埠、苏州桃花坞、四川绵竹的木版年画久负盛名，被誉为中国"年画四大家"。作家冯骥才说，"年画是中国农耕社会农民墙上的电视机"。在历史的舞台上，年画生动地描绘出农耕时代中国民间的立体影像，炽烈地展示了中华民族过往不复的精神情感，是记录中国传统文化的重要载体，也是民间审美的特有标志。

年画在我国历史悠久，它是民间迎新春、祈丰年的一种民俗艺术品。历史上，民间对年画有着多种称呼：宋朝叫"纸画"，明朝叫"画贴"，清朝叫"画片"。直到清朝道光年间，文人李光庭在文章中写道："扫舍之后，便贴年画，稚子之戏耳。"年画由此定名。传统年画以木刻水印为主，追求拙朴的风格与热闹的气氛，因而画的线条单纯、色彩鲜明。内容有花鸟、胖孩、金鸡、春牛、神话传说与历史故事等，表达人们祈望丰收的心情和对幸福生活的憧憬，具有浓郁的民族特色与乡土气息。

对于20世纪50年代出生的人来说，年画代表一种关于岁月的温馨回忆。春节总与年画的记忆紧紧连在一起。孩提时，听爸爸说："年画是年的标记，没有年画，年的味道儿就没了。"那充满时代印痕的年画，凝聚着一种信仰，散发着一种情怀。读小学时，春节临近，书店及百货文具店墙上都会挂出许多年画，这些年画大多画面明亮，色彩美丽柔和，线条单纯简洁，有"胖娃娃""五谷丰登""年年有余"，其中还有不少以传统戏剧为题材的年画，如武松打虎、杨门女将、岳母刺字等。有时和富生、德平兴致勃勃地前往书店或百货文具店去观赏年画，往往一看就是半天，直到脖子酸了方知回家。有时第二天还会去，对一幅画或画中喜欢的某个人反复观赏。像《嫦娥奔月》《桃园三结义》等不知看了多少遍。如果谁家有别致的年画，也会登门去欣赏。在那个没有电视、电脑，很少看到电影的年代,年画在我的心中是最好看且百看不厌的,它有浓浓的文化韵味,让童年的我对外面的世界充满了向往和期待。作家铁凝曾经写道:"每逢春节,最先给家乡带来欢乐气氛的便是武强年画。年画在这里铺天盖地,争奇斗艳,直至每一个村子里每一户有购买力的人家对年画的需求达到饱和为止。少了年画,这些黄土平原的年节,会变得多么难耐和凋零。"有一年,春节临近,虽然是最严寒的季节,但我的心里充满了欢愉,像出笼的小鸟。跟着父亲到离家不远的鸿祥文具店去买年画。挂在墙上的年画,缤纷多彩,琳琅满目。看看哪一幅都好。后来选了《鲤鱼跳龙门》《三英战吕布》两幅年画。一路上蹦蹦跳跳,兴奋至极。回家后,全家喜气洋洋地看着父亲贴年画。父亲贴年画时,我就端着一小盆糨糊跟在他屁股后面,弟妹们站在一旁观看,看父亲贴得正不正。父亲贴年画的样子很虔诚,好像他不是在贴年画,而是在把全家来年的希望全部寄托在那一张张大大小小的年画上,以求来年平安祥和。年画贴完了,简陋的屋子在年画的映衬下,年的味道被渲染得醇厚香甜,年画不仅贴出了喜庆,也贴出了亲情。

买年画、贴年画是春节中一项重要的民俗。如今,随着社会的发展,年画渐渐消失在人们的生活中,取而代之的则是装饰精美的名人字画。我早已无法领略童年时买年画、贴年画的喜悦了,但我永远难以忘怀年画以及与年画有关的点滴往事,永远难以忘怀那一份朴素的喜庆与包容在年画里的那一丝丝温情。

年历记忆

"千门万户曈曈日,总把新桃换旧符。"每到岁末年初,家家户户都会换上新的年历,新的一年在喜悦和憧憬中悄然拉开,翻开年历,播下节气的呼吸,阅读着季节的生机,记录着花开花落的心事,憧憬着生活的梦想和希望。

年历是一种日常生活用品,内容丰富,包罗万象,它承载着规划、查阅、记录时间等实用功能,又兼具一定的审美价值和传播价值。它是走进千家万户的时间伴侣,陪伴着人们度过一轮又一轮的春夏秋冬,帮助人们在时间的长河中井然有序的生活和工作,在翻阅中体验别样的精彩互动。

20世纪60年代初期,有一年元旦前夕,三哥送给了我一张年历片,在年历片上写上了新年的祝福,少年时代的我把它奉若圭臬。70年代中期,回沪探亲,二哥送给了我一套1975年凹凸版蝴蝶年历片。这些年历片像扑克牌那么大,反面印日历,正面印蝴蝶系列。尽管印刷比较粗陋,心里还是美滋滋的,像宝贝似的珍藏起来。

有一次与富生、德平到中华新路沪太路的旧货市场淘宝,意外看到了货柜上有不少年历片,我边看边选,捧着这些宝贝,欢欢喜喜回家,常常在灯光下赏玩一番。小小年历片,承载了亲情和友情。

改革开放后,各种各样印刷精美的台历、挂历和年历片纷纷闪亮登场。但是让我难忘的还是那些年用过的挂历。挂历是将摄影、书法、美术、印刷等技术融为一体的实用性艺术品。它不仅具有图案大方,色彩鲜艳、内容丰富、印制精美等特点,而且还具有实用性、宣传性、知识性、艺术性和装饰性。选上一本内容高雅、设计新颖的挂历悬挂在室内,使人赏心悦目,给人以"美"的享受。

当然,台历、挂历和年历片也无不打上时代的烙印。不同年代出版的台历、挂历和年历片反映了不同年代的社会背景和文化特点，它是我们观察社会、研究历史的一个窗口。

记忆中，挂历发展的鼎盛时期是20世纪八九十年代，几乎家家户户都有一本精美的挂历。那时单位流行发挂历。有一年元旦前去海淋家串门，他送给了我一幅古色古香的山水挂历，很有欣赏价值。回家后，挂在朝南的卧室，午后的阳光透过窗纱在墙上投下一些光影，那静态的一面墙，就会变得异常丰富和生动，仿佛挂历中的人物一个个从里面走出来似的，而我似乎亦可以从挂历外走进去，去抚摸那些假山、楼阁、石阶，以及那绿绿的芭蕉、翩翩的水袖……这真是美妙的一刻。

新千年来临之际，为了培养学生的实践能力和创新能力，我曾设计了《台历、挂历的设计》这节课。我采用了"讨论交流"的方法，并对学生收集的作品进行评析，让学生从中探究台历、挂历的多元文化，了解其制作方法。最后进行评比展示，激发了学生的学习兴趣，充分发挥了学生的个性特长，让学生尝到了成功的喜悦。

每当岁末，更换挂历是我必做的事情。换下来的旧挂历，我都会小心翼翼卷起来，像宝贝一样珍藏起来。多年的积累，收藏的台历、挂历、年历片也有近一百幅了。

荣登外公宝座后，我有时柔声柔气地给外孙女、外孙讲述台历、挂历和年历片里面的故事。随着生活水平和审美品位的提高，台历、挂历和年历片的这些功能已被弱化、替代。这一特殊的文化产品承载了多少人的回忆，我收藏的不仅仅是台历、挂历和年历片，更是一段段幸福的记忆。它不仅丰富了我的业余生活，而且陶冶了情操。

如今，已经很少见到有人家挂挂历了。挂历，已是渐渐淡去的文化符号了。老挂历，就像一幅活生生的历史画卷，折射出时代发展的进程，投影出历史的沧桑，见证了我们生活的变化。

口琴的回忆

口琴小巧轻盈，携带方便，在这长不盈尺的器乐里，珍藏着我的童年、我的成长、我的喜悦……

记忆中，第一次听到口琴的演奏声，是小学二年级。那时教育硬件设备不足。记得有一次学校的风琴坏了，教音乐课的黄老师，上课时，从口袋里掏出一只口琴，为同学们演奏了一曲《让我们荡起双桨》。当时同学们都是第一次听到这神奇玩意儿发出如此美妙的声音，各个目瞪口呆。我更是着了迷似的总想看个究竟，甚至想吹一下。那年代，买一只口琴虽然不贵，但也不能轻易拥有。因为家里没有"闲钱"供我奢侈，所以我非常羡慕那些拥有口琴的人们。虽然不能拥有口琴，但对口琴声却一往情深。

孩提时，每至夏夜，家家户户都会在房前纳凉。邻友贵宝兄，便会取出心爱的口琴，吹奏一首动听的歌曲。有时候我们唱，他就用口琴伴奏。每次还会吸引许多小伙伴前来参与，俨然像一场小型音乐会。还记得有一次，放学回家，路过一家文具店时，隐约听见一阵悦耳的口琴声，我驻足倾听，而且听得还十分入迷。

初中毕业后，奔赴"北大荒"。农场虽然艰苦，但也让我长了见识，学到了一些知识。在连队学会了识简谱，吹口琴。记得，刚到农场的第一年，连队就组建了文艺宣传队。我特别羡慕会拉小提琴、二胡，吹笛子、口琴的兄弟们进了文艺宣传队。

刚到连队我分配在基建排，与从朝鲜战场转业来到"北大荒"且有艺术特长的张国璋在一个班。张国璋不仅会吹口琴，而且会谱曲。有一天晚上，他在知青的宿舍门前，吹着口琴，那舒缓轻柔的口琴声，似一股微风轻轻吹来，我完全沉醉在这优美的琴声中。为了拥有心爱的口琴（团部商店没有货），我就趴在炕上给二哥写信，大约二十天光景，收到了二哥寄来的一只"国光"牌口琴，真是快乐无比。往后，我就缠着老张，他先教我吹音阶，我鼓着腮帮子，一吹一吸，竟然还挺费力气，真有点上气不接下气，腮帮子都酸溜溜的了。经过一段时间的刻苦训练，基本掌握了吹口琴的技巧，也能完整地吹上一首曲子。

在连队，夕阳西下，那优美的口琴声伴随晚风悠悠传来，无异于天籁之音。有时想家了，就用琴声寄托着我的情思。枯燥乏味的知青生活因这琴声而增添了些许温馨浪漫的色彩。记得有一次张鸿光在宿舍门前，潇洒自如地吹着口琴，右脚踩在地面还发出有节奏的嗒嗒声。时而欢快，时而舒缓。每逢节庆日，连队进行联欢活动，鸿光也会上台独奏，引得大家的阵阵掌声。有一次知青聚会，与他聊起往事，大家沉浸在兴奋和欢愉之中。还记得，在宿舍里，汪海淋、向国林、纪克余、李传杰、我等十来个知青，把口琴放在搪瓷茶杯沿口上，一起合奏，发出来的声音有一种共鸣感，快乐的气氛充盈在宿舍里，好不热闹。每次吹奏完，我都要用清水将口琴涮一涮，然后用一块手帕将口琴包好，装入琴盒。

吹口琴，是一种爱好，也是一种享受。退休后，有时兴趣来了，就吹吹口琴。外孙女、外孙听到琴声，有时还跟着节奏手舞足蹈。在悠扬的口琴声中，我仿佛觉得年轻了许多。其实，经常吹口琴，不仅能增强老年人的免疫力，特别是当心情郁闷时吹吹口琴，就会兴奋起来，吹口琴还能健身强体，从而达到长寿目的。

如今偶尔听到口琴声，仍会泛起心中的浪花，在知青岁月，我们用掌心和唇间的温度烘暖过心爱的口琴，那优美的琴声给艰苦的日子抹上了浪漫的色彩。

弄堂情结

席慕蓉曾经说过:"我喜欢回顾,是因为我不喜欢忘记。我总认为,在世间,有些人、有些事、有些时刻似乎都有一种特定的安排,在当时也许不觉得,但是在以后回想起来,却都有一种深意。我有过许多美丽的时刻,实在舍不得将它们忘记。"

记得弄堂的路面是由小石块铺设而成,有点凹凸不平,随着踩踏的人多了,也就平平实实地卧在房前屋后之间。魂牵梦萦的狭窄、悠长的弄堂,春去秋来,诉说着寂寞芬芳、忧愁彷徨及旧梦与往事。弄堂犹如一部古书,浸在潜移默化的变迁里,像绵绵的春雨,滋润着我的心田。

每天清晨四五点钟,在弄堂里总会响起嘹亮的、抑扬顿挫的"男高音"或"女高音":"倒马桶!""马桶拎出来哦!"这声音风雨无阻,每天准时"唱响"。只要妈妈一听到这吆喝声,就会忙不迭地起来把家里的马桶拎到门口,否则一旦错过了倒马桶的时机,就会十分的尴尬。孩提时,弄堂是我们经常出没玩耍的地方,蕴藏着许多乐趣。我们常常三五成群,打弹子、滚铁圈、玩蟋蟀、斗鸡、捉迷藏等,总是玩得流连忘返,乐不思蜀。有一回,玩捉迷藏,正巧李耀明家的墙东头堆放了许多砖块,形成了一座小山。我灵机一动,沿着小山顺势爬了上去,踩着屋顶斜砖瓦躲到老虎窗后面。贵生、四全等人东找西寻也没有找到我,最后我在屋顶上叫喊,我在上面呢!正当我得意忘形时,李耀明在屋下十分恼火,对我喊,还不赶快下来,把我家的瓦片都踩碎了。此事被爸妈知道了,爸妈不仅向人家道了歉,赔了钱,还狠狠臭骂了我一顿。

通往交通路、太阳山路的弄堂口,有一个小书摊,摊主是我同届赵云华的父亲,个头不高,为人和善。有时,我偶尔拿出省下的几分钱去小书摊借读一两本小书过把瘾。大多数是远远地望着,很是羡慕能常常坐在小书摊前看书的伙伴们。最有趣的，是每天上学放学背着帆布书包，穿梭在长短不一、四通八达的弄堂里。有时今天走这条，明天走那条，前弄堂进，后弄堂出，仿佛在探索未开垦的处女地，兴奋之情溢于言表。还记得去粮店须穿过数条弄堂，宽不过两三米，还时常被晾晒的衣服所遮挡。时值中午，主妇们正炒着菜，香味扑鼻。午后，烈日当空，热浪滚滚，弄堂里有的老人搬一把竹躺椅在阴凉处休憩。有的还拿着印有厂名的搪瓷杯，将泡好的大麦茶放在凳上，呷一口茶，摇一会蒲扇，就迷迷糊糊地睡着了，旁边一只半导体收音机还响着。生活在弄堂里的人们，养成了一种平静而安详的生活习惯，也拥有了一份割不断、理还乱的弄堂情结。

  初中毕业后，离开故乡的当日，当我推开我家那扇吱呀吱呀发响的木门，一脚跨出门槛，行走在弄堂里，真是百感交集。因为，这里有我童年的欢笑和青春的梦想。当第一次探亲回家，行走在熟悉的弄堂里，又有一种"曾是相似燕归来"的感觉。成家后，有时回家看望父母，穿行在弄堂里，总会遇到儿时的伙伴。那一张张熟悉的脸庞，那一声声呼唤宛如从前，都带着亲切的微笑。尽管岁月的风霜已经爬满他们的眼角，举手投足却洋溢着开心的味道。每个人都在回忆，深情追忆着往日的岁月，相互倾诉着弄堂的逸事。

  记忆无言，收藏着曾经走过的足迹，而每一段路程，都镌刻着我们过往的身影。此时此刻，我想起了弄堂的理发店。印象中，理发店房屋破旧，设施简陋，却清洁明亮。在不足二十平方米的店堂里，容纳了三个座位、一只长条板凳、一只洗脸盆。有三位师傅，均来自江苏扬州。师傅们手艺高超，服务周到，很受邻居们的欢迎。店里有位颜师傅，一想起他，耳边仿佛听到了亲切的呼唤声。五十多年过去了，我至今还记得他的面容。他剃头，慢吞吞的，还不让人动弹。我想活动一下手脚，他就在我脑袋上轻轻地敲一下，我只好乖乖就范。有一次，邻居孔大爷行动不便，颜师傅亲自上前将老人搀扶坐下，还和老人拉家常，是出了名的热心肠。理发店平时生意不错（几百号人，仅此一家理发店），尤其是春节临近，前来理发的人络绎不绝。我记得，一早还未开门，就有许多人前来排队了。还记得，在交通路1023弄的弄堂口，开了一爿大饼店，早晨路过弄堂口闻着飘着葱油香的大饼真是垂涎欲滴。主人姓陈，山东郯城人，身材高大，为人豪爽，与我父亲私交甚笃。他有三个儿子，老二广成是我的小学同学。有时上学，家里早饭还没烧好，爸爸给我三分钱，让我去买一只大饼充饥，那种享受真是好过现在的奶油蛋糕、吐司面包。

流水似年，岁月蹉跎，不知不觉便遗忘了许多，曾经那些熟悉的容颜，似乎也都在岁月的风声里越去越远了。由于市政动迁，弄堂已彻底消失了。于是，我愈加怀念那充满浓浓人情味的弄堂。

人的一生，千奇百态；世事沧桑，变化莫测。但孩童时期形成的一些印象和记忆，却总是那么深入骨髓。弄堂，不仅仅只是一个空间概念，它还是一种文化，一种历史，一段永远留存在我脑海深处的记忆。

手帕记忆

还记得"丢,丢,丢手绢,轻轻地放在小朋友的后面,大家不要告诉他,快点快点捉住他……"这首儿歌吗?曾几时何,一群小孩子手牵着手,围坐一个圆圈,玩丢手绢的游戏。欢歌笑语,洒满了宁静的校园。游戏间,有友情,有快乐,有惊喜……

记得读小学一年级时,班主任郭宏珍老师兜里常常揣着一方手帕,用时拿着手帕点点额头或轻扫嘴角,惹来学生们满心的羡慕。而当年的我是不用手帕的,用袖子,手臂伸出来,袖子上都是油黑一片。

记得有一次和妹妹到大统路上的鸿祥日用商店买学习用具。妹妹最喜欢在柜台前看那些五颜六色的手帕,手帕的款式和质地各种各样:棉的、麻纱的、格子的、碎花的、纯色的、镶边的……记忆中,妈妈把手帕当钱包。平时总会从贴身的衣服里面掏出一块手帕,是白色四周带蓝边的那种。手帕叠成一个不规则正方形,拿钱时总是先从兜里掏出手帕,放在手掌里,然后一层层揭开,几张面值不大的零票就显山露水了。用完后,再一层又一层地重新叠好。还记起,邻居大姐使用的手帕上面往往还绣着幽兰、小荷,或是花喜鹊与白云朵等图案,软软绵绵,飘飘曳曳,很富有诗意。

柔软、舒适、吸汗的手帕,是逝去岁月里一方亲切柔美的风景。记忆中,我们曾经是一个善于使用手帕的国度,古人将信书写在一尺见方的丝帕(尺素)之上,叠成双鲤鱼状,寄给珍重的那人。汉乐府有诗云:"尺素如残雪,结成双鲤鱼。欲知心里事,看取腹中书。"展开素白的绢帛,看到密密的蝇头小字,心中都是满满的。虽隔了久远的时空,那一刻的交汇,却比如今即时的微信更亲近而深入人心。也有说古代没有信封,而把信夹在双鱼形的木版之中。古乐府《饮马长城窟行》中云:"客从远方来,遗我双鲤鱼,呼儿烹鲤鱼,中有尺素书。"解函收信,尺方丝帕呈在指尖，心情如此透明柔软。

汉乐府《孔雀东南飞》中有"阿女默无声，手巾掩口啼"之句，手帕已成为日常生活之物，却不一定随身携带。手帕在诗词中常用另一个名字"鲛绡"。如唐代李峤的"妙夺鲛绡色，光腾月扇辉"，唐代温庭筠的"掌中无力舞衣轻，剪断鲛绡破春碧"，唐代唐彦谦的"云色鲛绡拭泪颜，一帘春雨杏花寒"，宋代陆游的"春如旧，人空瘦，泪痕红浥鲛绡透"，等等。

手帕是实用的物品。记得小时候放学回家，正逢下雨，同学们就会拿出手帕，顶在头上，用来挡雨。眼前的手帕，五彩缤纷，迎风飘舞，形成了一道美丽的风景线。在街上，我看到年轻姑娘的马尾和辫梢，总是系着花花绿绿的手帕，把自己点缀得俏丽活泼、美丽迷人。在"北大荒"，有一次割稻，一不小心，镰刀划破了手指，我赶忙从口袋掏出手帕，海淋帮我紧紧地缠住，轻伤不下火线，继续劳作着。20世纪80年代初，女儿上幼儿园，胸前别一条小手帕，整洁可爱。做教师后，在校门口执勤，检查学生卫生状况，首先就是检查手帕带否。那时，无论男女老少都喜欢在口袋里放一块手帕，用以擦擦汗水或嘴巴，十分方便实用。有一次旅行，几位同事的拉杆箱一模一样，我就用手帕在箱子上系一个扣帮助记忆。

不知从什么时期开始，手帕逐渐退出了人们生活的视线，取而代之的是各种各样的餐巾纸，虽说快捷方便，但很多悠长的意韵，却也在无形中消失不见了。手帕，难忘的手帕，是我们那个年代的一个特有的时代烙印，将永远印在我的脑海中。

第一辑　往事钩沉

温馨的老虎灶

说起老虎灶，如今许多年轻人可能已不知为何物了，对我来说，却是生活中难以忘怀的记忆。

老虎灶起源于19世纪初期，自上海建埠伊始，老虎灶就盘踞市街了。关于老虎灶名称的由来，薛理勇在《"老虎灶"的来历》一文中指出："一是与灶墙和烟囱有关。上海早期熟水店的灶膛口设在墙外，墙上设计两个小窗口，可以看见灶内情况。灶膛口如虎口一般，两个小窗如同虎眼，屋顶的烟囱则如虎尾，因此被称为老虎灶。二是与灶锅和烟囱有关。上海早期熟水店为提高灶的热利用率，同时为使随时可以得到沸水，一般平排设计两眼大锅，在这两口锅后再设一更大的锅。两口大锅像两只虎眼，后一大锅像虎身，而插入屋顶的烟囱像虎尾。"这两种稍有不同的看法，均来自1906年出版的《沪江商业市景词·老虎灶》：灶开双眼兽形成，为此争传"老虎"名；巷口街头炉遍设，卖茶卖水闹声盈。我认为老虎灶一个很重要的功能是满足城市普通市民的日常生活需要，它是城市发展的产物。20世纪50年代初，鼎盛期全市共有2000多家老虎灶。以后随着供水系统的不断完善，到20世纪90年代中期，全市的老虎灶渐渐式微。至2003年，市区基本已绝。老虎灶的温暖不过是岁月里的记忆了。

记忆中，弄堂口，有一只老虎灶，掌管老虎灶的是夫妇俩，苏北人。男子身材高大，和蔼可亲，女子身材中等，热情好客。印象中，第一次去老虎灶泡水大概十来岁，妈妈提着两个竹壳热水瓶，我屁颠屁颠地跟在后面。由于正是烧晚饭的时辰，老虎灶旁已有不少人等候在那里。有时趁水还没沸腾的时候，妈妈还会和主人拉起家常。还记得，快过年了，老虎灶的生意格外火爆，大家手提热水瓶在老虎灶排队的情景至今历历在目。俗话说"有钱没钱，剃头洗澡过年"。孩提时，春节的前几天，爸爸总会带

| 063 |

我到老虎灶洗澡。记忆中，洗澡间设施十分简陋，在30平方米的洗澡间，排放着四五个长条形大浴盆，两只木桶，两只竹椅。在昏暗的灯光下，我惬意躺在浴盆里，尽情地享受洗澡的快乐。有时掌柜为了方便大家，还自制竹片代价筹码（俗称水筹）预售，有"壹根""拾根"之分并烙有本店招牌，限定本店销售代币流转使用。这种水筹一直沿用至老虎灶彻底"打烊"。在那个条件艰苦的年代，寻常百姓家连烧个热水也不易，老虎灶无疑是雪中送炭了。记得每年冬天临睡前，父母都要到老虎灶去提点开水回来，用它来洗脸，烫脚，再灌满汤婆子，然后妈妈再将汤婆子塞进我的被窝，不仅驱寒，还温暖了我的心房。有一年探亲回家正值寅时，路过老虎灶，门已大开。在那昏暗的灯光下，可以看见灶头上黑黝黝的木头锅盖底下，一阵阵地冒出乳白色的水蒸气。真有一股暖烘烘的感觉。

20世纪80年代初，担任班主任的我进行家访。刚走到王美珍学生家门口（从学生登记的信息中，得知她家经营熟水生意），只见她父亲站在灶边，右手拿着漏斗，左手拿着大勺子为顾客往热水瓶灌水。看到这情景，勾起了我曾经去老虎灶泡水、洗澡的幸福回忆，仿佛看见了千千万万的劳动者为了生计而奔忙的身影……

随着城市旧区改造步伐加快，人民生活水平逐渐提高，如今，我家弄堂口乃至全市的老虎灶均已绝迹。只是在我的记忆中或者档案馆的资料里，还有一些留存。虽然老虎灶难觅踪影，但记忆的镜头仍在脑海里闪现：那浓浓的水蒸气和那灼眼的灶火，像火红的太阳给我带来希望和温暖。

自行车情结

　　站在弄堂口，回望岁月，记忆深处响起一串清脆的自行车铃声。这铃声来自穿梭弄堂的绿衣天使或左邻右舍的上班族。自行车曾在我的生活里扮演过重要的角色，留给我难以磨灭的串串回忆。

　　1940年创始的永久自行车，至今仍是中国销量第一的自行车品牌。自行车俗称脚踏车或单车。它无噪音、无污染、重量轻、结构简单、造价低廉、使用和维修方便，既能作为代步和运载货物的工具，又能用于体育锻炼，因而为人们所广泛使用。

　　记得20世纪60年代，自行车算得是一件奢侈品。谁家拥有一辆自行车，人们往往羡慕不已。当年流行的"三转一响"当中的"一转"就是自行车，并且还是凭票购买。

　　刚上初中，看见有的同学骑着自行车那种潇洒的样子，心里总是痒痒的（家里没有自行车）。于是在一个晴朗的午后，来到邻居江叔叔的家里，见他正忙着。我不好意思地说："江叔叔，我想借您的自行车骑一会儿，好吗？"江叔叔和蔼地说："行呀！骑时要小心点，别摔着。"我高兴地推着自行车来到了并不宽敞的孔家木桥路。恰巧二哥见我推着自行车，迎面走了过来。二哥接过车，熟练地骑了几圈，我心里充满了羡慕。二哥笑着对我说："骑车要掌握几个要领，身坐直，眼向前，两手紧握车龙头，并且全身放松。"接着说："你骑上去，我在后面扶着。"我小心翼翼地骑了上去，二哥在后面扶着，自行车就像跳着街舞一样，摇摇晃晃，我赶紧刹车，总算没有摔倒。休息过后，在二哥的襄助下，我继续练习着，二哥仍在后面扶着，并悄悄放了手，可我却不知道，二哥兴奋地说："就这样骑，就这样骑。"整整一个下午的练习，总算基本掌握了骑车要领。学会后，骑车的瘾特别的大，经常和贵生、志富等人沿着交通路经大统路、中兴路一圈一圈地风驰电掣。

大学毕业后，与恋人一起骑车去人民公园观看摩托车表演，一路兴奋着，有"春风得意"之快感。宁夏支教期间，曾向魏老师借了辆他才买不久的"飞鸽"去看望大学同学马学忠，在石子路上，艰难地骑了两个多小时，途中还撞到了一块不小的石块，人和车重重地倒地。返校后，车身沾满了灰尘，轮胎也磨损了，车身有的地方的漆划掉了，还给他，我还心存内疚地表示歉意。

记得三十多年前，大学毕业分配到学校，学校离家较远，公交车少而且还得倒车，很容易迟到。所以我特别希望拥有一辆自行车。第一次拥有自行车，那是20世纪80年代初，自从骑上了这辆"永久"，我感觉自己像插上了翅膀，每天自由地穿行在人流之中。我对自行车情有独钟，视如珍宝。即使有点小毛病也能自己解决。比如车胎扎了，自己动手补；有的衔接处松动了，也会用螺丝刀把它拧紧。三天两头替自行车"擦身洗澡"，还特意买了一个边上镶着黄色丝条的皮垫套在自行车的车座上。那些年，它成了我唯一一件"高档物品"。载着我走过了春夏秋冬。成家后，我驮着一家三口上超市、逛公园。女儿读小学时，坐在我那辆"永久"自行车后座上，稳稳当当的，心中充满着幸福和自豪。有一天傍晚，放在家门口的自行车不翼而飞，那一夜我失眠了。虽说是一辆成色很旧的自行车，但毕竟形影不离几十年了，有一种难以割舍之情。第二天，金永林老师得知我的自行车被盗后，慷慨地把一辆闲置在家的"永久"自行车送给了我。真是心存感激。

记得外孙女、外孙也喜欢坐在我自行车的前梁上，欢天喜地，欣赏路上的风景。记得最有趣的是蒙蒙细雨中，外孙蒙在一件天蓝色的雨披里，偶尔探出个小脑袋，两人便成了可爱的袋鼠。为解途中寂寞，我一面骑车，一面给他讲故事、猜谜语，我谓之这是自行车上的启蒙课堂，日积月累挺丰富挺有收获呢。退休后，我仍然骑着这辆"老坦克"购物、郊游、串门、访友。既锻炼身体，又绿色环保，且行且看街景。

随着改革开放，人民的生活水平稳步提高，开小车的多了，骑电瓶车的多了。如今在大街小巷飞驰的样式各异的自行车（包括共享单车），不再仅仅是一种普通的交通工具。自行车自身地位、作用的变化发展，记录了人们生活的变迁、见证了改革开放的伟大成就。

自行车伴随我走过了春夏秋冬，这份甜蜜的记忆永远镌刻在心中！

第一辑　往事钩沉

岁月印记

一　弄堂里的叫卖声

所谓弄堂，是上海人对里弄的俗称。多少年来，人们穿梭在狭窄而悠长的弄堂里，度过了漫长的人生，并且创造了形形色色风情独具的弄堂文化。

记忆中，弄堂常有小贩们出出进进，川流不息，还伴随着高高低低的叫卖声。由于行业多，花样新，叫卖声有的像唱山歌，有的似顺口溜，有的忽高忽低，有的忽快忽慢，它们营造了一种浓浓的上海弄堂生活情韵。鲁迅在《弄堂生意古今谈》一文中说："这是四五年前，闸北一带弄堂内外叫卖零食的声音，假使当时记录下来，从早到夜，恐怕总可以有二三十样，而且那些口号也真漂亮，不知道他是从'晚明文选'或'晚明小品'里找过词汇呢，还是怎么，实在使我似初到上海的乡下人，一听就有馋涎欲滴之慨。"

我家东面弄堂口有一家炸稻粑摊（相当于炸粢饭糕）。天微亮，主人就开始忙碌了，边炸边敲打铁锅的边沿，"买稻粑咯，买稻粑咯"。左邻右舍路过摊位，总会买上几个。这家湖北人炸的稻粑，芳香四溢，色味俱佳，至今齿颊留香。

记忆中，立夏将近，听到"小钵头酒酿"的叫卖声，一些喜欢品尝的主妇们就会应声而出，购买时还会评头论足、讨价还价。盛夏，"棒冰，赤豆棒冰"叫卖声总会吸引一群孩子。秋后，一声清脆的"卖，豆腐花！"的叫卖声也会招徕顾客。当你买了一碗豆腐花，小贩就会给你加上一点葱花、酱油、麻油，喜欢吃辣的，还好加点辣油，最后还可以加一点虾皮、紫菜等作料。当然还有"栀子花白兰花""桂花赤豆汤""白糖莲心粥""麻油馓子、脆麻花！""老虎脚爪！""橄——榄，檀——香——橄榄——卖橄榄！"等错落有致的叫卖声。最使人难忘的是卖白果的，小贩有大段唱词："香炒热白果，香是香来糯是糯，一个铜板买三颗，三个铜板买十颗。阿要香炒热白果。"唱得抑扬顿挫，委婉动听，且韵味十足，给人们的生活增添了几分情趣，回想起那叫卖声，就有一种馋涎欲滴之概。

弄堂里，时常也能听到"阿有啥个坏格钢钟（精）镬子旧铜吊卖""旧衣裳有伐""阿有啥格坏格棕棚修伐，藤棚修伐""修——洋伞，阿有啥格坏格皮鞋修伐""箍——桶欧！""爆——爆米花咯——""削刀磨剪刀"的叫喊声。有时走在弄堂里，听到铜片叮叮当当，就知道铜匠挑着担来了。记忆中，修伞的大叔人高马大，声音洪亮。那一声带着苏北口音的"坏格洋伞修伐"回荡在弄堂上空。下雨时他不来，天气晴了，才听得到这叫喊声。

20世纪60年代初春节的前几天，北风呼呼地吹着。刚走出家门，就听见"爆——爆米花咯——"的叫喊声，我拐过一条弄堂，只见一位老头挑着担子，一头放着一颗葫芦状的"炮弹"，另一头放着火炉和风箱，在弄堂一角停下来，过一会儿，已有不少人排队等着爆爆米花了。只见老头"啪嗒啪嗒"拉着风箱爆炒米花，随着"爆米花好喽"，围观的孩子连忙用手捂住耳朵，"嘭"的一声，白花花的爆米花从一只膨化炉里喷进一只脏兮兮的麻袋里，再倒进一旁等得有些急吼吼的孩子的篮子里。还想起，换糖人挑着担子，手中拿着铜锣"铛铛铛"地敲着，边敲边吆喝："换糖啦，废铜废铁——换糖啦！"我只要一听到这声音，就会在家里找些旧塑料、牙膏壳换糖。换糖人左手拿着一块薄薄的铁皮，右手拿着一个小榔头，轻轻一敲，一角麦芽糖就敲下来了。麦芽糖又甜又香，一块糖能吃上好长时间。有一次，换糖的又来了，家里已没有换糖的牙膏壳之类的东西，我趁换糖人不备，拿了一块就往嘴里塞。后来换糖人找到我家，妈妈不仅向她赔不是，而且付了钱，并严厉地责骂我一顿。

时过境迁，这些儿时听惯了的叫卖声早已远去，如今只有在戏曲或影片中还可以听到,它是弄堂里独有的乐曲,是上海的一道风情,蕴含着独特的文化内涵。它依稀留存在我的记忆里,总会引起我许多遐想,久久难以忘怀。

二 打水仗

童年就像五彩斑斓的梦,让人魂牵梦萦。那一桩桩有趣的事儿,常常把我带入美好的回忆中。

小时候家住闸北交通路、孔家木桥路一带,不仅没有独立的煤卫,而且地下管道的排水也不畅。每逢夏季,一场暴雨,弄堂里、马路上积满了水,仿佛一条弯弯曲曲的河流,有的洼地最深处可达400毫米以上。暴雨虽然给交通和人们带来了不便(进了水的住户还要一瓢一瓢地把水淘到屋外去),却给孩子们带来了快乐。记忆最深的是雨后我们一群少不更事的孩子,有的用长条形的洗澡盆当小船,有的干脆赤脚在水里奔跑,有的蹚着水相互嬉闹。还记得,有一年盛夏的午后,一道闪电划过,接着天空敲起了大鼓"轰隆隆""轰隆隆",一会儿粗大的雨点儿落下来了,打在玻璃窗上啪啪直响,雨越下越大。我透过玻璃向外望,天地间像挂着无比宽大的珠帘。雨停了,风住了,房前屋后却是一片泽国。大人们各自在忙碌着,一群孩子却赤着脚在水里活蹦乱跳。有的兴高采烈地玩打水仗呢!我们在浑浊的水中蹚来蹚去,双手各拿一只木拖板,相互追逐着打起了水仗。只见四全拿着木拖板在水里乱舞,拼命向我泼来,我也不甘示弱,撩起水向他泼去,一边捧,一边撩,一边泼,还一边躲开泼过来的水,此时欢笑声、泼水声交织在一起。虽然大家像落汤鸡一样,却是那样地愉悦。周作人在《苦雨》中写道:"这回大雨,只有两种人最喜欢。第一是小孩们。他们喜欢水,却极不容易得到,现在看见院子里成了河,便成群结队地去'蹚河'去……"这水中的狂欢,童年的狂欢,又是多么令人怀念啊。

有时,我们几个小伙伴还跟着邻友顺发到大场附近的野塘去打水仗。野塘不及腰眼,跳进水里,尽情地嬉闹。及长,与富生、德平等人还到闸北公园附近的野塘戏水,估摸着时间差不多了,上岸穿衣,再悄悄地溜回家,生怕父母责骂(下野塘玩水是非常危险的,父母断然是不允许我去的)。

当然,雨不大,弄堂里,凡是有洼水的地方都逃不过孩子们的"无影脚"。孩提时,弄堂有的地方是泥路,一下雨就泥泞不堪,车子一过就坑坑洼洼,随之坑里也满是泥水。我们就以此为乐,三五成群地玩着,一脚踏在凹陷处,泥水四溅,沾得大家满身是泥水。

有了外孙女、外孙,玩打水仗也是他们的乐趣之一(当然不可能像我当年的玩法)。于是我买了两支水枪,让他们在庭院里尽情地玩耍。一会儿工夫,他俩衣服就湿了,头发上也满是湿答答的。嬉闹后,姐弟俩都哈哈大笑起来。

冰心曾说:"童年呵!是梦中的真,是真中的梦,是回忆时含泪的微笑。"逝去的童年不会再来,但那些美好记忆会永远镌刻在我的生命里。

三　妹妹去哪儿了

那年我九岁,妹妹六岁,有一天与响生、才弟、贵生等人去大自鸣钟附近的一家工厂捡废弃的像铜钱一样大小的垫圈。捡完后,正准备回家,妹妹却不见了。

事情的经过是这样的:妹妹听说我们要去捡垫圈(当年女孩都喜欢踢毽子,妹妹也想做一只毽子,因为毽子的底座需要比较坚硬的东西垫着,那垫圈正合适),她嚷着要去,我拗不过她,勉强答应了。记得一个晴朗的午后,微风轻轻地吹,暖暖的阳光照耀着大地,路边的小草在阳光的沐浴下吐出了嫩嫩的小芽。大约行走了一个小时,来到了一家工厂附近,只见工厂不远处堆放着一些废料。我们弯着腰,在废料堆里翻来翻去,仔细地寻找着,终于找到了好几个垫圈,心里美滋滋的。捡完后,正准备回家,却发现妹妹不见了。我焦急万分忙动员伙伴分头寻找,我们在厂附近一圈一圈地寻找、呼喊,找遍了前后马路,还是没能找到。我们累得气喘吁吁,一屁股坐在马路旁,一个个灰头土脸满面沮丧地低着头,也不知怎么办。过了好久好久,便随着大伙糊里糊涂地回家了。

到弄堂口,也不敢马上回家,无精打采地胡乱转悠(总有些担惊受怕),直到吃晚饭时,才忐忑不安地露了面。妈妈说:"把妹妹叫回来吃饭。"我心想,妹妹跟我出去捡垫圈,没跟我回家,现在怎么可能把她叫回家呢?为了掩饰自己,我装模作样地在弄堂口大喊,妹妹回家吃饭了,妹妹回家吃饭了。天知道,她能听得见吗?

当妈妈把饭菜刚刚端上饭桌时,负责传呼电话的阿姨来到我家,对我妈说:"中兴路派出所来电,说你家的孩子走失了,现在在江宁路派出所,赶快去领。"此时,我惶恐不安,才知闯了大祸,肯定难逃妈妈的责骂。经过一番折腾,妈妈终于把妹妹领回了家。

原来,我们在寻找垫圈时十分投入,妹妹走开了也不知道,结果她自顾自地走进了附近一条狭窄的弄堂,被一群跳橡皮筋的女孩吸引了。天渐渐黑了,才想起找我们(我们已经离开了)。事后,听妹妹说:"找不到我们,心里着急却没有哭,生怕一哭被陌生人发现会拐骗了去,就认准要找穿制服的民警求助。"虽说妹妹才六岁,但是可爱聪明,家庭地址记得一清二楚。结果在民警阿姨的帮助下,终于回到了温暖的家。

时过境迁,妹妹和我都有了外孙、外孙女了。追忆往昔,丢失妹妹的情景一直在我脑海萦绕,至今仍心生愧疚。

四 烘山芋

烘山芋亦称烤白薯、烤地瓜、烤红薯。20世纪60年代中期,中秋过后,秋风是一天凉似一天,申城路边随处可见烤山芋的外乡人,那年代,吃上一个暖烘烘、香喷喷的烘山芋,既果腹,又解馋。我特别爱吃。

儿童作家任溶溶曾经说过,"番薯即山芋对于小孩子真是一样好吃的零食。我特别喜欢上海的烘山芋。烘山芋皮焦焦的,剥开来山芋肉甜甜糯糯,太好吃了"。印象中,当树叶纷纷飘落时,烘山芋的香味便开始在空气里四溢了。读小学时,放学后总能看见校门口烘山芋摊位前,围满了许多人,如身边有几分钱,便能从摊主那里得到一只热腾腾的烘山芋。

烘山芋要趁热吃，更要与伙伴们分来吃。烫山芋在彼此手中传来传去，随着传来传去友谊越来越深。烘山芋最好吃的地方在皮与肉的粘连处，非得要嘴啃牙刨不可。所以吃烘山芋须背对路人，面向墙角，两颗脑袋近距离接触，还不耽误取笑与自我取笑一番。

记得有一天，父亲兴冲冲地去粮店，背回满满一麻袋山芋，我喜上眉梢，便与妹妹在煤炉上烘烤起来。先把红薯放在火钳上，在煤炉上烤，烤得差不多时，给红薯翻个身，继续烤另外一面。红薯烤熟后，那种高兴的劲儿甭提了。当然有时也会烤焦或烤得半生不熟，尽管如此，那种烤红薯的情景至今仍在脑海中萦绕。

有一次带着外孙女出门逛街，看见三五成群的人们围着烘山芋炉，一股香味扑鼻而来，外孙女问是什么香味呀，我说，烤山芋的香味呀。她说也想吃。我买了一只稍大一点的烘山芋，用纸包着放在塑料袋内，她一路上欢呼雀跃，还不时朝着袋子闻一闻、看一看，生怕这烘山芋会变戏法似的溜走。回到家我轻轻地拨开烘山芋的皮，让她慢慢品尝，她边吃边说，好吃好吃。此时一股喷香、一股暖流直往心头。

清陈世元《金薯传习录》记载："治湿热黄疸，番薯煮食，其黄自退。"山芋是百姓的主食，不登大雅之堂，但其味甘性平，具有补中和血、血气生津、健脾养胃、润肠通便之功效，久食益人，使人长寿少疾。近年来，由于人们越来越注意健康，于是乎，粗粮纷纷卷土重来，山芋也不例外。

如今穿行在街头，仍见硕大的油桶改装成的炉子，里面红红的炭火。摊主将红薯一个个架在炉壁上，让温润的炉火慢慢地烘烤，熟了的红薯散发出诱人的香味，吸引了不少行人驻足。路人双手捧食，一边暖手、一边品尝，别有风味。面对此情此景，又怎么会不让人想起那段难忘的岁月呢？

五　睡在清香的稻草床上

行走在乡间的小路上，看到路两旁晒着很多成捆的稻草，一股清香的味道经年未闻，我贪婪地闭上双眼，大口大口地呼吸着，它勾起了我曾经度过的难忘岁月。

　　小时候的冬天,感觉特别的冷。记得那时盖的被子也很薄,甚至是多块破棉絮缝在一起的,床板上垫上厚厚的稻草,然后铺上一条板板的旧棉絮,冷是自然的了。因此,严寒的冬天在我的眼中是愁惨的季节。

　　稻草是妈妈从大洋桥旁的船公那里买来的。回家后,妈妈把稻草一一抖开,在阳光下暴晒,一会儿工夫稻草的清香扑鼻而来。傍晚,母亲一边窸窸窣窣地用稻草垫床,一边自言自语地说:"稻草晒得这么干,蓬蓬松松的,多好哇!睡在这样的稻草上,做梦都香。"当垫睡一旬或二旬,妈妈又会抱着稻草在屋前晒晒太阳、杀杀菌,又继续垫睡。就是这些稻草床垫,陪伴童年的我走过了不知多少个难熬的寒风凛冽的岁月。

　　有一年冬天,与表姐荷娣到母亲老家丹阳去游玩。看见外婆在庭院里整理稻草忙碌的身影。睡觉前,外婆对我说:"今天垫絮下面的稻草全部换了新的,平实,厚实,松软,睡在上面,一定很舒服。"我试着躺下去,感觉真好。外婆看着自己精心忙活打理一新的床铺,幸福像蜜汁似的从心底里往周身流淌。

　　记得在"北大荒"的岁月里,心灵手巧的女职工,将一株株稻草编织成一块块草帘子,当门帘御寒。一到冬季,知青冒着严寒,上山伐木。住的是帐篷,在简易的木板上铺些稻草(这些稻草是知青从稻草垛里挑挑拣拣,从中挑出比较干净、比较整齐、颜色呈金黄色的稻草,然后在阳光下晒干)。忙碌了一天的知青们,睡在那松软的稻草床上,稻草发出吱吱的声响,那阳光的味道,泥土的芳香,纯天然,原生态,让人感到特别的舒服。卧之草铺,其心安宁,其梦悠远。

　　稻草的用途广泛,可以用来当柴烧,编成绳状可以绑东西,或者用机器一根根像织布一样织成"草包",用来给植物保暖。

　　稻草伴随着人们的生活走过了几千年。如今人们的物质条件优渥了,但我对稻草的床垫还存有一丝留恋。我常常梦见"北大荒"的田野里翠绿的禾苗翻起金黄的稻浪,在阳光照耀的田野里,我躺在清香的稻草上,幸福地睡着了……

六　给水站往事

给水站是儿时记忆中不可磨灭的存在，几百号人共用一处水源。邻居们在给水站旁淘米、洗菜、搓衣，时常还伴着孩子们嬉水的欢声笑语，至今难以忘怀。

地处交通路、太阳山路、孔家木桥路一带，名冠一时的棚户区，说起这地方，曾经的人们还记得用水的不便，那会儿还没有通自来水，（中华人民共和国成立前上海将近有100万居民没有自来水供应，故公用给水站应运而生。最早的给水站出现于1928年。1950年，给水站355座，用水人口近20万人，很多地方是用井水。1979年达到高峰，全市给水站4490座。）每条里弄设有一个给水站。印象中，给水站离我家仅百来米，紧靠孟林根后屋还砌了个见方不大的水池，右边还有一口井，它是整个里弄的地标所在。

那时候左邻右舍用水，全靠给水站提供水源。记忆中，看管给水站的是一名鹤发童颜的老太太，坐在竹椅上，穿一件蓝色的中式上衣，褡襻在侧面腋下的那种，一双小脚够不着地，吊在地面上晃悠。老太太鹰隼般的目光时刻在打水的人身上逡巡，不怒自威。何人何时在她脚下的铅桶里丢了几根筹子，该打几桶水，老太太思路清晰。任何企图多贪多占的行为都会招来老太太的厉声呵斥。

妈妈挑水的身影至今印在我的脑海里。挑来的水，或倒进水缸，或倒入洗衣盆，整天忙碌着。为了减轻妈妈的负担，曾与妹妹一起抬过水，我后头，妹前头，扁担还未上肩，我总是把水桶上系的绳子向我这头挪一下，为了让妹妹减轻分量。抬水时，一路上晃晃悠悠，到家门口停顿后，再拎进家倒入水缸。稍长后，常常拎着两只铅桶去打水。有一年冬天，我拎着铅桶，哼着小曲到给水站。不巧，水管冻住了，负责给水站的老太太，泡来开水浇在一只只水龙头上，终使水龙头哗哗流出水来。

盛夏某一天，我和明喜、志富、正良等人，"逃江山"跑得浑身冒汗。趁老太太不在时，迅速拧开水龙头，连喝带冲，真是痛快至极。龙海的父亲看着我们也呵呵地笑了。还想起，奔赴"北大荒"的当天，还拎着铅桶，把家里的水缸装得满满的。成家后，每逢节假日看望父母，也会拎着铅桶向给水站走去。

那个年代，对许多上海居民来说，每天的生活都是从弄堂口的给水站开始的。清晨，给水站前，有人在池边洗脸漱口、有人淘米洗菜，在一声声招呼中，揭开了人们一天生活的序幕。

老屋早已不在了，这个恪尽职守的老太太也离我们而去，曾经的给水站永远留在我的记忆中。

七　猪油渣

物资匮乏的年代，几乎所有商品都是严格凭证、凭票定量供应。小小一张票证，囊括了生活的方方面面，这是一段难忘的往事。

那年代猪油是人们主要的膳食油脂。主妇买猪肉愿意要肥肉而不愿要瘦肉，就是因为肥肉可以用来熬油。小时候，家境贫寒，平时难得见荤，能吃到猪油渣也是一种奢望。记得读小学时，与志富、明喜等人天蒙蒙亮就起床，到菜场排队买板油、肥膘。回家后，妈妈把肉膘洗干净，切成一小块一小块的肥肉丁，放在锅里慢慢熬。每逢母亲炼猪油，我总喜欢站在旁边，焦急地等待着锅底的猪油渣。母亲炼完猪油，就用铁勺将猪油渣舀到搪瓷碗里。一边舀，一边叮咛我："别急，别急，等凉一会儿再吃。"没多时，我就急不可耐地夹了一片猪油渣，放进嘴中，缓缓地嚼着，猪油滋出，只觉得好香，好香。

妈妈说："猪油的炼制很重要（尤其要掌握火候），炼制过甚，猪油渣就成了焦黑色，苦而涩，难以入口。恰到好处，才能取得上好的猪油渣。"妈妈炼的猪油渣，呈淡黄色，微微的焦，香香的脆。既可做小食，也可制作成美味佳肴。猪油渣的吃法很多，妈妈会用来和青椒炒，青菜炒，或搭配蔬菜煮汤，或猪油渣炒饭，等等。有一次，在外撒野回来，一碗香味扑鼻、金黄诱人的猪油渣放在桌上，我和妹妹就琢磨着哪一块最大、最脆、最好吃。在当年，这就是我们期待已久的美味佳肴。还记起，到姨母家做客，姨母早就准备好我爱吃的猪油渣，家中弥漫着的那种熬猪油的香味，至今回想起来还有一种温馨的感觉。

在连队，炊事员董秀英知道我喜欢吃猪油渣，有次炼完猪油，装了一小袋猪油渣悄悄地送我，那种香味至今难忘。作家叶倾城在《猪油渣炒小白菜》一文中写道："健康是我们要秉承一生的方式，不仅是饮食，也是感情。但能不能有一次，不那么健康？能不能有一段，纵情地、挥霍地、倾尽所有地去爱上一回，就像偶尔在小店，大声叫店家上一盘猪油渣炒小白菜。"（严格地说，常吃油渣不利于健康。油渣中含有大量的动物脂肪，属于饱和脂肪酸，即硬脂。少吃无妨，多吃对人体有害。它不但可引起肥胖，还可使胆固醇升高，导致动脉硬化、高血压、心脏病、心脑血管疾病等。）

日子过得真快，已过耳顺之年的我，却常常念叨妈妈炼的猪油渣，它是我心中的美味佳肴。如今妈妈离我而去，再也品尝不到妈妈炼的金黄、扑鼻、酥脆的猪油渣。

八　挖野菜

大地回春，万物复苏。望着一望无际的原野，心中就想起那些碧绿的野菜（荠菜、蒲公英、黄鹌菜、鼠麴、马齿苋等），勾起对童年生活的回忆与留恋。思绪被腌渍在苦涩、欢乐、温馨的野菜里，仿佛又回到了那段挖野菜、吃野菜的岁月。

三年困难时期，大伙饥肠辘辘，面黄肌瘦，野菜成为充饥的宝贝。对于出生于20世纪50年代的人来说，大概都有过挖野菜的经历。那时物资匮乏，粮食更是短缺，每到春夏两季都会和伙伴们到宝山大场一带挖野菜去。

记得一个星期天，清晨刚下完雨，道路湿滑、我和妹妹及志富、明喜、正平等人，穿过中兴路，沿着庙头、龙潭向宝山大场进发。

我惊喜地发现，在田埂旁、沟渠边、土路边、石级的缝隙中，都成了它们安身的场所。它们肆意伸茎展叶，有的叶子上还挂着晶亮的露珠。长得密集的地方，像一个兴旺的家族团圆在一起，丛丛簇簇，郁郁葱葱，欣欣向荣。伙伴们争先恐后奔向前，挥动小铲一下下铲。刚到中午时分，我和妹妹就严严实实装满了一篮子,手上早已沾满了荠菜、马齿苋挤出的汁液。那时挖野菜,对我们来说是件快乐的事,一边挖野菜,一边嬉闹着,笑声洒满了整个田野,飘荡在蓝天白云下。

当提着篮子,往家赶时,那满载而归的收获感是无法用语言来形容的。妈妈常常把荠菜、马齿苋等野菜择洗干净,焯水后做菜吃。荠菜煮粥、煮面条;马齿苋凉拌,至今回想起仿佛还唇齿留香。

记忆中荠菜一般贴着地面生长,绿色的叶子向四周铺开,每片叶子都像是被巧手的春姑娘剪刻出来一样,有着凹凸有致的花纹,看上去像朵绿色的花。还有一种野菜叫婆婆丁,学名称蒲公英(叶倒卵状披针形、倒披针形或长圆状披针形,花葶一至数个,与叶等长或稍长。瘦果倒卵状披针形,暗褐色),生长在土路旁,刚刚出土的最好吃,有丝丝的苦味,可生食,也可拌凉菜,有去火的作用。再有一种野菜叫黄鹌菜,生长于路边、林缘等地(茎直立,叶基生,倒披针形,提琴状羽裂。裂片有深波状齿,叶柄微具翅。头状花序有柄,排成伞房状、圆锥状和聚伞状;总苞圆筒形,外层总苞片远小于内层,花序托平;全为舌状花,花冠黄色。瘦果纺锤状,稍扁,冠毛白色)。可将食用部位洗净,以盐水浸一昼夜,除去苦味后,再行炒食或煮食,也可用沸水烫熟后,切段蘸调味料食用。也可将花蕾连梗采下,切段腌制成泡菜,也可油炸后食用。

记得每当看到亲自挖的野菜,经过妈妈烹饪后端上饭桌,心中感到特别的自豪,吃起来也格外的有味道。

时光荏苒,不觉间几十年已过,随着改革开放,人们的生活越来越优渥(据报道:崇明国家森林公园还多次举办森林野菜节,使游客们既探寻了自然的乐趣,又尝到了亲手采集的美味)。每当看到人们津津有味地吃着野菜,就会自然而然想起童年挖野菜、吃野菜的难忘岁月。

九　一只补过的碗

一只蓝边碗,一只修补过的蓝边碗。几经搬迁,舍不得扔弃,至今保存在橱柜里。

具有中国特色的老行当（磨剪刀、修雨伞、补碗等），曾经和人们的生活密切相关。无论是生活需要，还是情结使然，那些渐行渐远的老行当在今天依然散发着久远的魅力，成为一个个文化符号。

随着年龄增长，渐渐听不到吆喝声了。当然那其中的味道，也早已不复存在了。行商小贩的吆喝声又叫"货声"，是招徕生意的特殊手段。吆喝的功能，一是报告某一行当小贩的到来，二是介绍服务项目或经营商品的内容及货色，吆喝声简洁明快，高度概括。如"坏阳伞修伐？""坏格碗盏补伐"等等。每一种吆喝声都有一种特殊的调，像唱歌一样，特殊的曲调突出了行业特色。

萧乾在《北京城杂记》里写到过吆喝：一年四季白天黑夜从不间断。我对秋天卖柿子的吆喝印象深刻。那时小贩都想卖弄一下嗓门儿，所以有的卖柿子的不但词儿编得热闹，还卖弄一通唱腔。最起码也得像歌剧里那种半说半唱的道白。这实在令我吃惊了，是怎样的生活情态才能把生意做得如此兴味盎然，如此自得其乐？"栗子味儿的白薯！""萝卜赛过梨！""葫芦儿——刚蘸得！"……诸如此类不胜枚举。这种声音太有味道，从心底里给人一种愉悦感，一种豁达感，一种露天的、摩肩接踵的、任意领取的快乐。这就是北京城令人魂牵梦萦的味道，一代老北京的乡愁。

读小学时，有一次吃晚饭时，不小心把碗摔成了两片（好在家里是泥地），当时心里很害怕，爸爸却幽默地说，"还好没有粉身碎骨。"过了几天，我正在一块空地上与伙伴"斗鸡"取乐，听到了"坏格碗盏补伐"的吆喝声。我赶紧跑回家告诉了妈妈。

记忆中那位师傅五十岁上下，黑黝黝的脸膛，短短而直立的头发显得很干练。身穿一件蓝色的土布衣服。我发现，担子里的装备与磨剪子抢菜刀的相差无几。工具很简单，一条破凳，绑上一只手摇的小砂轮及装水的罐头，衣兜里放着一把手动小钻子和大大小小的铆钉。当我把破碗递给他时，他先用小刷子把那两块碎片逐一清理一番，然后用细胶泥粘拼成原状，再用小钻子在破损碗的两边打上洞眼，最后细心地用小铆钉一只只钉上去，好像外科医生为病人缝补伤口一般。修补好后再用碗泥在破损处抹一遍，再倒进水反复试，直至滴水不漏，全道补碗程序就算完成了。一只碎成两片的碗，在技艺高超的师傅手里终于合二为一，修补好了，能使用了。

如今，这行当早已退出了历史舞台。时光流逝，岁月如歌。随着人们生活水平的提高，我却依然怀念童年时行商小贩的吆喝声，怀念吆喝背后的味道，感知时代变迁的轨迹。

十　坐轮渡

一条宽阔的黄浦江，把上海隔成东西两块（俗称浦东、浦西）。那时去浦东回浦西，那一定得坐轮渡。

起初，黄浦江上还未有轮渡，只有小舢板往来于两岸。根据上海的史志记载，早在明清时期，黄浦江边就有渡口，江面上漂着舢板、划子。上海轮渡第一船开行是1911年的1月5日。自从黄浦江上开行了轮渡以后，渡轮的汽笛盖过了艄公的号子，那萦回在黄浦江上的嘹亮的汽笛声也成了从乡村上海到城市上海的历史性宣言。

坐轮渡、赏浦江、看浦东那是我小时候的渴望。记得有一回，贵生对我说："家住大洋桥桂明的姨母住在浦东，什么时候约他一起去。"我说："好的。"记得1964年春日的一个午后，身揣平时爸爸给我的零用钱（一角钱），与贵生、桂明徒步前往延安东路的摆渡口坐轮渡。那时，只要花6分钱就可以在浦西浦东打来回。在轮渡上，可观察到各种人的神态表情。肩担车推的农夫壮汉，叽叽喳喳背着书包的学生，间或还有乞讨的、嬉笑的……三教九流林林总总的人车货物相混其间，在轮渡船舱里展示了千人百态的众生相。当轮渡到达对岸后，轮渡水手那一记远距离带弧形的抛缆绳动作，至今令我难以忘怀。

随人潮走出船舱，行走在通往桂明姨母家里的路上。记忆中，看不到高楼大厦，举目望去，眼前是一望无垠的庄稼，金黄的油菜花儿开得正旺，辛勤的小蜜蜂，一会儿飞到这说些悄悄话，一会儿又飞到那儿吻一吻。还有这一片、那一片，绿得发亮的红花草，自然地绣上了几朵小紫花，好看极了。正在拔节的麦苗儿，像绿色的地毯，厚厚地铺在田野上。看到此景，我想起了儿时背诵的"一年之计在于春"的谚语。

大约在桂明姨母家待了没多久，我们就告辞了，坐轮渡又回到了浦西。我们并没有急着往回赶，我们趴在黄浦江水泥防汛墙上，看海鸥飞上飞下，聆听远处传来的汽笛声，偶尔有一艘大客轮驶过，让我们发出惊叹的尖叫。我们还时而回头远眺外滩风格迥异的万国建筑，真是别有一番滋味。

那时候黄浦江上的对江渡轮从吴淞口到鲁班路有十几条之多。1987年初冬的一个大雾天的早晨，陆家嘴轮渡站发生了一起因大雾酿成拥挤踩踏的重大伤亡事故，这是当年的新闻。

现在黄浦江上先后建成延安路、复兴路等多条隧道，架起了南浦、杨浦、卢浦、徐浦等多座大桥，天堑变成了通途。随着旅游业的发展，一艘艘游船在上海的母亲河游弋，成为黄浦江上流动的风景线。倘徉在黄浦江心，可观万国建筑群、东方明珠等经典地标，可赏中华艺术宫、上海中心等城市新景，亦可展望上海的美好明天。

岁月流转，往事如烟。曾几何时，轮渡是上海市民唯一的过江工具，呜呜的汽笛声夹杂着人间百味。如今，辉煌不再，记忆犹存，轮渡还在我们身边，又仿佛离得很远。我对于黄浦江有着一种情怀，只有乘船驶入江心，对母亲河的感情才更能释怀。

十一　捉知了

又到了炎热的盛夏，树上的知了拖着长长的尾音此起彼伏地叫着，把我的思绪又带回到了童年时捉知了的那段快乐时光。

蝉在中国古代象征复活和永生，这个象征意义来自它的生命周期：它最初是幼虫，后来成为地上的蝉蛹，最后变成飞虫。蝉的幼虫形象始见于公元前2000年的商代青铜器上，从周朝后期到汉代的葬礼中，人们总把一个玉蝉放入死者口中以求庇护和永生。由于人们认为蝉以露水为生，因此它又是纯洁的象征。

自古以来，人们对蝉最感兴趣的莫过于是它的鸣声。它为诗人墨客们所歌颂，并以咏蝉声来抒发高洁的情怀。从百花齐放的春天，到绿叶凋零的秋天，蝉一直不知疲倦地用轻快而舒畅的调子，不用任何中、西乐器伴奏，为人们高唱一曲又一曲轻快的蝉歌，为大自然增添了浓厚的情意。难怪乎人们称它为"昆虫音乐家""大自然的歌手"。

　　夏日，骄阳似火，午后的蝉鸣穿过树叶，透过窗子，传进我的耳朵里，足以挑逗我那颗顽皮的心。记得有一天，我和辉焱、锦富（小瘦子）、贵生（胡老贵）、正平（排骨兵）等人到郊外去捉知了（捉知了的工具是自己制作的。有的用废橡胶和松香，先在煤炉上熔化，再将其调和，便很有黏性了。有的和面团，把面粉和成一个面团，再洗面团，把和好的面团用水反复洗，直到淀粉洗完只剩面筋。然后把面筋拉长缠绕在竿的头上，面筋就会牢固地粘在竿上了）。大家沿着沪太路向余庆桥方向前行。酷暑难当，热风千里，公路两旁出现了一望无际的农田，还有永无尽头的沟渠，汗水濡湿了汗衫和短裤，晒红了的皮肤也好像在滋滋地往外出油。我们在小河边戏水欢闹，立马被蚊子叮成赤豆粽子。不知行走了多久，终于来到了一片树林。大伙分散在树林里，循着知了的声音定位其所在的位置。知了往往听见声音后都会安静下来，我们仰起头在那一棵棵高高的树上寻觅。倘若遇到自己的手可以触及的地方，我们就会将手掌弯曲，形成拱形，扑向知了的位置。一旦知了高高在上，我就屏息宁神，轻轻地把竿头伸过去，黏团一碰知了的翅膀，知了一惊正要振翅高飞，却不知越粘越紧，不幸被俘了。每抓到一只，都会有一种成功的喜悦之情。想起当初，穿梭在小树林的激情，才发现我们是那么幸福，那么自由自在。辉焱、锦富等人用的是网袋（网袋的制作先将准备好的网袋用铁丝在袋口处固定好，再将网袋绑在长竿的顶端，使袋口处突出竿外）。网袋的技术含量要高一些，需要更轻柔地将网袋伸在知了的头前，知了向前爬或要飞走正好落入网袋中。一下午，每个人的战利品颇丰，大家脸上都露出了灿烂的笑容。

　　稍长阅读了法布尔的《昆虫记》，才明白雄蝉是天才的乐师。涉猎《庄子·达声》一文"仲尼适楚，出于林中，见佝偻者承蜩，犹掇之也。

仲尼曰：'子巧乎！有道邪？'曰：'我有道也。五六月累丸二而不坠，则失者锱铢；累三而不坠，则失者十一；累五而不坠，犹掇之也。吾处身也，若厥株拘；吾执臂也，若槁木之枝；虽天地之大，万物之多，而唯蜩翼之知。吾不反不侧，不以万物易蜩之翼，何为而不得！'孔子顾谓弟子曰：'用志不分，乃凝于神，其佝偻丈人之谓乎！'"才懂得养成不被外界打扰的习惯，专注地去做一件事的道理。

盛夏时节，外孙女、外孙在庭院里听到蝉声阵阵，好奇地问我，什么在叫呀，我柔柔地说："知了啊。"似乎他们明白了。如今家中各种玩具样样齐全，但总觉得孩子们少了些探索大自然的乐趣。我想，等他们再大些，一定带他们捉知了去。

日子总是像指间滤过的细沙，在不经意间悄然滑落。童年是一首无言的诗，是一个多彩的梦，童年是最让人难忘的诗篇。现在，每当听到"池塘边的榕树上，知了在声声叫着夏天……"这首歌时，脑海里就不自觉地浮现起捉知了的画面，心中就有一种莫名的怀念和感动。

十二　捡菜叶

近日，朋友告诉我，与家人参加了由崇明国家森林公园组织的森林野菜节活动，这使我想起了三年困难时期我和伙伴捡菜叶的往事。

听邻居发全说，大场附近的菜地里有时能捡到黄芽菜叶和萝卜叶，于是我和伙伴们决定去碰碰运气。

记得秋后的一个午后，找了一个旧袋子，贵生、四全、志富、明喜、正平还有我和弟妹随着捡菜叶的"大军"向大场进发。家离大场有二十来里，我们沿着沪太路边走边说，可是还没有走到一半，已是浑身出汗了。抬头望，轻柔的浮云在眼前悠然地飘动，像小船一样轻轻地划过。那碧蓝的天，还有被秋霜浸染了的野草，飘飘洒洒的落叶，俨然像一个个披着金色头巾的少女，在萧瑟的秋风中婆娑起舞，展现着倩姿。

捡菜叶犹如打一场战役，我便是战区指挥员。过了姜家桥，看见几位老农正在菜地里把萝卜叶揪掉扔在菜地里，我有序地组织伙伴和弟妹，分散在田间，把萝卜叶捡起装在袋子里。印象最深刻的是有一位老伯伯穿着一件粗布旧衣，干瘦的脸上布满了像沟壑似的皱纹，慈祥地看着我们，眼神流露出一种关切和爱怜。见我来捡，他有意把剥下的菜叶扔在我这边，此时，幼小的心灵感到阵阵温暖。捡了一会儿，我伸了伸腰，抬头一望，看见河对岸的菜地里有的村姑弯腰收黄芽菜。于是，我指挥大伙，一路小跑，在菜地里弯着腰捡被村姑剥去的黄芽菜叶片（黄芽菜表层的叶片并不是黄的，而是浅绿色，一层层剥开，颜色变成牙黄，叶子收得紧，在顶部弯成勺子样）。印象中，我们捡着捡着，还会在菜地里追逐打闹，这时，村姑就会大声吼叫，小棺材，勿要瞎跑（沪语）。

捡完后，我们喜气洋洋地向余庆桥方向走去，却意外地遇到了又一支捡菜大军，记得有响生、才弟、海根等人。两支"捡菜大军"在余庆桥会师，别有一番滋味。

有一次，路过西红柿菜地，那红红的、胖嘟嘟的西红柿十分诱人，我先四下里看看有没有人，再猫着腰，心怦怦地跳，终于伸出手，快速地摘下番茄，藏到口袋里。在那个物资匮乏的年代，我们这些调皮的孩子，差不多都做过诸如偷摘番茄、黄瓜这样的事。

回家的路上，在龙潭附近，还遇见了弟弟同学盛林的大哥吴大林等人。大林瘦高瘦高的，戴一副深度眼镜，肩上还搭了一个旧袋子。

每当捡菜到家时，妈妈都不住地夸奖我懂事，能干。妈妈把捡来的黄芽菜、萝卜叶洗净，萝卜叶切成小段，腌渍在罐子里。黄芽菜炒着吃，或下面条。

转眼几十年过去了。现在的生活富裕了。品尝过各种美味佳肴，可是至今仍然忘不了那少年时捡菜叶的往事。

十三　割草记

"文革"期间学校停课了，无学可上。为了寻找乐趣，结伴到郊外摸鱼抓虾。印象最深刻的，当然是割草啰。

割草队伍中，年龄最大的是正良母亲，五十出头。长得高高瘦瘦的，为人热情，快人快语，精明能干。大家称她割草队长。比正良母亲稍小一点的是明喜母亲，四十多岁，长得结结实实，手疾眼快，也是割草的好把式。

天蒙蒙亮，我们就起床了，胡乱地扒拉了两口饭，就上路了。我们挑着担，穿过狭窄而弯曲的弄堂，沿着沪太路方向的龙潭、余庆桥、姜家桥前行。

有一回，在田埂旁割草，不小心镰刀割到了鞋面。我"哎呀"一声，只见鞋面上出现了一道刀痕。三哥听见了，走到我跟前说："伤着了吗？"我说："没伤着。"于是三哥说："割草要把刀口放平，这样，就不会割到鞋上了。"边说边示范着。

不远处正良、明喜正与他们母亲在一起割草，一会儿工夫，他们就割了满满一大筐，甚是羡慕。中午时分，我们围坐在一起，拿出自带的干粮吃了起来。渴了，就喝点井水。记得有一次，我发现有一处草长得特别茂盛，混着青草的香，还有野草的芬芳，让人感到无比快乐。不一会儿这片草就割完了，然后挑着担去别处寻觅。每当发现草多的地块，浑身都会突然地轻盈起来（小草散发着青青的气息，小草里还夹杂着不知名的花儿，释放着淡淡的清凉的花香），割得也特别快，一会儿就割了一大堆，然后再往草袋里装。每当我挑着沉甸甸的草袋走在养牛场的土路上，心里总是滋生出一种朦胧的成就感。

记忆中，清晨割草最好，青草上洒满了露珠，摸上去软软的，不硌手。有一次，割着割着，我忽然觉得腰像断了似的直不起来，费了九牛二虎之力直了起来，又弯不下去了。如此折腾了几回，只觉得腰像炸裂似的，酸疼得直冒冷汗。望着长势茂盛的青草，我又慢慢地蹲了下去，低着头又割了起来。正良母亲总夸我，你真行，真能干！

养牛场坐落在宝山县姜家桥北面，我们割的草卖给场主。印象中，场主姓王（人称王辣子）头发稀落，身材魁梧，表情严肃，态度生硬，为人苛刻，操着一口地道的方言。每次挑着担到养牛场，过完秤，他总会挑剔，要么草湿漉漉的，要么草沾了泥巴，多多少少要克扣点斤数，有时与他争辩也无济于事。

割草之余，也有许多快乐之事。有一次，明喜在草丛里，突然大叫了一声，有蚂蚱。说时迟，那时快，正良、正德都弯下腰去寻找，结果不见了。明喜说："肯定在草丛里。"我拿着一截小树枝，小心翼翼地猫着腰，眼睛盯着草丛，突然一只蚂蚱出现在我眼前，我立刻一个扑腾，终于捉到了。还记得休息时，大家在河边玩打水漂的游戏，看谁漂的水花多，水片远。我弯腰捡起身边一块不大不小的石子，在手指间转了转。然后，弯了腰，稍稍瞄了瞄，扬起手臂甩出去。石子碰到水面后，受惊似的弹起来，一连跳了好多次。石子在沉下去前，在水面上舞蹈着。在击起的浪花中，消磨着年少的时光，制造着青春的欢乐。

　　初中毕业后，离开了故乡，奔赴遥远的"北大荒"，割草的经历却已深深地融入我的血液里。在"北大荒"，能吃苦耐劳，任劳任怨与曾经割草的经历息息相关。

　　退休后，每逢路过姜家桥一带（现在已变了模样）总觉得这块土地是那么地亲切，仿佛还能看到镰刀划过的痕迹，听见镰刀与地摩擦的声音。那种在辛劳中享受的自由快乐，丰富了我的生活阅历，成了我此生难以忘怀的追忆。

十四　锣鼓声

　　读小学时，在弄堂空地上与小伙伴打玻璃弹子，突然远处传来了锣鼓声，我们一群调皮鬼立马散了伙，循着锣鼓声跑去。看见弄堂口五六个壮汉敲打着锣鼓，动作漂亮又气势壮观。而且看热闹的人越来，锣鼓手就越敲得起劲。我们跟在敲锣打鼓的队伍后一路闹过去，没走多远，在一家门口停下，原来是志发（小名猪猪）参军了。那年代，凡是锣鼓敲到家门口，基本以两件事情为多：一是光荣参军，二是光荣退休。

　　记得每年总能听到这鼓舞人心的锣鼓声。有一天下午，同伴们正在我家做作业，听到锣鼓声，我们欢天喜地地涌出去看热闹。由于弄堂狭窄，卡车是开不进来的，就停在孔家木桥路边，欢送队伍只好安步当车，鱼贯而行。盛强的爷爷（上海港务局工作）双手捧着光荣退休的镜框，胸挂大红花，在大家簇拥下一路走来。此时不知谁唱了"戴花要戴大红花，骑马要骑千里马，唱歌要唱跃进的歌，听话要听党的话！"这首歌，顿时现场气氛活跃起来。

居住在这里的人们基本上是企业职工，甚至有的在里弄加工厂干了一辈子。由于单位规模小，派不出车辆，厂领导就会派辆黄鱼车送退休工人回家。也有个别的退休工人坐着三轮车回家，往往引来左邻右舍驻足观望。记忆中，车不论大小，欢送人群却非常热闹，锣鼓敲起来一样震天动地，传遍整条弄堂。

依稀记得，1968年8月，姐姐报名去黑龙江生产建设兵团被批准的当天，学校还精心组织老师和学生敲锣打鼓到我家，场面十分热烈。爸爸妈妈退休，我正在"北大荒"战天斗地，听爸妈说："单位也是敲打锣鼓送我们回家的，那是一种荣耀，很光荣的。"

近年来，有些单位职工退休，无声无息地走人了，是不是总缺少些什么。好在这一现象有所转变。本人退休，虽然没有这样隆重而喜庆的气氛，但是学校工会还开了茶话会。如今，想起父辈们的退休，倒真叫是光荣。现在再也听不到那年代把退休工人送回家的锣鼓声，想想还蛮怀念的。

十五　糖纸记趣

糖纸在童年的记忆里，是如此的美好，如此的甜蜜。在那个物资匮乏的年代，对于孩子们来说，集糖纸却是一种渴望与奢求。现在想起来，那些真的已经很遥远了。它曾激起我心中层层涟漪，荡漾开来，却也是满心欢喜。

糖纸，是指糖的包装装潢用纸，它上面所反映的题材大多与社会发展进步及人们的生活密切相关，是人类生活的一个小窗口，是方寸天地间的文化反映。上面的图案既有花、鸟、虫、草，又有脸谱、名人肖像、双喜字等等，传统文化跃然其上。

集糖纸是人们的爱好之一，这一爱好如今看起来十分奇怪，但对出生于20世纪50年代的人们来说，集糖纸是少年时代很平常的事情。那年代，糖果还是一件很稀罕的东西，只有在过年或谁家有人结婚时，才有希望吃上几颗。因为喜欢糖果，糖纸也就成了孩子们的心爱之物。

那时候，吃糖的机会并不多，收集糖纸不是一件轻松的事，要四处搜寻。如在马路上遇到糖纸，也会如获至宝般地捡回来。将它小心翼翼展平，整整齐齐分别夹在书本里。正如作家铁凝在《一千张糖纸》描写的那样："我们走街串巷，寻找被遗弃在犄角旮旯的糖纸。那时候糖纸并不是随处可见的。我们会追逐着一张随风飘舞的糖纸在胡同里一跑半天的……我们还守候在食品店的糖果柜台前，耐心等待那些领着孩子前来买糖的大人，等待他们买糖之后剥开一块放进孩子的嘴，那时我们会飞速捡起落在地上的糖纸。"读小学时，有一次，我家（明亮宽敞，上下四间，曾租借给蔡家、刘家、陶家）的房客陶叔叔的大女儿惠玲从楼上下来，她从衣兜里掏出一块糖，慢慢地打开包着糖的那张看上去很好看的纸，把一块糖放进嘴里，然后把糖纸随手扔掉了，我却小心翼翼地捡起来。记忆里，那是一张粉红色的糖纸，那时候在我看来很精致很好看。我还在饭桌上轻轻地抚平糖纸的褶皱，然后夹在书本里。

小时候，最渴望的就是过年。家里置备了一些糖果，除了将家中的各式糖纸先收好外，大年初一爸爸领着我去亲戚家拜年，眼珠也会有意无意搜寻盘里的糖果，期待着其中有好看的花色。对我们这一代来说，集糖纸是很有趣的事儿。记得，伙伴们先把功课做完，然后各自拿出收集的糖纸让大伙欣赏。有人把一张张糖纸夹在书里，也有人专门准备了收集册，就像集邮簿。糖纸收集多了，我会经常带上这些珍贵的收藏品，与富生、德平等人相互欣赏，互通有无，相互补缺，把各自不同图案的糖纸交换或是赠送，丰富彼此的糖纸样式与花色。同时，我还会按照图案题材或者生产厂家稍作分类。至今我还保留了一张红白相间的"上海奶糖"糖纸。一位小姑娘正忙着浇水洗衣，两侧则用精巧的小铲和小桶图案作为点缀，这是连环画名家戴敦邦的作品。

中国收藏家协会书报刊收藏委员会副主任秦杰说："糖纸代表着一种在现代生活中渐渐远去的文化，成为物质贫乏时期不多的生活点缀，牵动着对那段年代的记忆。"如今想起那些糖纸，它代表着一种文化，唤起一代人温情的回忆。小小糖纸也留下了时代发展的痕迹。那一张张薄薄的带着芳香的糖纸，给我留下了甜蜜的永久记忆。

十六 修鞋匠

修鞋匠，乃民间专门修补破损之鞋的艺人也。他们以修补破损旧鞋为生计，用修补旧鞋挣来的些许手工钱养家糊口。记得20世纪60年代，地处交通路1011弄牌坊前（靠近合作商店）有一个修鞋摊点。印象中，鞋匠五十来岁，个头不高，脊背微驼，黝黑的脸膛，上身穿一件破旧的中式对襟夹袄，两个胳膊肘和后肩膀脊背上都是补丁，下身着一条蓝裤子，臀部和膝盖都有补丁点缀，不知已穿了多少时日，操着一口地道的苏北话。岁月的风雨在他的脸上刻下深深的印痕。有时路过此地，总看见他低着头，膝上衬着一方蓝布，动作娴熟地修补着。他手艺好是出了名的，左邻右舍总乐意去他那里修鞋。

听说这位鞋匠为人亲近，手艺精湛，信誉极佳，收费合理，童叟无欺。他能根据鞋的颜色和布料，精心选择皮块，再把选好的皮块进行巧妙修剪，扎上圆润密集的针脚，一双破鞋便成了镶上"花朵"的新鞋了。记得有一次，去他那儿修鞋，见我来了，他咧嘴笑笑，示意我坐下稍等。忙完手中的活，他在一方蓝布上擦了把手，不紧不慢地拿起我的鞋，左右瞧瞧，然后把鞋帮和鞋底一点一点对整齐。没多久，鞋就修补好了。我心想，一双修补过的鞋子，又可以舒舒服服地穿在脚上，与同伴们追逐打闹了。

常年补鞋，鞋匠的手粗糙不堪，手指又粗又短，尤其是拇指和食指的指端还裂开一道道口子。还记得，修鞋摊点是放学回家的必经之路。曾见他钉掌时，把鞋底朝上鞋裹笼套在钉拐子上（所谓"钉拐子"，就是一块长厚铁板，长三四寸左右，宽一寸有余，两端皆为圆形，形状跟小鞋底儿近似，下面中间立一根拇指粗铁柱，铁柱下是一块厚木板，称之为顶拐子座儿，用来保持稳定），从小盒子里拿出几个小铁钉放到嘴里，用嘴唇含住，用锤子往鞋上钉一个，就从嘴里再往外吐一个，煞是有趣。有时，修鞋的人多了，他一边修鞋，一边不忘让修鞋的人先坐在长条凳上。没人催他，大家总是很耐心地等待着。记得一个冬天的午后,有几位老人坐在摊位旁晒太阳,时不时还与鞋匠闲聊,像旅途中的小憩,像劳累后的放松……此时,不禁让我想起了《爸爸的草鞋》这首歌:草鞋是船,爸爸是帆,奶奶的叮嘱装里面……人们把修鞋摊点当成了心灵停泊的港湾。

动迁后,再也没有见到修鞋匠的身影。如今,新一代的修鞋匠(大多是新上海人),在小区某个角落,默默地守候着这门传统手艺,传承着老一辈执着的信念,为大家提供便利。但使用的修鞋工具,比起父辈要先进了许多,速度也更加快捷,充分展现了现代修鞋匠的风采。

十七　老物件,时光的回忆

时代发展越来越快,物品的更新迭代让老物件渐渐成了回忆。作为一种传统的家庭取暖用具,"汤焐子"(上海方言,我国绝大多数地方称该物件为"汤婆子")陪伴人们度过了无数个寒冷的冬季。孩提时,冬季焐汤焐子的情景仿佛就在昨日。

据史料记载,汤焐子早在宋代就出现了。小时候,家里有一只铜制的汤焐子,每到冬天临睡前,妈妈总会将汤焐子灌满热水,再用绒布套包住,塞进我的被窝,一宿都是热乎乎的。早晨起来,妈妈还把汤焐子里带着些许温度的水倒出来,用作漱洗。无数个冬日的寒夜里,正是有了汤焐子这个取暖神器,给我带来了温暖。

一般而言,使用过的铜汤焐子,用久了铜汤焐子中间连接处和出水的嘴部容易脱焊,或者是无意摔坏后呈现凹瘪以致漏水。由于长年使用,家里的汤焐子罢工了。妈妈让我去中兴路近中交路的一爿铜匠铺修理。师傅接过汤焐子,仔细观察,发现中部连接的缝隙有两处微小的破洞。焊补后,师傅朝铜嘴里倒了点水,捧着铜汤焐子鼓起腮帮子使劲地吹上一大口气,直至修补过后的汤焐子再不能吹进气,涨红了脸的师傅才将汤焐子交回到我手里。"好了,再不会漏水了。"他说道。

清代曹庭栋《老老恒言》卷四记载:"有制大锡罐,热水注满,紧覆其口,彻夜纳入被中,可以代炉,俗呼'汤婆子'。然终有湿气透露，及于被褥，则必及于体，暂用较胜于炉。"这种焐冬的老物件，也许是它放在被窝里的缘故，古代文人就戏谑地称它为"婆"子，如称"锡夫人""汤媪""脚婆"等。南宋范成大有一首《戏赠脚婆》诗："日满东窗照被堆，宿窗犹自暖如煨。尺三汗脚君休笑，曾踏靴霜待漏来。""焐"谐音"捂"，在上海方言中，"捂子"的含义是带来孩子，从"汤焐子"的发音中也有兴旺发达的寓意，引申开来则是家庭美满之民俗意蕴。宋代黄庭坚也曾作诗戏咏曰："小姬暖足卧，或能起心兵。千金买脚婆，夜夜睡天明。"民俗文化学会会长仲富兰介绍："汤焐子与手炉、脚炉等物件不一样，它是一种装热水的取暖用具。从制作汤焐子的材质来看，一般都是黄铜制作，也有用锡质材料的锡汤焐子，都是用两个半扁球形铜构件焊接而成，顶部铸有一个注水口，注水口上拧有一个铜盖或锡盖。每当睡觉前，将汤焐子内灌满开水，放到被窝内几乎可以保持一个夜晚的温暖。"古代女子婚嫁的嫁妆常常会附带着这个物件，有些汤婆子还传了几代人。曾记得，心灵手巧的邻居赵龙继母在家还精心缝制布袋，布袋上绣着花纹，罩在汤焐子外面。我想，即使在物资匮乏的年代里，也难掩人们对于美的向往和追求。

随着空调、电热毯等取暖用品走进寻常百姓家，汤焐子千余年的历史使命渐渐画上了完美的句号。对我来说，汤焐子所承载的岁月记忆，以及寄托的情感却越发地不可忘却，值得回味。

十八　假领子

假领子又叫节约领，曾经是上海"特产"，除了领子部分外，还有前襟、后片、扣子、扣眼、布带等，佩戴方法非常简单，用左右两边的布带套住臂膀即可，布带可以起到防滑作用。回想起穿到领子发白，穿到领子破损还舍不得丢的日子，真让人感慨万千。

物资匮乏年代，购买衣裤需凭票，但零碎的布头却不需要凭票供应。精明的上海人就拿它们制成节约领，既节省了布票，还可以让有限的衣服翻出更多花色。

20世纪60年代衣服的颜色比较单一。60年代被称为三原色的年代，黄色、绿色、蓝色大行其道。70年代则以灰、黑、蓝为色彩基调。记忆里，二哥参加工作后，里面穿了件条纹的假领子，外面穿件蓝色卡其布的中山装，显得精神焕发，神采飞扬。那年代，男士穿中山装较多，风纪扣最上面的没扣上，露出来的领子是衬衫领还是假领头根本说不清（往往以假乱真）。女式假领子样式比较丰富，既有小碎花布料的，也有荷叶边款式等等。有的女士不仅将假领头翻在毛衣外面，甚至翻到了棉袄罩衣立领外，在单调缺乏个性化的服装款式中，给都市抹上了一道亮色。

记得20世纪80年代初，到宁夏支教。临行前几天，与富生逛南京路，走进一片商店，看见柜台里整齐地叠放着白色、蓝色和条纹等假领子。我精心挑选了几个，甚是满意。

支教期间，课余时间还与学生们在操场上打篮球，打热了，随手脱掉了外衣及毛衣，却引来了学生们的哈哈大笑，原来假领子露馅了（学生才恍然大悟，每天换一件衬衫，原来是假领子）。不过，假领子洗起来，倒比洗衬衫方便多了。晒干后，假领子会皱皱巴巴的。我就把开水倒在大搪瓷杯中，趁热在衣领上来回烫，倒也能烫平一点，效果不错。记得同室的王磊也学我这个土办法烫假领头，蛮有情趣。

假领子在特殊的年代成为我们生活的必需品，它已成为一个时代的风景和标志。随着社会的发展，时代的进步，这些承载特定历史含义和特定时代风俗的事物与我们的生活渐行渐远，甚至有些已成为我们永恒的回忆。

十九　传呼电话

几十年前，申城的大街小巷，到处都可以看到"公用电话"的牌子。传呼电话曾经是弄堂里的一道独特的风景。然而，随着私家电话的普及和移动通信的兴起，传呼电话逐渐退出市民生活。

上海最早的一部电话，仅仅比贝尔1876年发明电话晚了6年。1882年，丹麦大北电报公司在上海外滩7号开通了人工电话交换所，经营租界内的电话业务，这就是上海最早的市内电话。但在随后的相当长时间里，电话都是少数人的通信工具。1952年，上海开始试行传呼公用电话，到1960年，全市的公用电话达到了3293部，遍布于上海城区的每一个角落。

现在的年轻人整天手机不离，对传呼电话印象不深。但在那个年代，传呼电话是市民最主要的通信工具。我家附近的传呼电话，起先安装在董家烟纸店里，由买杂货的店主代为看管（传呼电话可以让对方回电，也可请店主传话），不知何时，传呼电话移到了中兴坊居委会临时搭建的小屋。印象中，电话间好像有两部黑胶木电话机（一部拨打，一部接听），那时的电话号码是六位数的，座机是黑色，用手指沿顺时针方向拨到位，拔出手指，等拨号盘转回到头再拨下一个数，要重复六次这样的动作，遇忙音，再重复上述动作。电话机旁，还备有一本《公用电话簿》方便顾客查询。

记忆中，电话间有位五十来岁的阿姨，朴素大方，为人热情，脑子灵活，记忆力强。对左邻右舍的家事了如指掌，你不要看她文化不高，但是，传话很有艺术性。如对方来电说家里人过世了，传呼阿姨就会说，"××来电话，叫你到医院去一趟，不要急"，不是马上告诉你一个不幸的消息，让你有个心理准备。

依稀记得，起先，阿姨用高八度的嗓音呼喊，后来，改用电喇叭传话。一路上喊过去："12号电话，19号电话，21号电话。"那年月，传呼电话的呼喊声，是里弄特有的一种市井声。那时，打电话要排队，打完了要等回电，花上半个小时是常见的，逢年过节，花费时间更长。家长里短、嘘寒问暖，传呼电话间演绎着一个又一个市井故事。

记得20世纪80年代初大学毕业，当时除了给同学留家庭地址外，还必须留一个公用电话号码，方便联系。有一回，阿姨扯着喉咙喊，21号电话，还拿了一张小纸条递给我，一瞧回电号码，是女朋友打来的，那高兴啊！回电时，拨了几次都是忙音，真急死人了。到了90年代初，我家终于有了电话，那时初装费高达三千多元，真是一笔不小的开销呀。

如今的传呼电话，终于带着无数人的美好回忆功成身退。在它身后，留下了社会变迁的曲折轨迹。那些年，传呼电话不仅拉近了人们空间上的距离，也增添了相互间的情感交融。对曾受益于传呼电话的人们来说，传呼电话不仅是曾经的通信工具,也是温馨的文化符号。

二十　旅游地图购买记趣

旅游地图是旅游者和旅游地之间的一座桥梁,也是旅游者深入认识、了解旅游地的重要工具之一。

读小学时,喜欢看地图册,对那些花花绿绿的未知世界充满了好奇。购买地图始于"文革"初期。有一次与富生、德平去福州路旧书店淘书,一本由地图出版社编制出版的1966年第一版《中国地图册》静静地站立在书架上,我如获至宝。这本地图册,至今伴随在我身边。

作为旅游爱好者,每到一地,购买旅游交通图是我一大嗜好。在旅途中,手持一张详细介绍当地的地图,往往给人带来方便。

母亲健在时,一家到浙江长兴"农家乐"去游玩,手头的地图册,对长兴介绍得十分简略。为了能买到一张详细介绍长兴的地图册,当天下午,我特地乘当地公交车到县城,在县城一爿书店买到了。打开地图仔细地阅读,方知长兴县历史悠久,文化底蕴深厚,是正迅速崛起的一座山水园林型现代化新兴城。晚饭后,我向家人介绍了长兴的过去、现在及未来的发展。同时还把当地旅游景点如霸王潭、大唐贡茶院、新四军苏浙军区纪念馆介绍给了家人。家人兴致颇高,说一定要去目睹霸王潭的风采。

第二天吃完早餐,我们兴致勃勃地向霸王潭进发。相传,霸王项羽曾在此饮水沐浴,并留下膝盖深印而得名。山崖有唐、宋石刻,并有后人题刻的李清照:"生当作人杰,死亦为鬼雄。至今思项羽,不肯过江东。"诗句。溪下有被遗弃石蟾蜍古物,亭旁有项羽塑像,伟岸高大,目注四方。大家兴趣盎然地在项羽塑像前拍照留念。我边走边向亲友讲解"农家乐"地处"水口"地名的来源和有关诗句(贡茶圣地顾渚山之水至此东入太湖,故名。唐代诗人杜牧《入茶山下题水口草市绝句》云:"倚溪侵岭多高树,夸酒书旗有小楼。惊起鸳鸯岂无恨,一双飞去却回头。"唐代诗人李郢《自水口入茶山》云:"蒨蒨红裙好女儿,相偎相倚看人时。使君马上应含笑,横把金鞭为咏诗。"元代,贡茶院自顾渚迁水口,改名磨茶所，明代仍迁回顾渚）。亲友们对我有声有色的介绍交口称赞。

记得有一次去沈阳，到底是省会大城市，方便！火车站广场便有人兜售旅游地图，我因为有了这张游览详图，让我游玩得非常畅快。还想起与同事去长白山游玩，在宾馆里，看到一本印刷精美的旅游图册，把吉林省各个景区的旅游线路和景点介绍得十分详细，甚是喜欢。因旅游图册是由宾馆编印的，书店没有买，我灵机一动，打了个电话到前台，结果仅花了20元就到手了，真是喜出望外。

前不久，在兰溪路新华书店，我购买了一本由中国地图出版社编制出版的《最新实用中国地图册》。与原来的《中国地图册》最大的区别在于增加了火车售票处、飞机售票处、游览点、主要游览线等内容。往后每次旅游总会放在挎包里，随时翻阅，蛮方便的。

好友孙金铭知道我喜欢收集旅游地图，送给我好几份旅游导游图，心存感激。每次旅行，途中的一草一木、一砖一瓦，都能唤起我对世间美好事物的赞颂。

至今我收藏了近百份各大城市或景区的地图。旅游地图是景区演变最忠实的记录者和见证者（如景区增加了景点），旅游地图上总能找到它的身影。我只是一个旅游地图爱好者、阅读者。仔细想想，这是不是很有趣呢！

二十一　外孙误吞硬币以后

一枚有点发黑的五角硬币至今珍藏在一个小罐子里，它时时勾起我恐惧不安的回忆。

大凡年幼的孩子天性好奇、多动、爱"探险"。而他们"探索世界"的主要方式就是"用手摸、用嘴尝"，因此，在孩子玩耍的过程中，爸爸妈妈爷爷奶奶外公外婆稍不留神，孩子就会出现各种意外的情况。

2013年12月26日晚上7点30分左右，我看见外孙浩浩手里拿着一枚闪闪发亮的五角硬币在沙发上玩弄，也没在意（生活中我确有乱放硬币的习惯）。记得洗完碗，坐到沙发上，随手在茶几上拿了本童话书，想讲故事给外孙听，却发现他手里的硬币不见了。我说："硬币呢？"当时外孙还不太会说话，却用手指了指嘴巴。我顿感不妙。于是，急得我到处寻找，甚至把沙发、茶几也挪开了，始终不见那枚五角硬币，我慌了手脚，不知如何是好，断定他不小心把五角硬币吞下了肚。

吞下硬币的外孙，当时没有什么异样的表现，还在沙发上爬上爬下，欢着呢！于是，我就试着给他吃一块饼干，吃了，端了一小杯水，喝了。即使这样，也惴惴不安地熬过了漫长的一夜。

第二天早上，女儿女婿带他到普陀区中心医院做了检查，结果片子显示一枚五角硬币确实在胃部。医生建议：过几天看看，是不是能排出来，不放心就做个胃镜取出来。女儿说："等几天吧。"后来，我向连襟云龙（曾担任院长、内科主任医师）咨询，他说："问题不大，让宝宝多吃点韭菜，再吃些香蕉等润肠的东西，大概一周可以排出。"以后的几天里，每次外孙排便后，我就用一把螺丝刀边拨边看，边看边拨，却始终不见硬币的身影。我心神不定，12月30日我又让女儿女婿带他到医院做检查，B超显示硬币已到小肠末端。医生说："不出意外，两天内肯定会排出来的。"这时我的心才平静了点，总算松了口气。2014年1月1日上午10点左右，外孙说要便便。便后，我用螺丝刀在粪便里重复着原来的动作，感觉好像碰到了硬物，再一拨，仔细一瞧，五角硬币终于现身了。顿时我大声地呼喊起来，硬币，硬币。这呼喊声，震得房屋都在晃动，仿佛墙上挂的画及天花板上的灯全都要掉下来似的。这呼喊，是如释重负的呼喊，是惊喜若狂的呼喊。

打那以后，安全意识时时记在心头，比如家里的硬币、纽扣、徽章等物件绝不能随便乱放。同时还教育外孙女、外孙在玩耍中要注意安全。比如玩具是不能放在嘴里咬的、窗户是不能爬的等等。

如今回想起这一幕，甚至还会"担惊受怕"或"提心吊胆""心有余悸"。

二十二　绰号记趣

提起绰号，不由得想起读小学时热衷于相互起外号的往事。差不多一半男生都有绰号，大都属于"就地取材"，黄豆芽、大头、黄毛、四眼、跟屁虫等。

绰号，又称诨名，即混号，外号。诨，又作弄言解，即诙谐逗趣、戏谑调侃之言。古已有之，并非新生事物。古代的绰号中含有丰富的文化内涵。绰号有自己所起和他人命名两种形式。一般而言，自己所起，蕴含丰富而含蓄；他人所命，嬉笑怒骂、诙谐幽默。

读过《水浒传》的人，大多借助诨名记忆而对梁山泊一百零八将留下深刻印象。"及时雨"（又称"呼保义"）概括了宋江乐善好施、赒急解困的仗义，"智多星"强化了吴用运筹帷幄、决战千里的神算，以及"黑旋风"状李逵性格之莽，"赤发鬼"志刘唐相貌之丑，"小李广"传花荣射技之神等等，均准确生动地反映了这些诨名的担当者的性格、技能或生理特征。倘若没有这一连串堪称画龙点睛的诨名点缀，那么这一幅五光十色的梁山好汉图，一定会逊色不少的。《红楼梦》中，绰号最多的是王熙凤。贾母称她猴儿、凤辣子、泼皮破落户，奴仆下人则在私底下叫她阎王老婆、夜叉星、醋缸，这些绰号刻画了这个"大内女当家"两面三刀、尖酸刻薄的性格特征。以写农村生活见长的赵树理，也是个创造绰号的能手，诸如人们所熟悉的"二诸葛""三仙姑""糊涂涂""常有理""惹不起"等等。

绰号最早见于汉代，《吕氏春秋·简选篇》说夏桀号"移大牺"，谓其多力，能推牛倒也，这大概是最先有文字记载的绰号了。很多绰号都在与相貌、姓名生理特征相结合的条件下，对担当者的禀赋德行、行为举止等作出外观与内涵有机统一的概况。如汉代的严延年、郅都、董宣是三个酷吏，他们用法严酷，世称之为"屠伯""苍鹰""卧虎"；杨震因为博学，而被人尊称为"关西孔子"；贾逵因身高头长，被称为"贾长头"；甄丰喜欢夜间谋议，人称"夜半客"；崔烈以500万钱买官，人称"铜臭"。唐代杨炯被称为"点鬼簿"，是因为他好用古人姓名；骆宾王被称为"算博士"，是因为他诗中多用数字做对子。明代的程济因博学而获"两脚书橱"的雅号。如此等等，不一而足。

一般而言，绰号通常是幽默智慧的产物。一个绰号，往往是一个人物的漫画，是一个人的形象、性格和言行举止中最具有特点也最富笑味的特写；一个绰号，又往往是一出笑话的浓缩，从中亦能演绎出一则故事，一段历史。

有一次去超市购物，巧遇儿时的朋友，那一声久违的喊声，那种感觉，就像闻到一股亲切的味道，有一种激动的情愫在心中盘旋良久，感到真正的亲切和温暖。前几日，参加分别多年的老邻居聚会。遇见一位熟悉的邻友，一下子想不起他的大名，身边的银仙一说绰号"小瘦子"，亲切感油然而生，立马想起"小瘦子"几十年前的模样。那些绰号全都成了唤起记忆的灵丹妙药，活蹦乱跳，亲热无比。

我们那个时代的人，很多人都有绰号，是在几十年相互熟悉的生活中慢慢叫出来的，听着亲切，寄托着邻友浓浓的深情，往往一叫就是一辈子，一个个绰号就是一个个鲜活的普通人。显然，直呼绰号，是自然的表示，是零距离的象征。有意思的是，聚餐时大家以绰号互称，格外亲切，仿佛又回到了快乐的童年时光。

当然，绰号也有它的明显缺陷，有时或流入低级趣味，如讪笑他人生理缺陷，因比喻夸张而近乎为虐等。在生活中，要学会尊重别人，提升道德文明素养，做一个高尚的人。

最是长相忆

春节前作小诗《相忆》如下:"昨夜梦故里,形影难分离。与友话往事,最是长相忆。"说的是我曾居住在交通路平民村、楚才里及某些路名的牵挂与思念,她好像成了一位与我难分难舍的好朋友,蓦然回首,时光所编织的"故里情结",岁月所积淀的不灭的记忆,一直留存在我心间。

朋友,你还记得交通路、孔家木桥旁的平民村、楚才里吗?你还记得中兴剧场吗?还记得大统路的人行旱桥吗?你还记得共和新路的车行立交桥吗?你还记得大洋桥和中兴浴室吗?你还记得太阳山路小学吗?……那具有浓厚市井气息的老路名保留和守望着城市的过去和未来,但不无遗憾的是,路名还在,有的弄堂、有的建筑已消失在日渐加快的城市进程中。

小时候,住在闸北。尤其是远离市中心的交通路、孔家木桥路一带,居住拥挤,功能差,居住环境差,是沪上最大的棚户地区之一。在上海,棚户区主要是指上海解放前,沿苏州河的纺织厂、纺织机械厂、江边码头、铁路车站,很多外地来的人就在那里打工,他们一批一批来,有老乡有亲戚,慢慢聚集在一起搭建私房于是就形成了当时的村落。

"弄堂"古时写作"弄唐"。"唐"是古代朝堂前或宗庙门内的大路。这个汉字在两千多年前的《诗经》中就已出现。它在古代汉语中有多种含义,后来作为"大路"的这层意义渐渐被历史冲淡。及至近现代,人们已记不起"唐"这个字与建筑学有什么联系,因而代之以另一个在建筑学上有意思的汉字"堂"。"堂"原来是对房间的称谓,与大路、小巷无甚关系,但在近现代汉语中,它与建筑学的联系毕竟比"唐"更紧密些,而且又与"唐"谐音,这样"弄唐"就演化成了"弄堂"。伴随人生成长的环境,即使再狭小再简陋的空间也是令人难忘的。曾记得,狭窄而弯曲的弄堂给我们的童年抹上了一层迷人的金色。我们三五成群,打弹子、滚铁桶、捉迷藏……其中最好玩的是捉迷藏游戏。弄堂之间大多相通，从某家前门窜出，不经意间已到了隔壁弄堂。印象中，清晨刚刚点着的煤炉的蓝烟从弄堂深处升起，劈柴的爆裂声、浣洗便桶的哗哗声以及自行车铃声交汇成一片，常常可见一面打着招呼一面匆匆而过赶去上班或上学的邻友。盛夏，一到大热天屋子里闷热待不下去时，就会有人跑出去"乘风凉"。男人们便会赤着膊，趿拉着木头拖鞋到弄堂口或前马路的上街沿，拿只方凳或一把躺椅，坐着的，躺着的，形成了一道夏夜风俗图。冬日的午后，老人们坐在弄堂口，一边享受暖洋洋的阳光一边闲聊。不久，家家户户飘出饭菜的香味，不时传来"吃饭啦"的叫喊声，还有客气的"过来尝一口"的寒暄声，这些画面清晰地印在脑海里。还记得，1958年，6岁的我和小伙伴一起参与驱灭麻雀。而平民村、楚才里的邻居，几乎全家出动（爸爸扎了个稻草人，绑在长长的竹竿上，矗立在我家前门靠理发店的屋檐上方），有的敲锣打鼓惊吓麻雀，使麻雀均疲于奔命最终坠亡，有的则举着竹竿、网兜、上房上树，追捕伏击。我也拿着家里的脸盆击打助威。我兴奋不已，眼中看到的一切，好像过节，似乎整条弄堂都在举行一次狂欢。不久，同样的狂热又经历了一回。全民大炼钢铁，家家户户积极响应，我家仅有的一只老式铜脸盆捐出。后来，弄堂里又办公共食堂，动员家家户户支持，爸爸也把唯一一张圆台面捐出。那年代，我亲眼看见了浩浩荡荡的游行队伍，高呼口号，从孔家木桥路经过的情景。正值"文革"期间，差不多有两年时间，整日闲晃在弄堂里，或下军棋，或走象棋，或玩扑克……比我大一点的发全、贵宝、闹河等人弄来杠铃、哑铃、石锁，以弄堂为健身房，就地锻炼身体。还记起，有些调皮鬼，趁天黑后，用小石块无缘无故砸人家的门窗取乐，气得住户破口大骂。还想起，家家当时还没有独立煤卫，不少主妇，都会在夜里八九点钟，把积攒一天秽物的马桶列在家门口，等待第二天清晨粪车收去。但总有些调皮的孩子，晚上溜到某家门口，对准某只马桶猛踢一脚，随着"哐当"一声，腌臜流满一地。孩子们哄笑一散。等住户探头出来查看时，调皮鬼不见踪影，而被踢倒马桶的主人只好硬着头皮披衣出门，打扫一地腥臭污水。当时我们这里还多穷街陋巷，文化设施比较薄弱，我第一次看电影是在家门口的中兴剧场。中兴剧场位于中兴路1577号，为闸北区唯一的新型剧场。1961年元旦竣工开幕，由上海京剧院作首场演出。因当时住户苏北观众甚多，上海人民淮剧团及苏北各市、县淮剧团经常到此演出，为上海主要的淮剧演出场所。其他如京、昆、沪、越、滑稽戏等戏曲剧种也间有演出。1962年起兼映电影，曾称中兴影剧场。建筑为钢筋混凝土结构，占地面积2600平方米，建筑面积3600平方米。1974年翻建楼厅结构，由同济大学设计为预应力结构，被上海剧场首家采用。并将舞台扩大，高16米（至葡萄架），宽14米，深16米，舞台口高8.2米，副台高5米，阔14米，深2米。座位最初为938个，改建后为1340个。记得有一天午后，学校组织观看电影，我乐不可支，跟着队伍向中兴影剧场走去。进入院内，看到大厅墙壁上挂着《翠岗红旗》的剧照，该片讲述1934年红军长征后，留在江西苏区的红军家属向五儿坚贞不屈、历经磨难，终于与丈夫团圆的故事。在以后的日子里，我还在这里看过《红日》《夺印》《燎原》等多部电影。这些电影与我的青少年时代，连同观看电影的感受，一直储存在脑海中。

位于平民村、楚才里的东面有两座桥。一是人行旱桥，二是车行立交桥。人行旱桥是我们去南京路的必经之路。据闸北区志记载：此桥位于番瓜弄西侧，建于1953年。当时是木架结构人行旱桥，为中华人民共和国成立后境内第一座铁路立交桥。1956年改建成铁架结构，混凝土阶梯桥面，装钢丝网。车行立交桥，人称共和新路旱桥。建于1957年。桥面为四车道，两侧人行道竖电杆39根，入夜灯盏高悬，银光四射。钢筋混凝土板梁多跨结构。跨沪宁、沪杭铁路，南起天目中路，北至虬江路。直通彭浦工业区、市北工业新区、铁路货运北郊站、彭浦新村及宝山钢铁总厂，是市区南北向最长的第一座立交桥。建桥处原是铁路道口，每天有62对火车通过，建桥后，避免了交通阻塞。此桥每小时通过的机动车达2300辆，成为市区南北交通要道。1995年因建南北高架而拆除。这座桥也是我们常常光顾的。记得放学后，与贵生、富生、德平、才弟等人趴在栏杆上等火车，不一会儿就来了一辆货车，足足有四五十节，从我们脚下穿过时，这条长长的乌龙猛然吼出一股浓烟，我们一边跑一边笑。还记起，晚饭后，与明喜、志富等人常常跑步到桥上，登高望远，指指点点，真是快乐无比。

家东面与中兴路交叉的是南北走向的大统路。这条路上总能满足我当时购物的需求，比如学习用具等。南面是铁路东站，有时与正良、志富等人翻越围墙，爬火车，学铁道游击队队员的模样。西面有一条南北走向的中交路，那里有一个菜场，逢年过节和妈妈一起排队买鱼、买肉等。离菜场不远有一座桥，叫大洋桥，是闸北与普陀的交界处。北面有一条东西走向的中兴路，记得那时买米、买煤球、寄信、洗澡、去中兴派出所都要经过中兴路。当时买米还需购粮证，并自带米袋。买米最有趣的是在柜台划过购粮证，交钱后张开米袋从倾斜的漏斗口盛米的那一刻。"张好了吗？放唠，放唠"，体形较胖的中年营业员边喊边按下开关，大米倾泻而下，我既紧张又开心地感觉是米袋慢慢变得沉甸甸，仿佛完成了一件壮举，再小心翼翼地背着穿过马路回家。记得有一次，妈妈叫我去买煤球，我骑着爸爸单位的黄鱼车，车上放着装煤球的大缸，与贵生一起去煤店。由于骑得过快，结果连人带车侧翻，人无大碍，缸却摔坏了，回家狠狠被妈妈责骂了一顿。寄信也是常有的事，有时还会和辉焱、贵生到邮局去购买纪念邮票。家附近有两个浴室。一个是大洋桥浴室，一个是中兴浴室，两个浴室都去过。那年月，去浴室洗澡是很奢侈的。一般情况下，夏天冲冲擦擦对付，而冬天一般洗洗脚，揩揩身完事。只有过年了，才会到浴室去洗澡，所谓干干净净迎新年。每到过年前夕，浴室往往人满为患，有时候要排很长时间才能进去。记得，买了竹片的筹码进门，服务员便迎上招呼，非常热情。服务员的身上总是搭着一块白色的浴巾，手上提根很长的木杆，顶上安有一个铜叉。找位子坐下后，从棉袄、罩衫、绒线衫、棉毛衫到卫生裤一件件脱掉，服务员会一件件全套在木杆上，一下子叉到上面的木勾子上。因为人多，有时会叉到离你位子很远的地方，洗浴后把衣服叉还给你，永远不会搞错。黄阿忠在《我记忆中的曹家渡》一文中描写进浴室洗澡的程序："一般是先入大池浸泡，然后再进行冲洗。大浴池里热气腾腾，池壁四边坐满了浸泡的人，人多的时候还要'插蜡烛'，站立在浴池中，等有人离开再坐下。我们常常带丝瓜筋相互擦背，有时用毛巾裹在手上擦洗，最后，在小盆里洗刷或淋浴。"我非常珍惜这个洗澡的机会。因此，一个程序走完，又回过来跳入大池浸一会儿，再冲洗。有时里面热得吃不消了，会到门口凉快后再进去，用的时间又往往比别人多。出浴后，服务员会准确无误地甩你一块毛巾，让你擦干，然后坐在自己的位子上。但是，不消一支烟的工夫，服务员就会很勤快地又扔一块干毛巾给你，不断地提示你，洗完了，赶快离席吧。穿好衣服出门，忽然感到寒风有了暖意。与中兴路平行的还有一条路叫中华新路，这条路上有一家医院——闸北中心医院（竣工于1961年），还有一个远近闻名的旧货市场（形成于20世纪50年代初）。记忆中1974年父亲因病住院，探望父亲去过，之后再也没有去过这家医院。旧货市场倒去了无数次。有时与富生、德平去逛一圈，看看有没有喜欢的小玩意儿。有时独自一人去淘自行车零件。在三四十年前，物资紧俏流通不畅，充斥着各种物品的旧货市场成了我发现和获取廉价货的必备渠道。"淘旧货"的过程，充满着无限快乐，如今已成为我永久的回忆。

家附近还有一条东西走向的太阳山路和南北走向的孔家木桥路、沈家宅路。太阳山路原来叫太阳庙路，在这不到千米的路段上，有两座小庙（一座在沈家宅路与大统路之间，一座在大统路与长兴路之间）。小时候，目睹有人进庙烧香拜佛。1962年太阳庙路更名太阳山路。孔家木桥路靠近中兴路原有一家中兴木材厂，厂里堆放着许多木材，曾见过工人们锯木的繁忙情景。由于厂房不大，源源不断运来的原木或木材就只能堆放在孔家木桥路的两侧。这就为当地居民无形地提供了"扒树皮"的有利条件。每当听到卡车卸货的声音，左邻右舍就会拿着菜刀、铲刀等工具蜂拥而上，当然我也不甘示弱。记忆中"扒树皮"的能手，是隔壁邻居发全（小名塌鼻子）、海全（小名麻子）兄弟俩。他俩配合默契，技术娴熟，不一会儿工夫就把一棵原木上的皮扒得精光，然后他俩抬着胜利的成果满载而归。在那物资匮乏的岁月，能扒点树皮，晒干后，当柴烧，多少能减轻家里的经济负担。更有趣的，由于堆放着规则不一的许许多多木材，好事者就用木材搭起了类似地道的形状，有的地道宽点，有的窄处仅一人通过，我与贵生、四全等人就沿着地道来来回回地爬，玩得十分痛快（其实在地道里爬，十分危险，万一坍塌了，就没命了）。有一次爬出地道口，裤子臀部部位沾了粪便，不敢回家，走到董家小店时，正好看见小店朝北的店铺下方有一块水泥墙面，我就在那墙面上来来回回地蹭，小学同学俞明丽的妈妈正好从家里出来，看见我在蹭，说："老五子你在蹭什么啊？"我一声不吭，结果还是被她发现了，她让我赶快回家去洗，我仍赖在那里不走（心想，只有两条外裤，一条洗了晒在屋外还没干，怎么换呢）。后来她叫女儿明丽把我爸爸叫来，一顿臭骂是免不了的。孔家木桥路的中段还有一个公共厕所，共有三扇门，全朝东。右边是小便处，中间是女厕，左边是大便处。在棚户区有这样一个"高档"厕所，的确方便了当地的居民。

我就读的小学——太阳山路小学，坐落在太阳山路靠近孔家木桥路（建于中华人民共和国成立前，始称革志小学，首任校长沈忠伟）。小学分为总部和分部（分部有两个，一个在总部的对面，一个在交通路近大统路），一年级在总部对面的分部就读，二、三年级在交通路近大统路分部就读，四、五年级在总部对面的分部就读，六年级在总部就读。我还清楚地记得，一年级班主任郭宏珍，美丽而活泼；二年级班主任陈亚南，俏丽而稳重；三年级班主任蒋杏珍，亲切而和善；四、五年级班主任杨正平，慈爱而厚重；六年级班主任徐臣明，严谨而多才。我就读的中学——五七中学，坐落在中兴路、孔家木桥路交叉口（学校是在原中兴木材厂的地址上建造的，于1966年底竣工）。班主任曹金妹青春而靓丽。我于1970年5月离开母校，奔赴"北大荒"。

平民村、楚才里的地面，有的是泥地（如吴二毛家西边的弄堂通往米恩芳家的这一段、贵生家南面的狭窄小弄堂、1011弄弄堂口靠左边的空地、1017号门前的空地、1023弄12号门前的空地、1053弄李耀明家门前的空地等），绝大多数是用石头铺成的，凹凸不平，走习惯了，也不觉得硌脚。每个弄堂里的单体建筑的造型和结构都基本相同。印象中，交通路1011弄堂口有一牌坊，刻有"平民村"三字。平民村的平房，建于抗战时期，原先是日本在中国驻军的宿舍。日本投降后，一批批打工者来到上海，假如平民村有的房子空着的话，打工者可以随便入住，住久了就归自己了。中华人民共和国成立后，平民村的房子，定性为公房，属于闸北房管所管辖，所以平民村的居民没有翻造房屋的权利。至1985年拆迁仍是平房。楚才里也是中华人民共和国成立前一批批打工者，聚集在这里，私自搭建的草房、矮平房。为了改善居住条件（由于属于私房），房主就有权利在原有的基础上进行改建，改建占了95%以上。一排房子前后住两家，要么朝南，要么朝北，少数家南北通，前门是前弄堂，后门是后弄堂。在我们居住的地区，具有标志性的建筑，应是交通路1017号的二层铁路公房。虽说只有二层，但楼层很高，相当于现在的三层楼。大概建于解放初期，据说当时解放上海时，有一支山东过来的部队大约有一个团接管了铁路局，刚建造这栋房子的用途是铁路公安的看守所，看守所搬迁后，改为铁路南下干部的家属楼了。记得住在西面一楼有位山东老太太，路过我家门口，总会和我妈妈打招呼。其中有一位住在靠西面二楼的范芝琼还是我的学生。楼前有一块很大的空地，是我们儿时玩耍的主要场所。旁边还有一个合作社，是我们那里最大的商店，属于国营的。凡附近小店买不到的日用商品，居民都会去那里购买。具体叫什么店名记不得了。

曾记得，住在这里的居民，有时弄堂发生了什么事情，人们往往会用人的特征、职业行当和标志性的建筑来称呼弄堂。如"毛脸"弄堂、"小瘦子"弄堂、"老虎灶"弄堂、"豆腐店"弄堂、"面店"弄堂、"倒泔脚"弄堂、"某某里弄干部"弄堂、"厕所边"弄堂、"居民会"弄堂等。家附近还有几家小店，印象中，交通路1011弄内有四家小店。一家是卢家开的豆腐店。小时候曾见过他家门前驴子拉磨的情景（店主有好几个儿子，其中小儿子卢四德是我小学同学，后来去了湖北黄陂投亲插队）。一家是田家开的烟纸店（印象中有两个儿子）。一家是董家开的烟纸店（后来董家盘给了俞家，董家人称董保长，未曾谋面。印象中，主妇在邮局工作，戴一副深度眼镜，个子不高，为人热情。有两女一男，男孩叫国亮，文质彬彬，乐学勤思。其中有一女是某中学教师，瑰姿艳逸，仪静体闲。俞家兄妹五人，长女是某中学教师，楚楚动人，潇洒大方。小女明丽是我小学同学）。一家是赵家开的小书摊。交通路上也有三家小店：1021号吴家开的烟纸店（人称辣子店，子女较多，其中老二是我姐姐的小学同学）；1025号陈家开的大饼店（共有三个儿子，其中老二陈光成是我小学同学）；1065号蒋家开的酒店（店主也有好几个子女）。田家、俞家、吴家经营油盐酱醋、烟酒针线、牙膏牙刷、糖果饼干、雪花膏、蛤蜊油等，生活中常用的小东西都有，是附近居民生活不可缺少的便利小店。记忆中，董家小店有一位上了年纪的营业员是湖北人，好像姓杨，住在居委会附近，技艺娴熟，能说会道，记忆力强，周边的大人小孩他都熟悉，叫得出几号里的谁。有时去拷酱油或拷油，最喜欢看他用长柄器具拷酱油或菜油的动作，手臂举得高高的，从漏斗里把油打满，但绝不溢出，塞上木盖，交到你手里。在交通路1023弄内也有两家小店。20号祝家开的理发店（店主有一个儿子，小名三九子）。21号颜家开的面店（兄妹八个）。还有1067弄内有一家张家开的酒店（印象中兄弟两人）。这些店，虽然店面很小，也没有装饰，但店主热情好客，彬彬有礼，给我们的日常生活带来了便捷，至今难以忘怀。

由于城市升级改造，平民村、楚才里等老弄堂已不复存在，取而代之的是一幢幢拔地而起的高楼大厦。然而平民村、楚才里却不曾被遗忘，只消提起它的名字，便能唤起深藏在许多人内心深处的那一份温暖回忆。因为它代表着亲情、友情、爱情。同时也见证了这座城市的沧桑陵谷。如今我只能从有限的资料或老照片中感受弄堂的温情。而此刻在我脑海里翻腾的依然是它的记忆，最是长相忆。

压岁钱断想

小时候,最开心的事莫过于过年了,不仅有平时难得一见的好吃的,有新衣服穿,甚至可以得到压岁钱。

何谓压岁钱?比较认同的来历是这样的,有一个叫祟的妖怪,每年的大年三十就出来害孩子,人们以铜钱把它吓跑了。因为"祟"与"岁"谐音,所以称为"压岁钱"。到了明清,"以彩绳穿钱编为龙形,谓之压岁钱。尊长之赐小儿者,亦谓压岁钱"。寓意晚辈得到压岁钱就可以平平安安度过一岁。由此可知,"压岁钱"就是个吉利钱,是一份美好的祝福。

当记忆之门被绽放的烟花所点燃,那些曾经的过往此刻悄然呈现在我眼前。一幅幅画面犹如古老的照片,虽印记发黄,却令人回味。20世纪60年代初,虽然家家生活并不富裕,但每逢大年初一,孩子们都能从爸妈那里得到一份压岁钱。当然,最让每个孩子所期盼的还是给长辈拜年,因为可以收到长辈给的红包。记得有一年大年初一,我早早地起床了,匆匆地盥洗后,穿上新衣服,和弟妹到大伯家拜年。当大伯把红包递到我手里的时候,那份喜悦和兴奋,从心底里流淌出来。在大伯的内心世界里,那小小的红包装的是一份期许,一份祝福,而我的心里也在那一刻充斥着暖暖的一种情愫。回家后,我小心翼翼地打开红包,是十张崭新的两角钱,对我而言,是一笔可观的财富啊。我总会把压岁钱藏在自己觉得最隐秘的地方,有时悄悄地拿出来,数了又数,那种甜蜜、愉悦的心情,会陪伴我好久、好久。随着年龄渐渐增长,压岁钱似乎再也没有了小时候的那份诱惑,但拿到压岁钱心里还是蛮欢喜的。自从离开家乡,奔赴边疆,每逢春节探亲回家,也会给长辈压岁钱,深深表达自己对父母的一份祝福、一份感恩,同时也让父母感到喜悦、欣慰、温暖。自从女儿工作后,也会给长辈发红包。那是生命的轮回,亲情的延续,是长辈的付出得到了回报,更是孩子已长大成人懂得对长辈感恩的标志。

  一笔可观的压岁钱，我会合理使用，精打细算。除了买些铅笔、橡皮、练习簿外，还到离家较远的一家纸张店买称斤的草稿纸。有时也会花几分钱到小书摊看看喜欢的小人书，偶尔也会买几根陈皮条、几粒糖果、盐津枣与德平、富生等同学分享。2020年一场疫情牵动着中华儿女的心，某中学的王佳希，用亲朋好友给的压岁钱，买了100套防护服送到武汉，支持白衣天使"抗疫"。之后，又有4个少年组织了一个自称"星星点灯"的战队。顿时"星火燎原"，不几天，上海、北京、广东、江苏、四川等地共1700多名孩子捧出了自己的压岁钱。星星点灯，照见了祖国花朵挂满爱的露珠。我想，他们未来的一路成长及其成人以后的贡献，谁能计量？

  压岁钱的风俗源远流长，它代表着长辈对晚辈的美好祝福。不管岁月如何更迭，我永远忘不了压岁钱给我的童年带来的温馨和幸福。那如水般的时光里，总会有太多的记忆值得我们去珍藏。

绵绵的思念

二哥走了，我一直是不相信的，尽管我参加了追悼会，参加了送走二哥的每一个仪式。占据我的记忆并一直浮现在我眼前的二哥始终还是那样健朗、健谈、健爽。

2018年11月2日我亲爱的二哥与病魔抗争多日，匆匆地走完他那不平凡的七十四个春秋。你走了，走得是那么突然，那么匆忙，又是那么无奈。居然没给我们留下一句话，哪怕是一个字。实是憾事。

二哥长吾七岁，在丹阳陵口乡下度过了美好的童年时光，九岁后回到父母身边。在父母和老师的教育下，学习刻苦，成绩优异。1967年毕业于化工技术学校。据当年班主任回忆说："他是班级的学习委员，热爱学习，关爱同学，时时以沪剧清唱为学校的课余生活构成了一道活跃的风景线。由于不懈的勤奋终于以卓越的成绩名列榜首，以全校唯一一位步入高一级学校深造。""文革"期间，二哥不为名利，为上下求索真理，捍卫正义，与同学返校，是一位出淤泥而不染的，人品高尚的热血青年。二哥先后在奉贤化肥厂、浦东化肥厂、强生出租公司工作。在单位是一位好职工，对工作勤勤恳恳，兢兢业业，任劳任怨，深受领导和同事的好评。在家里，夫妻间相敬如宾，家庭始终洋溢着和谐的氛围，尤其是言传身教的优秀品质感染着家庭每一个成员。平日里生活简朴，从不奢侈。邻里之间，和睦相处，以礼相待，得到邻友们的称赞。

记忆中，20世纪60年代末，学骑自行车是我的最爱。当年少年们那"腿别横梁，半踩半回"的骑车模样至今难以忘怀。有一次我推着借来的自行车来到孔家木桥路一带学骑车，巧遇二哥。二哥耐心地教我如何上车等技术，经过不断地实践，总算基本掌握了骑车要领。

还记得，在昏暗的灯光下，二哥捧着书，专心致志地阅读，尤其喜爱政治与哲学。他记忆力超强，精于写作，善于语言表达。我在"北大荒"务农时，常常给我写信，勉励我好好学习，努力工作。二哥曾在信中写道："人生越是困境时候，就越要乐观向上，勇往直前，永不气馁。"有时还寄些书籍和杂志，使我在农场的单调生活不再枯燥。

二哥酷爱沪剧，嗓音虽不圆润，但韵味十足，在"农家乐"或卡拉OK，常常会选《阿必大回娘家》《珍珠塔》等沪剧选段。受二哥的影响，我也喜爱沪剧。记得读小学四年级时，全班联欢，我还清唱了《家住扬州杨家村》沪剧唱段，也成为一桩趣事。

记得每次探亲回家，兄弟姐妹在充满阳光的房间里，天南海北地神聊。二哥健谈，我基本是倾听，聊的话题大都是沪剧，或幸福地回忆我们小时候的点滴往事。

平日里，二哥虽忙于工作与生活，但有时节假日也会抽空回丹阳为外公、外婆扫墓，并看望舅舅舅妈。从他的践行中，我懂得了"祭而丰不如养之厚，悔之晚何若谨于前"的道理。

他的好友徐家富说："毕业后，依然不忘初心，以满腔的热情，一次又一次精心策划师生聚会，为夕阳红师生单调的生活增添了绚丽的色彩。"他的离去，使我痛失可敬可爱的兄长。

时不逆转，水不倒流。回首往事，让我懂得了孝悌之意。他那刚毅的性格、钻研的精神影响了我的一生；他那幽默的语言风格，给我带来了无尽的欢笑和快乐，也给我留下了诸多美好的回忆。

天之涯，地之角。天涯海角有尽处，唯其思念无穷时。今年元日月依旧，唯独不见去年人。逝者已矣，可以安息。生者，仍将负重前行，为自己，也为别人。掸落红尘，拨开浮华的虚幻，静守岁月的美好，且行且惜。

挽联一则
培养兴趣爱好提升文化品位
云集八方来客欣赏沪剧名段

忆忠良

清明时节，勾起了我对妹夫忠良的思念之情。每当想起他，他的音容笑貌仍然在我心头萦绕。虽然已很遥远，但挥之不去，难以忘却。

忠良身患肝癌，经多家医院医治无效，2019年5月2日，在瑞金医院与世长辞，享年66岁。忠良与我同年，青春岁月正遇上上山下乡，他怀着一颗红心，投亲去了江苏海门插队。在广阔的天地里，虚心接受贫下中农的再教育，吃苦耐劳，不断在实践中磨炼自己，深受当地乡亲们的好评，不久，光荣地加入了共青团。

随着大批知青的返城，他也顶替回到了上海，在上海电影制片厂汽车队工作。那正是知青返城补习功课的时期，工作之余，因为勤奋好学、刻苦钻研，所以每一次学业考试总是名列前茅，后被厂部选送到青年导演班学习过一段时间。记得20世纪80年代初期，我在师大读书，离他单位不远，还特地去看望过他，他正与同事打乒乓球。由于共同的爱好，我俩不仅在赛场上一争高低，而且还在一起切磋球艺，给我们的生活增添了无穷的乐趣。

忠良作为长子，不仅孝敬父母，而且关爱弟弟，成家后，隔三岔五去看望父母和弟弟。父母走后，关心弟弟的日常生活就落在了他的肩上。记得20世纪90年代中期，有一次他去菜场买菜，见到一位初中同学（已下岗）在路边摆摊，炸油墩子，赚点钱维持生计。看到这一幕，他毫不犹豫把买菜的二百元给了他，结果空手而归。妹妹问："菜呢？"他如实告诉了妹妹。你瞧，仁者爱人的儒家思想在他身上体现得多么淋漓尽致。

有一年，弟妹们陪母亲到老家丹阳探望舅舅，一路上大家谈笑风生，聊得最多的是改革开放后农村发生的巨大变化。在村口，母亲遇到了多年不见的乡亲，心里乐滋滋的。接着，母亲详细地向他们一一介绍，忠良也彬彬有礼地向他们热情地打招呼，给亲友们留下了深刻的印象。

还记得妈妈九十大寿，为了给妈妈一个惊喜，兄弟姐妹打算去"农家乐"为妈妈过生日，忠良得知后，拍手称赞，还张罗着买这买那，主动联系车辆，当一家人喜气洋洋登上去浙江长兴"农家乐"的大巴时，他还拎着生日蛋糕，上车后，小心翼翼地把蛋糕放在身边，一路照应着。

忠良喜欢唱歌，插队期间，常常一人在屋里吊嗓子。收工后，扛着锄头边走边唱，引得乡亲们的称赞。有一次，海军文工团来当地招收学员，被文工团看中，但体检未通过，失去了一次机会。但唱歌的爱好一直延续着。有一次，家人相聚在一起。吃完晚饭，大家意犹未尽，姐姐提议要去歌厅消遣，大家一致赞成。到了歌厅，忠良拿起话筒，一展歌喉。那"北国风光，千里冰封"的歌声如同一泓潺潺的细流，缓缓地流入我的心田。就这样忠良一口气连续唱了好几首歌，博得亲朋好友的点赞。

忠良喜烟爱酒恋麻将（偶尔斗地主），印象中，打牌思路敏捷，牌风上乘。他曾经跟我说："打牌要保持良好的心态。输赢乃是常态。"记得父母在世时，逢年过节他总会陪二老玩几圈，那其乐融融的情景至今浮现在眼前。

新千年后，每年大年初一，兄弟姐妹都相聚在妹妹家，这可忙坏了忠良，买汰烧几乎全落在他的身上，我想去厨房助一臂之力，他总是笑嘻嘻地说："不要，不要。"朴实的言语，道出了热情好客的宽阔胸怀。

他的好友对我说："忠良性格刚强、直率、大方、待人热情，唯独没有他自己。"是啊，在我们的心目中又何尝不是这样呢？

逝者已矣，生者如斯，我们活着的每个人都应该努力过好每一天，而我对忠良的思念将会永远、永远……

    挽联一则
    忠厚善良正直大方人人称道
    良好家风泽被后世代代相传

永远的大嫂

没想到，真的没想到……质朴、善良、厚道、正直、俊丽、贤淑，有教养、有才气，我心中敬仰的大嫂因病于2020年2月21日走了。走得是那么突然，那么匆忙，又是那么无奈。此刻啊，我黯然销魂、悲恸欲绝，泪水像断了线的珍珠，滚下面颊。虽然大嫂走了，但她的一颦一笑，一言一行，至今历历在目，萦绕心间。

大嫂出身于普通家庭，童年是快乐和幸福的。有爸妈的关爱，姐姐的呵护。在父母的言传身教和儒家文化的熏陶下，她从小就懂得"百善孝为先""己所不欲、勿施于人""仁者爱人"的传统思想。这些传统的美德始终贯穿于她的生活与工作中。大嫂读小学时，学习刻苦认真，深受老师的器重。曾担任过少先队中队长、副大队长、大队长。考上中学后，她更是严于律己，思想上不断要求进步，不久入了团，还担任班级团支部书记。"文革"期间一场轰轰烈烈的上山下乡运动席卷着全国，大嫂毅然决然地报名去了农村，接受贫下中农的再教育。在农村她学会了锄草、耕地、挑粪、扬场等农活。她还担任过知青点点长，兼大队妇女队长。由于表现突出，深受领导和知青的好评，被推荐到沈阳市教师学校学习。在校期间，担任过班长。毕业后，分配到辽宁电视台工作。在担任编辑期间，对工作一丝不苟、兢兢业业、无私奉献、不计名利，1975年加入了中国共产党。作为新闻编辑的大嫂，为了提高自己的业务水平，边工作边进修，在辽宁大学函授中文系专业学习，完成了四年制本科学习。大嫂具有深厚的理论功底、精湛的业务技能、良好的道德修养和先进的传播理念。由她编辑的《超常儿童》被评为辽宁省优秀电视节目二等奖，《英雄本色横沧海》获中央电视台全国优秀电视节目二等奖。当荣誉来临时，她的态度十分冷静和谦虚。她曾说"一个骄傲的人，结果总是在骄傲中毁灭了自己。"她始终牢记虚心使人进步,骄傲使人落后的警句,鞭策自己,与时俱进,砥砺前行。

我第一次见到大嫂是1974年春节前,那时我正在"北大荒"务农,探亲回沪路经沈阳,特地去看望大哥。大哥那时正和大嫂处于热恋之中,当大嫂得知我在大哥处,特地邀请大哥和我去她父母家做客。记得那天傍晚,大哥和我乘公交车来到了大嫂家。大嫂满面春风迎接我们的到来。印象中,大嫂眼睛不大,却炯炯有神。身材娇小,但很匀称,身后那两根漆黑油亮的长辫拖到腰际,走起路来一甩一甩的,灵动而飘逸。她穿着一件蓝色的棉袄,简约大方。说起话来,柔声细语。虽生活在北方,但没有北方女子的豪爽,倒有几分江南女子的妩媚。在推杯换盏之后,大嫂还举起手中的相机,为我照相。至今这张照片还珍藏在我的相册里。以后的几年里,每次探亲回沪总要在沈阳停留几天。那时候,已有了侄女彤彤。2006年7月,我重返黑土地,路过沈阳又在大哥家住了几天,大嫂忙里忙外,十分热情、好客,还帮我洗衣服,陪我到故宫、张学良故居等地游玩。值得一提的是:大哥大嫂还不顾舟车劳顿,陪我前往父亲的老家辽宁新民寻根。那时大嫂身体尚可,一路上有说有笑,十分愉悦。2014年,学校组织到东北一带旅游,沈阳是必游之地,我放弃了故宫游玩的机会,再次去看望大哥大嫂,虽然在大哥家停留了几个小时,但亲人相见格外亲切,我们聊得是那样的欢畅。不过大嫂的身体不如以前,我说:"大嫂多保重啊。"她笑盈盈地说:"谢谢。"每年的春节,我总会向大哥大嫂拜年,电话那头大嫂的声音仍然是那样的温柔动听。

在"北大荒"务农时,曾和大嫂有过几次书信往来。那时我是连报道组成员,她还特地为我寄来有关新闻报道的写作材料,并鼓励我好好在农场锻炼。可惜往日的书信不知飘向何处,实是一大憾事。

记得20世纪90年代,大哥与大嫂一起回沪过春节,那热闹、团圆、和谐的场面历历在目。记得有一次晚餐后,妹妹让大嫂表演一个节目,大嫂一展歌喉(记得唱的是歌颂白求恩的),歌声是那么地婉转悠扬,清澈动人。那一幕幕情景仿佛犹如昨天。

有一次与大哥闲聊,大哥对我说,你大嫂不仅是贤妻良母,而且是个工作狂。在新闻编辑的岁月里，加班是常态，苦和累往往默默地扛着。由于超负荷的工作，导致疾病缠身，在家休养。日月就像旧时的织布机的梭子，很快就到了2003年，大嫂办理了退休。大嫂的同事吴旗回忆道："我能进省台，你是我的领路人。"质朴的言语道出了大嫂的热情与厚道。大嫂数十年如一日地恪守孝道，用自己的实际行动完美地诠释了孝的内核。尤其是她母亲晚年行动不便，接到家中精心照料，尽女儿一片孝心。林语堂曾说过："一个自然人必定会爱自己的女儿，但只有受文化熏陶的人，才会孝养父母。"大嫂在父母的心中是个好女儿。大嫂对待丈夫（我的大哥）也体贴入微，关怀备至，在自己身体不适的情况下，仍分担家务，是名副其实的贤内助。每逢春节，大哥想给父母寄点钱以尽孝心，大嫂总是满口答应，还让大哥多寄点，大嫂在为大哥付出一切的同时，也实现了她的人生价值。她在丈夫的心中是个好妻子；在教育孩子方面，她从不溺爱、放纵，也不打骂孩子，而是运用"润物细无声"的教育理念，培养孩子良好的学习习惯，用自己的行动来影响孩子，在女儿心中她是个好妈妈。在外孙女的成长过程中，她也倾注了全部的爱，在外孙女心中，她是个好姥姥；大嫂对待弟妹落落大方，情同手足，在弟妹的心中她是个好嫂子，大嫂对待同事也以诚相待，与人为善，在同事的心中，她是个热心厚道人。人说，人无完人，然而在我看来，大嫂不仅是完人，而且是一个大写的人。

人的一生，从出生到老去，若能健康地一路走过，这就是财富，这就是幸福。陪伴家人是最长情的告白，愿世间所有的孤独，都有温暖的陪伴。热爱生命，感恩生活，且行且珍惜。

写下这篇回忆文章，以此怀念我始终敬慕的大嫂。让大嫂高尚人品和大爱无疆的精神伴随着我们，直到永远、永远、永远。

挽联二则

俊俏芳香留百世

贤劳积善传后代

朴实善良正直厚道显高尚人品

无私奉献不计名利彰优良品质

第一辑　往事钩沉

我心中的一座丰碑

　　姑姑韦德芳不仅是我心中的女中英豪，也是共和国的一名英雄。早就想写点文字纪念她了。正值中国共产党百年华诞之际，翻阅安徽霍邱人物名录，韦德芳收录其中。顿时，我的心灵被震撼了。虽素未谋面，但她那英勇顽强坚定信仰的精神一直被后人传颂着。

　　我清楚地记得，1980年深冬的一个晚上，我兴高采烈地去拜见未来的岳父岳母，走进宽敞明亮的客厅，墙的正中央悬挂着一面锃亮的镜框，我久久地凝视着那张光荣纪念证。默默地念道：韦德芳同志在革命斗争中光荣牺牲，丰功伟绩永垂不朽，其家属当受社会上之尊崇。除依中央人民政府《革命工作人员伤亡褒恤暂行》发给其家属抚恤金外，并发给此证以资纪念。毛泽东主席1957年10月26日。那一刻，那深深凝视的那一刻，仿佛在昨日。

　　成家后，曾与岳父母生活在一起，有更多的机会，聆听岳父（韦德培曾任民盟普陀区委员会副主任）讲述他姐姐德芳的故事。记得一个星期日的午后，岳父滔滔不绝地跟我讲起他姐姐的经历。他动情地说："叶集地区是鄂豫皖革命根据地的重要组成部分。大革命时代，千余名叶集儿女加入红军、赤卫队。有400多名叶集儿女献出了自己宝贵的生命。姐姐长我三岁，1927年曾在叶集明强小学读书。1928年我的三叔韦素园（1921夏，与刘少奇、萧劲光、任弼时、曹靖华、蒋光慈等人历经艰险，行程3月有余才到达莫斯科，正赶上莫斯科的共产国际第三次社会主义青年团代表大会召开。他作为列席代表出席了会议。也是未名社成员。），从外地寄来《共产党宣言》《新青年》《中国青年的方向》《时代潮》等书刊给姐姐。不久她很快就接受了新思想，懂得了很多革命道理，提高了对革命前途的认识。当时学校号召女同学剪辫子，提倡新青年新生活，一些女同学迫于家长的封建意识和社会舆论，犹豫不决，姐姐在全班女同学众目睽睽之下，

| 115 |

毅然剪去头上乌黑心爱的辫子。1929年14岁的姐姐加入了中国共产主义青年团,接着又加入了农民协会,她多次在群众大会上演讲并经常在群众中教唱《国际歌》《少年先锋队队歌》。1930年,姐姐毅然报名参加红军。曾担任霍邱县妇女书记、皖西北道区宣传队长、鄂豫皖省委妇运干部。在中共霍邱县委会领导下,她配合游击大队,在建立苏维埃政府、发动组织农民协会、斗争土豪劣绅、抗债抗粮抗税、发动农民武装暴动等工作中做出了很大贡献,立下了不朽功勋,推动了当时苏区的革命事业的发展。1932年6月,姐姐任红四方面军某团的宣传干事。同年9月,部队向川陕挺进,行至湖北省随阳、枣阳之间,遭到国民党军队的阻击,姐姐奋不顾身参加反击,激战中不幸中弹牺牲。"我被岳父滔滔不绝的讲述吸引着,更被姑姑韦德芳的英雄事迹所折服。

我的眼前仿佛出现一幅幅画面:红军在长征路上翻越一座又一座的雪山,勇士们突破乌江天险,战士们强渡大渡河、飞夺泸定桥、百万雄师过大江……在中华民族面临生死存亡的危急时刻,姑姑和她的战友们英勇顽强地同敌人进行斗争,冲锋陷阵,前仆后继,直到流尽最后一滴血,永远长眠在深深爱着的这片土地上。此时此刻,我想起了方志敏烈士"敌人只能砍下我们的头颅,决不能动摇我们的信仰!因为我们信仰的主义,乃是宇宙的真理!为着共产主义牺牲,为着苏维埃流血,那是我们十分情愿的啊"的铮铮誓言。

"血沃中原肥劲草,寒凝大地发春华。"有了革命先辈的牺牲,才有今天鲜红的党旗,才有鲜艳的五星红旗在祖国上空高高飘扬。才有中国人的扬眉吐气,才有今天华夏大地遍开幸福之花的美丽景象。

2013年暮春三月,我和内人前往霍邱叶集,到姑姑曾经就读的明强小学以及战斗过的地方寻踪觅影,踏踏姑姑的青春脚印,感受姑姑当年的英姿勃发青春似火的情怀。我们缅怀革命先烈,就是要继承先烈遗志,不忘初心,牢记使命。

有了外孙、外孙女,我也像岳父那样,给他们讲红色故事及家史,让他们从小懂得,我们的幸福生活来之不易,要好好珍惜。要爱自己,爱他人,更要爱祖国。发愤学习,为民添光,为国添彩。

敬爱的姑姑,您是矗立在我心中的一座不朽的丰碑。

第二辑

节日抒怀

话说元旦

新年的钟声即将敲响,时光的车轮又留下了一道深深的印痕。伴随着冬日里温暖的阳光,2019年元旦的倩影翩然而来。在这一刻,我们听到了春的脚步,闻到了春的气息。

"元"字的本义是"头",又可以引申为事物的开头,即为开始或第一。比如"元年者何,君子使年也"。

"元旦"一词最早出现于《晋书》:"颛帝以孟夏正月为元,其实正朔元旦之春。"南北朝时,南朝文史学家萧子云的《介雅》诗中有"四季新元旦,万寿初春朝"的记载。宋代吴自牧《梦粱录》中有关于"正月朔日,谓之元旦,俗呼为新年。一岁节序,此为之首"的记载。"元旦"这一名称,据说起自传说中三皇五帝之一的颛顼。颛顼以农历正月为元,初一为旦。此后夏、商、周、秦、汉的元日日期并不一致。据《史记》记载:夏代以正月初一为元旦,商代以十二月初一为元旦,周代以十一月初一为元旦。到汉武帝时,又规定以正月初一为元旦,辛亥革命后,我国把正月初一改称作春节,把阳历一月一日称为新年,不称元旦。直到1949年9月27日,中国人民政治协商会议第一届全体会议通过使用"公元纪年法",才又将阳历一月一日正式定为"元旦"。至此,元旦才成为全国人民的欢乐节日。

元旦抒怀,自古以来就是文人骚客的一种情趣,在浩如烟海的诗歌中,留下了许多脍炙人口的佳句。"昨夜斗回北,今朝岁起东。我年已强仕,无禄尚忧农。桑野就耕父,荷锄随牧童,田家占气候,共说此年丰。""爆竹声中一岁除,春风送暖入屠苏。千门万户曈曈日,总把新桃换旧符。""天上风云庆会时,庙谟争遣草茅知。邻墙旋打娱宾酒,稚子齐歌乐岁诗。老去又逢新岁月,春来更有好花枝。晚风何处江楼笛,吹到东溟月上时"。"一樽岁酒拜庭除,稚子牵衣慰屏居。奉母犹欣餐有肉,占年更喜梦维鱼。钩帘欲迓新巢燕,涤砚还疏旧著书。旋了比邻鸡黍局,并无尘事到吾庐"。《如梦令·元旦》:"宁化、清流、归化,路隘林深苔滑。今日向何方?直指武夷山下。山下山下,风展红旗如画。"全词淋漓酣畅,清新自然,充满了昂扬、乐观的气概。读罢此词,对元旦的向往愈加亢奋,激情和斗志便情不自禁地油然而生。

新的一年,我们要敞开心扉,拥抱未来,把希望的种子,播向祖国的原野。将漫山遍野的花朵,编织成五彩斑斓的梦想。新的一年,意味着人生的一次扬帆启程,也是一次拥抱希望的迈进。时间的年轮从来不以人的意志为转移,愣是一圈一圈悠悠地转着。虽然岁月悄悄在额头刻出时光流逝的痕迹,在鬓边染上光阴的白霜,但我仍然怀有"老骥伏枥,志在千里,烈士暮年,壮心不已"的胸怀,做自己可能做的事,走自己可能走的路。尽管前行的道路依然坎坷,凛冽的寒风依然肆虐呼啸,但为了理想,为了那不灭的希望和美丽的憧憬,我继续扬起风帆驶向彼岸。

在新年里,有无数的诗情画意等待着我们去感受去描绘:洒满阳光湖畔的早晨、落满花瓣小径的黄昏,还有江南雨巷青石小路上的烟雨蒙蒙,北国和煦春风里一碧万顷的麦田、清清的小河……

元旦佳节,让你我浅吟一首《祝你平安》,高唱一曲《一年比一年好》。新的一天,新的一年,新的阳光,新的面貌。让我们以崭新的姿态,去书写好人生的每一步。人生啊,人生,新的章节又开始了。

辞旧迎春话春节

春节是中国最古老的节日，是一年四季中最隆重的日子。尽管我们民族众多，幅员辽阔，但是千百年以来，还是逐渐形成了较为固定的风俗习惯。

春节，从小范围来说，是指除夕和正月初一，从大范围来说，是指从腊月初八或腊月二十三祭灶开始，到正月十五元宵节结束。春节原名元旦，也叫正旦、过年、年初一、大年初一等。我国过春节已有4000多年的历史。关于春节的起源说法诸多，或源于腊祭，或源于巫术仪式说，或源于鬼节说等。其中最被普遍接受的说法是公元前2000多年的一天，舜继天子位，带领着部下人员，祭拜天地。从此，人们就把这一天当作岁首。据说这就是农历新年的由来，后来叫春节。1949年9月27日，中国人民政治协商会议第一次全体会议通过，使用世界上通用的公历纪元，把公历即阳历的元月一日定为元旦，为新年，把正月初一定为春节。

过年，在民间流传着一个有趣的故事：太古时期，有一种凶猛的怪兽，人们管它们叫"年"。每隔365天，晚上时年便出来伤害人畜，毁坏田园。因此，人们都要熄灭灯火，避难躲灾。有一次，怪兽来到一家门口，正赶上这家人穿着红衣裳，点燃了一支竹子取暖。先是孩子不小心，把铜盆掉地上，发出当啷一声巨响，把怪兽吓了一跳，接着点燃的竹子发出啪啪的爆响，而且火光四射。因为年怕红、怕响、怕火，而吓得掉头逃窜，这家人就避免了一场灾难。街坊邻里听说后，便奔走相告。相互道喜。于是，人们便拿出丰盛的食物一起吃。此后，每到年末岁首，大家就敲锣打鼓和燃放鞭炮，来驱邪灭灾，祈望五谷丰登，人畜兴旺。这样年复一年，便形成一个欢乐节日，叫过年。

几千年来，中国的传统节日各自形成了许多风俗习惯，这些风俗习惯都有特点，既不雷同而又极富个性，给中国传统文化涂上了丰富多彩的色泽。春节的习俗有贴春联、年画、福字、放爆竹、守岁、拜年、包饺子、舞狮子、耍龙灯、踩高跷等。

临近过年，城市的每一个角落，都散发着浓郁的节日气氛。我们的祖先是有智慧的，他们能够把实用的动机予以诗化，使人民在充满诗意的仪式中享受节日的愉悦。贴春联（春联又名对联、门对，古时有"桃符""门帖"之称）。我国最早的春联，是五代十国时期后蜀孟昶在桃符上写的联语"新年纳余庆，嘉节号长春"。到了明代，社会上普遍开始用红纸写春联，之后，贴春联便成为一种习俗，一直流传下来。记得有一年春节，我写了一副"国富千山秀，家和万事兴"对联贴在门上。读小学一年级的外孙女每次回家总要在门前停留片刻，然后有声有色地朗读起来，那语调、那模样真的好可爱。春联不仅是一种书法艺术，而且好的春联具有诗意，给人一种美的享受。

张贴福字，也是人们过春节时的传统习俗，据说在宋代以前就有了，宋人吴自牧著的《梦粱录》中说"士庶家不论大小家，俱洒扫门间，去尘秽，净庭户，挂钟馗，钉桃符，贴春牌"。所谓春牌，就是今日人们在红纸上写的"福"字。民间还有将"福"字精描细做成各种图案的，图案有寿星、寿桃、鲤鱼跳龙门、五谷丰登、龙凤呈祥等。记得读小学时，有一年春节，爸爸把"福"字贴倒了，我大声说，爸爸您把"福"贴倒了。爸爸笑嘻嘻地说："贴倒了，不就是福到了吗？"我听了哈哈大笑。看来"福"是自古以来人们所追求的。

除夕之夜，民间有守岁的习惯，人们通宵不寐，叙旧话新，以待天明。宋代《东京梦华录》中说（除夕）"士庶之家，围炉而坐，达旦不寐，谓之守岁"。守岁，既是对即将逝去的旧岁有留恋之情，也是对即将来临的新年怀着希冀。孩提时，吃完年夜饭，就在弄堂口和伙伴们一起放炮仗取乐。放完了，玩累了才回家。回到家，看见爸爸妈妈正忙着包饺子。爸爸对我说："待到子时吃饺子。"按照中国古代记时法，晚上11时到第二天凌晨1时为子时。"交子"即新年与旧年相交的时刻。饺子就意味着更岁交子，过春节吃饺子被认为是大吉大利。另外饺子形状像元宝，包饺子意味着包住福运，吃饺子象征生活富裕。

当噼噼啪啪的鞭炮声又响起时，全家人再次围坐在一起，边吃饺子边聊天，真是快乐无比。

记得孩提时，大年初一一早起床，总会向父母道一声"新年好"。遇见邻友也会互相道贺新年好。初二或初三还会跟着父母去大伯和姨母家拜年。通过拜年，使我从小懂得了孝敬父母、尊敬长辈的道理。如今，拜年的方式变得多种多样，既有用贺年卡拜年，也有互相登门道贺，也有用微信、电话问候，也有的是大家聚在一起互相祝贺的"团拜"。

春节是中华民族最隆重的传统佳节，同时也是中国人情感得以释放、心理诉求得以满足的重要载体，是中华民族一年一度的狂欢节和永远的精神支柱。我祈愿在辞旧迎新的日子会有一轮火红的朝阳照耀在我们的头顶，让它的赤热扫除每个人心头的阴霾，燃烧起纯洁的向往与不倦的信念。让我们哼一支小曲，让快乐在唇喉间跳跃，满怀信心地去迎接新春初升的太阳。

元宵情缘

"从早早吃一口那又黏又稠又香又热的腊八粥时,就开始听到了年的脚步。这年的行程真是太长太长,直到转年正月十五闹元宵,在狂热中才画上句号。"这是冯骥才《年文化》中有关春节的描述。在民间,年文化是最深广的文化。如果把中国的春节比作一场漫长的狂欢,元宵节无疑是落幕前的高潮。自古以来,正月十五闹元宵,吃汤圆、逛庙会、舞狮子、耍龙灯、赏彩灯、猜灯谜等民俗活动寄托了人们对国泰民安、幸福圆满的美好希冀。

元宵节,又称上元节、小正月、元夕或灯节,是春节之后的第一个重要节日。元宵节始于2000多年前的秦朝。相传,汉文帝(公元前179—前157年)为庆祝周勃于正月十五戡平诸吕之乱,每逢此夜,必出宫游玩,与民同乐。在古代,夜同宵,正月又称元月,汉文帝就将正月十五定为元宵节,这一夜就叫元宵夜。司马迁创建《太初历》,将元宵节列为重大节日。隋、唐、宋以来,更是盛极一时。《隋书·音乐志》曰:"每当正月,万国来朝,留至十五日于端门外建国门内,绵亘八里,列戏为戏场……"参加歌舞者足达数万,从昏达旦,至晦而罢。随着社会和时代的变迁,元宵节的风俗习惯早已有了较大的变化,但至今仍是中国民间传统节日。

元宵节张灯是我国人民的传统习俗。《金瓶梅》第十五回里,就有西门庆女眷于元宵节夜晚临街观灯的情节,将灯市中人烟凑集、银花火树的欢乐情景描写得生动细腻,淋漓尽致,足供观照。《红楼梦》描写的"社火花灯"指的就是元宵节夜晚街头的歌舞、鼓乐,百戏、杂耍、放花灯等活动。之后的"元妃省亲"中,也通过元宵节贾府灯的种类繁多,写出其繁盛一时:"院内各色花灯烂灼,皆系纱绫扎成,精致非常",大观园里有"匾灯",水景石栏上有"水晶玻璃各色风灯",就连光秃秃的柳杏诸树上也是"每一株悬灯数盏"。直至"诸灯上下争辉,真系玻璃世界,珠宝乾坤",船上"亦系各种精致盆景诸灯"。而灯多到什么程度,也有这样的描写:"一时传人一担一担地挑进蜡烛来,各处点灯。"老舍在《北京的春节》的一文中描写元宵节的场景:"处处悬灯结彩,整条大街像是办喜事,火炽而美丽。有名的老铺都要挂出几百盏灯来,有的一律是玻璃的,有的清一色是牛角的,有的都是纱灯;有的各形各色,有的通通彩绘全部《红楼梦》或《水浒传》故事。公园里放起天灯,像巨星似的飞到天空。男男女女都出来踏月、看灯;街上的人拥挤不动。"冰心在《漫谈过年》一文中,也有独特的描写:"新年过后,元宵节又是一个高潮。我们老家在福州市南后街,那条街从来就是灯市。灯节之前,就已是'花市灯如昼'了,灯月交辉,街上的人流彻夜不绝。福州的风俗,元宵节小孩子玩的灯,都是外婆家送的。福州方言,'灯'与'丁'同音。'添丁'是句吉利话,因此,外婆家送给我们姐弟四人的是五盏灯!我的弟弟们比我小得多,他们还不大会玩,我这时就占了便宜,我墙上挂的是'三英战吕布'的走马灯,一手提着一盏眼睛能动的金鱼灯,一手拉着会在地上走的兔儿灯,觉得自己神气得很。但最好玩的还是跟着哥哥姐姐们到大门口去看灯。有许多亲友到我家街上来看灯的,我们都高兴地点起用篾片编成的火把,把他们送走。"

  元宵节也是一个浪漫的节日。元宵灯会给古时的未婚男女提供了一个相识的机会。平日里,闺中的年轻女孩不能随意出外活动,但是元宵节时却可以结伴出游,赏灯的同时可以趁机物色对象。赏灯更赏人,宋代史浩在《粉蝶儿》中这样写:"闹蛾儿,满城都是。向深闺,争翦碎,吴绫蜀绮。点妆成,分明是,粉须香翅。玉容似花,全胜故园桃李。"人已经成为元宵节比灯更好看的景致。浩如烟海的诗词中也有描写元宵节约会的场景,如欧阳修《生查子·元夕》"月上柳梢头,人约黄昏后"。辛弃疾《青玉案·元夕》"众里寻他千百度,蓦然回首,那人却在灯火阑珊处"等。在民间传说中,有关爱情的故事俯拾皆是,陈三和五娘是在元宵节赏花灯时浪漫邂逅,乐昌公主与平民丈夫徐德言在元宵夜破镜重圆,宇文彦和影娘在元宵节定情,等等。

记忆中，春节前和妈妈一起去粮店买来配给的糯米，回家后，妈妈把糯米放在木盆里浸泡一段时间，并加入大米调试糯性，最后磨浆，变成糯米粉。妈妈说："这几道工序自制的糯米粉，能保证汤团外皮湿糯。"不出所料，妈妈包出来的汤团外皮既薄又软糯，"好吃不粘牙"，弟妹们一小口一小口地吮吸着芝麻馅里猪油汤团的汁水，脸上洋溢着幸福的笑容。它象征着团团圆圆、和睦相处的美好生活。小时候，每到元宵，我便会缠着爸爸做兔子灯。爸爸心灵手巧，他熟练地用竹篾做出小兔子的框架，再用白色的纸糊在上面，接着在白纸上贴上小兔子红红的眼睛、长长的耳朵和圆圆的尾巴。然后，爸爸会找一个木板，穿上粗铅丝，将兔子灯固定在木板上，在木板下装上四个木头轮子。最后，在小兔子的脖子上系一根绳子。一只可爱的兔子灯就做成了。稍长后，富生、德平在我家扎兔子灯，印象最深刻的是，用废弃的象棋子做四只轮子。晚上，一群小伙伴拉着各自的兔子灯在弄堂里来回穿梭，好不热闹。玩累了，聚在一起，猜灯谜，别提多高兴了。有了女儿，有一年元宵节，路过商店买了一只兔子灯回家，让女儿尽情地玩耍（其实很想念曾经纯手工的兔子灯）。后来有了外孙女、外孙。女儿在网上订购了手工花灯套装，午后和外孙女、外孙一起动手扎花灯，显得更有意义。美国民俗家阿兰·邓迪斯说，日常生活中，时间线性流逝，而节日就像这条线上的刻度，有了度量才有意义。仪式是让平凡日子发光的魔法，正是因为有了这些仪式，生活才显得庄重，才更有纪念意义。教育学家认为，对家庭成员特别是孩子来说，节日的仪式感与幸福感相关，童年记忆中的节庆如果充满仪式感，会让他对每一个重要的日子充满期盼，并赋予他更多的幸福回忆，使他成为懂得感恩、热爱生活的人。从这个角度来看，春节期间，和孩子一起写一副春联，包一回汤圆，扎一只花灯，让孩子在实践过程中产生对中国文化的认同和依恋。

　　如今，随着时代发展，不论元宵、彩灯、如何变化出新，元宵节延续的古老传统风俗依然没变。这些优秀的传统文化的元素，始终是人们心中割舍不断的情愫。元宵节渐渐远去，但美好的生活在继续，我们要振作精神，再接再厉，奋勇前进，向着理想的目标拼搏进取，用更加丰硕的成果迎接下一个新春佳节的到来。

绽放的花朵

阳春三月，绽放的花朵，书写着春天的讯息，锦簇花团，凝聚着声声的祝福。

自古以来，"女性"就是人类讴歌、赞颂的主题。冰心在《关于女人》的"后记"中写道：世界上若没有女人，这世界至少要失去十分之五的"真"、十分之六的"善"、十分之七的"美"。这是作者一向所崇尚的赞美女性美与母爱的具体体现。

三八国际妇女节是为了纪念世界各国劳动妇女为争取和平民主、妇女解放而斗争的节日。1909年3月8日美国芝加哥女工为争取自由平等而举行规模巨大的罢工和示威游行，得到广大劳动妇女的热烈响应。1910年8月，在丹麦哥本哈根召开的第二次国际社会主义妇女代表会议上，主持会议的德国革命家蔡特金向大会建议，以每年3月8日为世界妇女的斗争日，得到一致拥护。我国妇女于1924年在广州召开第一次群众性的三八纪念大会。新中国成立后，中央人民政府政务院于1949年12月规定3月8日为妇女节。

回顾历史，从古希腊神话中的智慧女神雅典娜，到中国北宋的巾帼英雄穆桂英；从19世纪无产阶级女权活动家克拉拉·蔡特金到中国民主革命的先驱，妇女运动的领袖何香凝；还有近代民主革命志士秋瑾。她蔑视封建礼法，提倡男女平等，常以花木兰、秦良玉自喻，性豪侠，习文练武，积极投身革命，先后参加过三合会、光复会、同盟会等革命组织。再有为新中国诞生而抛头颅、洒热血的杨开慧、江竹筠、刘胡兰。无数的女性，为争取妇女的解放而斗争。时代的洪流记载着女性勇于奉献的激情，历史的丰碑记载着女性不朽的业绩。她们有的是为中国革命英勇献身的革命家，有的是推动中国妇女运动的领袖，更重要的是为了帮助中华民族彻底摆脱封建残余的神权、政权、族权的压迫，真正获得妇女解放。回首过去，我们面对她们，怎能不讴歌、不赞美呢？

　　透视人类历史的发展，女性是美丽的精灵，是勤劳的偶像，是和平的使者，是智慧的化身，是创造新世纪的英杰。人类世界有了女性，才有了点点滴滴的劳作和创造，才有了无私奉献的母爱；人类世界有了女性，才有了百花争妍的芬芳，才有了万紫千红的境界；人类世界有了女性，太阳才放射出永不熄灭的光芒，江河才有了日夜不歇的歌声……

　　高尔基说："我们该赞美她们——妇女，也就是母亲，整个世界都是她们的乳汁所养育起来……没有母亲，既没有诗人，也就没有爱。"每逢妇女节，也会惦念母亲。依稀记得小时候，可以尽情地在母亲面前撒娇，甚至都不会去掩饰自己的言行。因为母亲的怀抱随时都为自己敞开着，那里能容纳所有的过错。还记起，母亲总是起早摸黑，佝偻着背在家中（做切面）劳作，只为挣点钱，让孩子可以衣食无忧。离开家乡，奔赴"北大荒"的前一段日子，母亲精心为我编织毛衣、缝被子，深挚的母爱，无时无刻不在沐浴着我。如今母亲"远去"了，思念之情萦绕于心。

　　妇女节前几天，读一年级的外孙女，画了一朵盛开的康乃馨送给她妈妈，她妈妈欣慰地说"画得好，画得好"，外孙女欢快地笑了。在这喜庆的日子里，各大报纸均有报道各行各业中的巾帼英雄和"三八红旗手"的先进事迹，每每阅读，激动不已。我想，有日出的地方，就有妇女耕耘的足迹；有星光的地方，就有妇女闪烁的汗滴！

　　在岁月的长河中，女性走过了春夏与秋冬，跨过了日月与星辰，走进那心目中理想的臻境。在这特别的节日里，我要为三月的女性高歌，为新时代的女性热烈地鼓掌。

植树节怀想

"满眼不堪三月喜,举头已觉千山绿",植树节又将来临。每每想起认养树木、亲手种树的往事,感慨良多。

记忆中,小学四年级就参加了学校周边的植树活动。有一天午后,从班主任杨正平那里领到小树苗后,与富生、德平蹦蹦跳跳到了指定的路段去栽树(具体方位在交通路与中交路靠东面的一段)。到了那里,大家轮流挖土,等树坑挖好了,富生小心翼翼地扶住树苗,我和德平往里面填土,土填完了,然后把树坑周围的土踩得实实的,浇上水。放学后,定期为种植的小树苗浇水、除草。小树苗一天天长大,我们乐开了花。许多年后,每次路过当年曾经亲手栽植的树苗已经长成了挺拔的参天大树,心底不由得涌现出些许成就感。

初中毕业后,积极响应党的号召,奔赴"北大荒"。记得在农场期间,每到植树的季节,知青们大显身手,在山坡上热火朝天地干着,但北方植树不在3月,而在4月。因为北方的三月天气还比较冷,荒山上仍寒风猎猎,冬的残余尚未完全退却。只有进入4月,北方的天气才渐渐变得暖和,不知名的鸟儿成群结队,飞来飞去,欢快地唱着歌儿。破土而出的翠绿嫩芽,耐不住冬天的寂寞,星星点点缀满山山岭岭,知青们在吴连长的带领下,扛着铁锹,向完达山北麓挺进,满怀豪情地去植树。

北方清明前后雨水较多。春雨滋润着大地,在这样的时节种树,成活率高。我们大约走了一个小时,来到了去年冬天曾经伐过木的山坡上,到了植树的现场,在吴连长的具体安排下,各排明确自己分管的地段,就开始分头挖坑,顿时,山坡上呈现出一派繁忙的景象。不一会儿,一个个树坑就挖好了,然后我们将小树苗栽到坑里,然后盖上泥土。忙活了一阵子,休息之余,大家围坐在一起,交流植树的感受。我们种的大多数是落叶松,每株小苗尺把长，想必当初种下的小树苗，现在已经是参天大树了吧。

还记得，时任政教主任的我，每逢植树节，向全校师生发出倡议，积极动员师生参加植树节的活动。我还邀请区园林所的园艺师给全校师生讲授种树的意义和修剪花草树木的知识，让师生在实践活动中获得种植、修剪花草树木的技能。有一次，我带领学子在校园的花坛里、操场边，清理杂草枝蔓。还撰写了有关爱护树木"一花一草皆生命一枝一叶总关情""地球是我家绿化靠大家"等宣传用语，制作卡片悬挂在树上。

在植树节来临之际，真诚地期盼，祖国的每一寸土地上都涌动着绿色的浪潮。让我们在心中种一棵树，让心中的那片绿色，永远不会凋零。让生活多一点缤纷，让人间多一缕温馨，让世界多一分和谐。只要我们遵循绿色发展理念，不断促进人与自然和谐共生，保护和建设好绿水青山，相信"天更蓝、水更清、山更绿"的中国梦就一定能尽早实现。

话说清明节

清明节又叫踏青节,是我国传统节日,大约始于周代,距今已有两千五百多年。清明,是一个诗的节日,古今有多少文人墨客吟咏歌赋,留下了不朽的诗篇。

相传春秋时期,晋公子重耳为逃避迫害而流亡国外,流亡途中,在一处渺无人烟的地方,又累又饿,再也无力站起来。随臣找了半天也找不到一点吃的,正在大家万分焦急的时候,随臣介子推走到僻静处,从自己的大腿上割下了一块肉,煮了一碗肉汤让公子喝了,重耳渐渐恢复了精神,当重耳发现肉是介子推从自己腿割下的时候,流下了眼泪。十九年后,重耳做了国君,也就是历史上的晋文公。即位后晋文公重重赏了当初伴随他流亡的功臣,唯独忘了介子推。很多人为介子推鸣不平,劝他面君讨赏,然而介子推最鄙视那些争功讨赏的人。他打好行装,悄悄地到绵山隐居去了。晋文公听说后,羞愧莫及,亲自带人去请介子推,然而介子推已离家去了绵山。绵山山高路险,树木茂密,找寻两个人谈何容易,有人献计,从三面火烧绵山,逼出介子推。大火烧遍绵山,却没见介子推的身影,火熄后,人们才发现背着老母亲的介子推已坐在一棵老柳树下死了。晋文公见状,恸哭。装殓时,从树洞里发现一血书,上写道:"割肉奉君尽丹心,但愿主公常清明。"为纪念介子推,晋文公下令将这一天定为寒食节。第二年晋文公率众臣登山祭奠,发现老柳树死而复活。便赐老柳树为"清明柳"并晓谕天下,把寒食节的后一天定为清明节。

"清明"两字,根据宋代陈元靓的《岁时广记》中所说:"清明者,谓物生清净明洁。"清明时节,风和日丽,莺飞草长,柳绿桃红,改变冬季寒冷枯黄景象,大地一片清净明洁。汉代刘安所著《淮南子》中写道:"春分后……加十五日则清明风至。"这里说的"清明风至"之时正值阳春三月,所以有"三月节"之称。《岁时百问》一书也曾做解释:"万物生长此时,皆清洁而明净,故谓之清明。"可见,清明节是由它所处的时令,在气温、光照、降雨各方面俱佳而得名。

到了清明,气温变暖,降雨增多,正是春耕春种的大好时节。所以清明对于古代农业生产而言是一个重要的节气。农谚说"清明前后,点瓜种豆""植树造林,莫过清明",正是说的这个道理。东汉崔寔《四民月令》记载:"清明节,命蚕妾,治蚕室……"说的是这时开始准备养蚕,可见这个节气与农业生产有着密切的关系。

清明时节,春回大地,自然界到处呈现一派生机勃勃的景象,还是一个春日出行、踏青游玩的好时节。唐代诗人韦庄"满城杨柳绿丝烟,画出清明二月天",诗句生动地描绘了此时的阳春美景。白居易"中桥车马长无已,下渡舟航亦不闲"。诗句写出了路上车马络绎不绝和洛水游人竞渡的盛况。李正封在《洛阳清明日雨霁》一诗中说:"游人恋芳草,半犯严城鼓。"人们迷恋郊花野草,流连忘返,待城门的夜晚戒严鼓声敲过,才慌忙回程。古时洛阳人的清明游兴是何等浓烈啊!著名诗人陈毅元帅,也为清明游春踏青,写下了《昆明游西山》的诗句:"车如潮,人如海,清明游,相追攀。"把人们清明踏青春游的盛况生动形象地描绘了出来。

清明也是祭扫的日子。宋代高翥诗:"南北山头多墓田,清明祭扫各纷然。纸灰飞作白蝴蝶,泪血染成红杜鹃。"描写的就是扫墓的情景。清明节,对今人来说,不应只是一年一度的节日,更多体现着中华儿女对传统文化的重视与尊重,它是一个重视亲情、慎终追远、敬重祖先、祭奠先人的日子。沪上有墓园每年以"为百姓立传,替亲人出书"为主题,向全社会征集百姓传记书稿,用书信传言的方式,使逝去的亲人活在自己的记忆文字中,也为后世家族留下珍贵纪念;有的墓园举行清明感恩典礼,通过微视频采访,用饱含真情的讲述与视频镜头的"穿越",回忆先辈的高风亮节,遥想在天国的亲人。这些做法,都传递着普通人平凡而真挚的情感,激发着社会和家庭的正能量。有的学校,清明节组织师生到烈士陵园扫墓,追念革命烈士的高贵品质,寄托哀思,学习革命先烈为人民而献身的精神。每逢重大节日,党和国家领导人向人民英雄纪念碑敬献花篮,寄托着对英烈的无限哀思。我们不仅有责继承老一辈革命家的宝贵精神，更要坚信自己心中的共产主义信仰，沿着红色道路不断前行。林语堂先生说："尘世是唯一的天堂。"活在当下，就是要好好地珍惜生活，多一份爱心，多一点宽容，多一些理解。古人在清明这个节日，把扫墓和游乐糅合在一起，渗透着我们中华民族先民的哲学智慧。

　　清明是一个难忘的季节。情深深，意切切，难忘怀。清明，几人能清？几人能明？也许清明自在人心。

五一放歌

五月是蓬勃的季节，五月是欢歌的季节。是谁托起了这个多彩的季节，是谁播种了这个季节的希望，啊！是绽放着笑脸的劳动者。在这个属于劳动者的节日里，我要放声歌唱。

从古至今，"劳动"就是人类讴歌、赞颂的主题。在我国最早的诗歌总集《诗经》中，就有大量关于劳动的篇幅。如《周南·芣苢》《魏风·十亩之间》《周颂·良耜》等。马克思在《资本论》中论述了"劳动创造财富"。毛泽东在《论联合政府》一文中说："人民，只有人民，才是创造世界历史的动力。"马克思和毛泽东分别阐述了财富创造的根本目的是实现人的全面发展和人民群众是社会物质财富的创造者，是社会精神财富的创造者，是社会变革的决定力量。

国际劳动节又称"五一国际劳动节""国际示威游行日"。此节源于美国芝加哥城的工人大罢工。1886年5月1日，芝加哥的二十一万六千余名工人为争取实行八小时工作制而举行大罢工，经过艰苦的流血斗争，终于获得了胜利。为纪念这次伟大的工人运动，1889年7月第二国际宣布将每年的5月1日定为国际劳动节。这一决定立即得到世界各国工人的积极响应。1890年5月1日，欧美各国的工人阶级率先走向街头，举行盛大的示威游行与集会，争取合法权益。从此，每逢这一天世界各国的劳动人民都要集会、游行，以示庆祝。

回顾历史，从1886年芝加哥工人游行示威活动到1920年北京、上海等各工业城市的工人群众浩浩荡荡地走向街市、举行了声势浩大的游行、集会。从当年罢工工人中流行的一首《八小时之歌》"我们要把世界变个样，我们厌倦了白白的辛劳"到1921年北京的共产主义小组成员邓中夏等人创办的长辛店劳动补习学校里，工人们学唱《五一纪念歌》。激昂的歌声唱出了工人的心声，唱出了全世界无产者的共同愿望。再有1920年5月1日，《新青年》

7卷6号"劳动节纪念号"出版。发表了蔡元培"劳工神圣"的题词、孙中山"天下为公"的题词和李大钊《"五一"运动史》、陈独秀《上海厚生纱厂湖南女工问题》等文章。同时，还登载了《旅法华工工会简章》及唐山、山西、长江等地的劳动状况调查。伴随着马克思主义的传播和工人运动的发展，见证了近百年中国的历史变迁。1949年12月中央人民政府政务院作出决定，将5月1日确定为劳动节。1950年5月1日，新中国第一次在北京举行全国性的庆祝五一节活动。这天，首都20多万人在天安门广场举行了隆重的群众集会游行，毛泽东等党和国家领导人在天安门城楼上检阅了游行队伍。

"是谁创造了人类世界？是我们劳动群众！"我们怎能忘记古代劳动人民用勤劳和智慧创造的"四大发明"，怎能忘却万里长城每一块砖石凝结劳动的血泪和汗水；怎能忘掉千年古堰流淌着劳动勤奋，思考着传承繁衍的智慧；怎能遗忘秦始皇兵马兵俑演绎劳动卓尔不凡的民间艺术魅力。劳动始终是文明进步的重要源泉，劳动者的创造始终是历史前进的根本动力。自中国人民以独立姿态登上历史舞台，便将自己的命运与国家和民族的命运紧密相连。在求独立、求解放的战争年代，在谋幸福、谋富强的和平建设时期，我国人民以鲜血和汗水，书写了一个又一个传奇。

在姹紫嫣红的季节里，也会想起在"北大荒"那段经历。为了建设一个美丽的新农场，我们在这片神奇的土地上，起早摸黑，忘我劳作。每当收割季节，大田里大豆摇起响亮的铜铃，高粱举起火红的火把，知青们乐得合不拢嘴，憨憨的笑容里是掩饰不住的喜悦和希望。做教师后，用师爱去点燃学生的理想和热情，和学生交朋友，不仅受到学生的欢迎，也受到家长、同行的点赞。由此想到，劳动是艰苦的，成果是甘甜的；没有辛苦的劳动，就没有甘甜的果实。世界因为劳动而改变，生活因劳动而美丽。

从1989年起，党中央以最高规格表彰劳模，是对劳动精神、劳模精神的最高礼赞，是对"劳动光荣、创造伟大"时代价值的再次彰显，更是对"中国梦·劳动美"的热烈鼓舞和激励。劳动成就历史荣光，也必将开创未来，托举沉甸甸的中国梦。

在这个神圣庄严的时刻，在这个劳动者欢庆的节日里，我要纵情放声歌唱。

飘扬的红领巾

　　翻阅泛黄的老照片，一幕幕情景既清晰又模糊，仿佛就是岁月留下的一张张请柬，邀请我去会晤消逝的昨天。纵使光阴已经流逝半个多世纪，青春不再，但佩戴红领巾的少年时光，始终是我一生中最纯真、最美好的记忆。当第一次戴上红领巾时发出的真诚呼唤："时刻准备着，为共产主义事业而奋斗"，永远是我恪守的誓言。

　　第二次世界大战结束后，世界各地经济萧条，成千上万的工人失业，过着饥寒交迫的生活。儿童的处境更糟，有的得了传染病，一批批地死去；有的则被迫当童工，受尽折磨，生活和生命得不到保障。为了悼念利迪策惨案和全世界所有在战争中死难的儿童，反对虐杀和毒害儿童，以及保障儿童权利，1949年11月，国际民主妇女联合会在莫斯科举行理事会议，各国代表愤怒地揭露了帝国主义分子和各国反动派残杀、毒害儿童的罪行。为了保障世界各国儿童的生存权、保健权和受教育权，为了改善儿童的生活，会议决定以每年的6月1日为国际儿童节。1950年6月1日，新中国的小主人们迎来了第一个国际儿童节。党中央非常重视。为了筹备庆祝六一儿童节，响应民主妇联等团体发出的"保卫儿童权利、争取和平"呼吁书，我国11个人民团体和中央人民政府有关部门，专门组成了筹备委员会。毛泽东挥笔题词："庆祝儿童节"。朱总司令殷切地希望："新中国的儿童，要爱祖国、爱科学、爱劳动，准备好好的建设新中国。"刘少奇、周恩来、宋庆龄、邓颖超等党和国家领导人也为孩子们题词。这一天，5000名儿童聚集在北京中山公园音乐堂，庆祝自己的节日，苏联、朝鲜等国家的小朋友和母亲们，也应邀出席了联欢会。朱总司令非常关心孩子们的健康成长，他说："你们的年龄，现在虽然还小，但要努力学习，学会各种科学知识，并把自己的身体锻炼得强壮，准备参加建设新中国的工作，把贫穷的落后的中国变成有高度文化的强大工业基础的中国。"

少年，是人生中最美好的时光，犹如蓓蕾含苞在枝丫，如蝌蚪摆尾在浅滩，如雏鸟啁啾在巢口……读小学时，老师教导我们："五星红旗是革命先烈的鲜血染成的，而红领巾是五星红旗的一角。"至今回想起来，令我肃然起敬。

依稀记得，20世纪60年代初期，我光荣地加入了少先队，从此，红领巾在我的胸前飘扬。每天睡觉前，都会把红领巾叠好放在枕边，然后幸福地进入梦乡。在学校，认真做好值日生工作，把教室打扫得干干净净，课桌椅摆放得整整齐齐。还利用木料，向隔壁大叔借来斧子、锯子。做了一块长30厘米，宽10厘米的长形木条，写上"爱护树木"的字样，摆放在学校的花圃里。印象最深刻的是，1965年冬季的某一天下课时，徐臣明老师意外发现我没有穿袜子，破旧的鞋子里垫的是稻草。看到这一幕，徐老师心情好像很沉重，于是，他倡议同学们为我捐赠袜子。第二天，从徐老师手中接过袜子，心里暖烘烘的。正是因为同学们的爱心之举，在我幼小的心灵里，产生了极大的震动。平时在里弄，利用空闲时间和同学们一起清扫里弄周边每个角落的垃圾。有时看到骑黄鱼车上桥的师傅十分吃力，我就主动上前去努力推一把。那骑车的师傅便省力得多。然后目送黄鱼车依着惯性，从桥上冲下去，滚滚向前。多年以后，我行走在这座桥上，依稀记得当年推车的情景。

梁启超曾经说过"少年智则国智，少年富则国富，少年强则国强，少年独立则国独立，少年自由则国自由，少年进步则国进步，少年胜于欧洲，则国胜于欧洲，少年雄于地球，则国雄于地球"。五十多年来，少年的中国正逐渐成长，中国的少年已成为国家的栋梁乃至未来的希望。

后来，无论是佩戴团徽，还是在党旗下宣誓，我都会想起人生中的第一次宣誓。每当我参加学校的主题队会，听到学生们高唱"我们是共产主义接班人"的时候，我总会情不自禁和学生一起哼唱，仿佛又沉浸在金色童年的欢乐里。

当灿烂的阳光温暖整个校园，胸前的红领巾迎风飘扬。让我为你采撷一缕阳光，留住一丝清风。红领巾——国旗的一角，永远飘扬在我心中。

第二辑　节日抒怀

话说端午

"粽子香，香厨房。艾叶香，香满堂。桃枝插在大门上，出门一望麦儿黄。这儿端阳，那儿端阳，处处都端阳。"每每端午来临，脑海里总泛起这充满童趣又脍炙人口的民谣。2009年9月，在联合国教科文组织保护非物质文化遗产政府间委员会第四次会议上，"端午节"被审议并批准列入《人类非物质文化遗产代表作名录》，成为中国首个入选世界"非遗"的传统节日。

农历五月初五，是我国民间传统节日——端午节。端午节也称端阳节、重五节、重午节、天中节、天长节。古人认为"端"是事物的边缘，也是开始，有"开端""处"的意思，因此古代有"凡月之五皆可称端午"的说法。

关于端午节的由来，说法甚多，诸如纪念屈原说、纪念伍子胥说、纪念曹娥说等，但千百年来，屈原的爱国精神和感人诗篇，已广泛深入人心，故人们"惜而哀之，世论其辞，以相传焉"。因此纪念屈原之说，影响最广最深，占据主流地位。

据《史记》《屈原贾生列传》记载，屈原是春秋时期楚怀王的大臣。他倡导举贤授能，富国强兵，力主联齐抗秦，遭到贵族子兰等人的强烈反对，屈原遭谗去职，被赶出都城，流放到沅、湘流域。公元前278年，秦国攻破楚国京都。屈原眼看自己的祖国被侵略，于五月五日，抱石投汨罗江身死。屈原死后，当地百姓闻讯马上划船捞救，一直行至洞庭湖，始终不见屈原的尸体。有位渔夫拿出为屈原准备的饭团、鸡蛋等食物丢进江里，说是让鱼龙虾蟹吃饱了，就不会去咬屈大夫的身体了。人们见后纷纷仿效。一位老医师则拿来一坛雄黄酒倒进江里，说是要药晕蛟龙水兽，以免伤害屈大夫。后来为怕饭团为蛟龙所食，人们想出用楝树叶包饭，外缠彩丝，发展成粽子。以后，在每年的五月初五，就有了龙舟竞渡、吃粽子、喝雄黄酒的风俗，以此来纪念屈原。

龙舟竞渡是端午节最重要的风俗之一，龙舟竞渡又叫赛龙舟，流行于我国江苏、湖北等地。唐代诗人张建树《竞渡歌》记叙了热闹、激烈的赛龙舟场面。"五月五日天晴明，杨花绕江啼晓莺。使君未出郡斋外，江上早闻齐和声。……鼓声三下红旗开，两龙跃出浮水来。棹影斡波飞万剑，鼓声劈浪鸣千雷。鼓声渐急标将近，两龙望标目如瞬。坡上人呼霹雳惊，竿头彩挂虹蜺晕。……前船抢水已得标，后船失势空挥桡。……须臾戏罢各东西，竞脱文身请书上"。

在屈原的故乡湖北秭归，五月五日早上，人们穿着节日的盛装，去江边看赛龙舟，此时，江面上早已排满了红、黄、白等各色大小不一、装饰华美的龙舟，在鼓声和歌声中，龙舟开始竞渡表演，龙舟如梭似箭，争先恐后，激流竞渡。岸上鞭炮齐鸣，人欢旗舞，与赛龙舟的热烈相呼应。值得一提的是在赛龙舟时，民间歌手唱着这样一首歌："哟嗬，嘿嗬……大夫大夫（指屈原），听我说，天不可上啊，上有黑云万里。地不可下啊，下有九关八级。东不可往啊，东有漩流无底。南不可去啊，南有豺狼臭狸。西不可向啊，西有流沙漫漫。北不可走啊，北有冰雪盖地。唯愿我大夫，快快回故乡。"如泣如诉的歌声，表达了家乡人对屈原的深深怀念，同时也使赛龙舟活动更富有文化气息。

1980年，龙舟竞渡已列入体育比赛项目，同时9月，还举行了"屈原杯"龙舟赛。上海近年来也举办龙舟赛了，我记得2016年6月兴致勃勃地携妻目睹了在苏州河中远两湾城、梦清园水域龙舟比赛的盛况。两岸彩旗飘飘，锣鼓铿锵，当一声清脆的枪鸣后，两条龙舟如离弦之箭，踏着苏州河水面向前射去，桡手齐声呐喊、奋力划桨。观众也一起为体育健儿你追我赶的拼搏精神助威呐喊。

吃粽子、插挂艾蒿、菖蒲、系五色丝、喝雄黄酒等均是端午节的风俗之一。唐明皇有诗曰"四时花竞巧，九子粽争新"。看来唐明皇吃罢粽子，感觉不错，对粽子评价颇高。同时也能让我们隐约感到恢宏的盛唐气象。时至今日，过端午节时家家户户都吃粽子。每当粽子飘香时，就会想起儿时父母在厨房包粽子忙碌的身影和爽朗的笑声。如今，世上最疼爱的父母离我而去，心里总会漾起阵阵痛楚，从今往后，再也没有儿时吃粽子的那份解馋、开心、热切的感受。

端午节作为一种传统节日，博大精深、内涵厚重。赛龙舟和吃粽子等风俗活动，有力地证明了中华儿女对伟大的爱国诗人屈原的道德观念和人生理想有着高度的认同。屈原虽然行走在遥远的战国时代，但是他那"路漫漫其修远兮，吾将上下而求索"的无畏精神和坚定信念激励着我们。中华民族优秀的传统文化，像涓涓溪水，静静地流淌在中华儿女的生命里。

教师节断想

秋风习习,吹遍大江南北,硕果累累,香飘长城内外。是谁在我们幼小的心田撒下求知的种子?是谁循循善诱勾起我们求知的欲望?是谁谆谆教导带领我们走进知识的殿堂?啊,是我们亲爱的老师。

为了发扬尊师重教的优良传统,1985年1月21日,第六届全国人大常委会第九次会议作出决议,将每年的9月10日定为我国的教师节。

从小父母就教育我要孝敬长辈、尊敬师长。读小学时,对老师特别崇拜,老师上课的语调、手势,连走路的姿态都喜欢模仿。记得小学六年级班主任徐臣明十分关爱学生、严中有爱、说话风趣。有时下午会走街串巷,关心各个小组的学习状况(当年我们只上半天课,下午参加学习小组,一般由五六个住得很近的同学组成,共同到一个同学家里做作业)。学习结束后,徐老师还会把一些学习有困难的学生集中起来,在孟林根家中进行无偿的补习。在他的心目中,每一个孩子都是独一无二的,他不仅走进了学生的知识世界,而且走进了学生的生活世界和心灵世界。亲爱的老师啊,多少个回忆像海里的浪花不断泛起,多少个回忆像美丽的珊瑚沉入我心海里,是你给了我最美好的人生启示。

亲爱的教师啊!你执着的追求,骄人的业绩,使祖国大地绿树成荫,栋梁参天;百花盛开,争奇斗艳。假如我是诗人,我将以满腔的热情写下诗篇,赞美你的宽阔胸怀。假如我是歌唱家,我将引吭高歌,歌唱你的大爱无疆。

众所周知,我国在4000多年前就有了学校。那时学校的名字叫"庠"。翻开中国教育史,著名教育家如群星闪耀,竞相争辉。孔子是我国春秋末期著名的思想家、教育家。他提出的"有教无类、因材施教"等教育思想,对后世的教育活动产生了深远的影响。孟子发展了孔子的因材施教的教育思想，他根据学生的特点，提出"教亦多术"的原则，实行五种教育方式。近代蔡元培是民主主义革命家和教育家，他提出了"五育"并举的教育方针和"尚自然""展个性"的儿童教育主张，是我国近现代美育的倡导者，堪称"学界泰斗、人世楷模"。陶行知先生"生活即教育"及"知行合一"的独特教育思想，对今天的中国教育改革仍具有很强的借鉴价值和指导意义。现代教育家叶圣陶在《开明国语课本》的"编辑要旨"里写道："课文不仅要告诉孩子们道理，还要教给他们方法。"他与夏丏尊、吕叔湘、朱自清等人共同编写出版了多套国文教材，对我国国文教育产生了深远影响。著名特级教师于漪曾经说过，"与其说我做一辈子教师，不如说我一辈子学做教师"，她用自己一生教育实践诠释着她对教育的忠诚。语文教育家张志公先生曾形容她教书教得"着了魔"，而她的学生则说她对教育有着"宗教般的虔诚"。

我从教几十年，寒来暑往，辛勤地耕耘在三尺讲台上，为教育事业做出了一定的贡献。在职时，每逢教师节，我最希望得到的就是学生的一声问候、一张自制的贺卡。我想，选择了教师，就选择了奉献。退休后，仍关心学校教育的发展，还撰写了学校扎实推进素质教育的有关论文，发表在报纸和杂志上。如今看到"80后""90后"的教师们，心中由衷欣慰。他们那种爱岗敬业的精神，关心学生全面发展的具体事例，是值得赞扬的。

为了教育更快更好地发展，提升每一位学生的学习生活品质，我们要带着阳光般灿烂的笑容走进课堂，播种期待，播种灵感，播种真情。向着明天，向着太阳，向着辉煌，一往无前。

话说中秋

又是一轮团圆月，又是一年中秋来。中秋节是中华民族的传统节日之一。大约始于唐朝初年，盛行于宋朝，至明清时，已成为与春节齐名的主要节日之一。2006年5月20日，国务院列入首批国家级非物质文化遗产名录。2008年起中秋节被列为国家法定节假日。

中秋节，又称月夕、仲秋节、八月节、八月会、拜月节、团圆节。中秋节，自古以来就有着许多美丽动人的传说，嫦娥奔月的神话早已家喻户晓。作为中华民族的传统节日。它的意蕴不仅仅是一个单纯的时令节日，一种民间习俗，从深层次看，它是一种文化现象，它与人们的道德情感、宗教信仰、审美情趣联系在一起，构成了一种独特的文化景观。

中秋节的祭月、赏月、吃月饼，还有赏桂、观潮、玩兔爷，以及送瓜与"偷瓜"等都是世代承袭下来的习俗。

祭月习俗的渊源可追溯到原始社会，每当夜幕降临。四周一片漆黑，呈现出神秘可怖的景象。就在这时，一轮明月升起，赶走黑暗，把洁白、柔和的月光洒向人间。于是原始人便把月亮看作给自己带来光明的天神，虔诚地对月顶礼膜拜，因此有一系列的祭月活动，并记入史册。祭月习俗因地而异，有的地方是妇女先拜，男人后拜，祭月完毕，一家人再饮团圆酒，吃团圆饼，赏月饭。既包含了人们对月神的信仰，又体现了对未来美好生活的热爱与追求（现代祭月、拜月习俗已不多见的情况下，赏月习俗却仍在流传）。

中秋赏月约始于魏晋时期，盛于唐宋。八月十五在秋季八月中间，故曰"中秋"。为何人们钟情中秋赏月呢？欧阳詹《长安玩月诗序》云："明月四时有，何事喜中秋？瑶台宝鉴，宜挂玉宇最高头；放出白毫千丈，散作太虚一色。万象入吾眸，星斗避光彩，风露助清幽。"从时令上说，中秋是"秋收节"，春播夏种的谷物到了秋天就该收获了。自古以来，人们便在这个季节饮酒舞蹈，喜气洋洋地庆祝丰收，这在我国最早的诗歌总集《诗经》中就有描写。从科学观察来看，秋季地球与太阳的倾斜度加大，华夏大地上空的暖湿空气逐渐消退，而此时，西北风还很微弱。如此，湿气已去，沙尘未起，空气即显得格外清新，天空特别洁净，月亮看上去既圆又大，是赏月的最佳时节。恰如古诗所云："光辉皎洁，古今但赏中秋月，寻思岂是月华别，都为人间，天上气清澈。"

民间赏月风气亦颇盛行，尤其是文人墨客。相邀成群，对月酌酒，留下了许多咏月好诗。如杜甫"星垂平野阔，月涌大江流"气势何等豪宕。欧阳修"月上柳梢头，人约黄昏后"则别具幽情。张祜"共看明月应垂泪，一夜乡心五处同"充满了思乡怀亲之情。张九龄《望月怀远》"海上生明月，天涯共此时。情人怨遥夜，竟夕起相思。灭烛怜光满，披衣觉露滋。不堪盈手赠，还寝梦佳期"。则寄托了对远方亲人的无限怀念。苏轼"明月几时有？……但愿人长久，千里共婵娟"表达了对胞弟苏辙的无限怀念。

"月饼"一词最早出现在南宋，但不是作为中秋节食品提到的，直至明代的《西湖游览志余》卷20才记有："八月十五谓之中秋，民间以月饼相遗，取团圆之意"。北宋诗人苏轼曾有"小饼如嚼月，中有酥和饴"的诗句。据说吃月饼相传始于元代。当时，中原广大人民不堪忍受元朝统治阶级的残酷统治，纷纷起义抗元。朱元璋联合各路反抗力量准备起义，但朝廷官兵搜查得十分严密，传递消息十分困难。军师刘伯温便想出一计策，命令属下把藏有"八月十五夜起义"的纸条藏入饼子里面，再派人分头传送到各地起义军中，通知他们在八月十五日晚上起义响应。到了起义的那天，各路义军一齐响应，起义军如星火燎原。很快，徐达就攻下元大都，起义成功了。消息传来，朱元璋高兴得连忙传下口谕，在即将来临的中秋节，让全体将士与民同乐，并将当年起兵时以秘密传递信息的月饼，作为节令糕点赏赐群臣。从此人们每到中秋节，就要吃月饼，以纪念这次反元斗争。之后，关于月饼的记载就多起来了，如杨光辅的《淞南乐府》记载淞南月饼是桃肉馅，袁枚《随园食单》记载刘伯月饼用松仁、桃仁、瓜子仁加上冰糖和猪油作馅。到近代，月饼制作越来越精细。饼面上还印有各种美妙的图案，如"西施醉月""三潭印月""嫦娥奔月"等。

在花好月圆的时节，也会想起孩提时，正遇三年困难时期，即使最廉价的月饼，父母也没有能力购买，为了让兄弟姐妹能在中秋之夜吃到月饼，感受中秋的节日气氛，爸妈亲自制作月饼，其实，爸妈制作的并不是月饼，严格意义上说，应是糖饼。也会念起在"北大荒"务农，仅吃过一次月饼，月饼非常硬，口感极差，还不如我爸妈做的糖饼好吃。还记起，20世纪80年代初在宁夏支教期间，有一年中秋节，校领导亲自来看望我，送来了精致可口的月饼，至今难以忘怀。成家后，一家人团团圆圆、欢天喜地、和和睦睦地围坐在一起，吃美味，赏月光，尽享节日的喜悦。

2003年秋季，我还通过探究性学习（让学生通过查找春节、元宵节、清明节、端午节、中秋节等节日的来源、传说、风俗的资料）激发了学生的学习热情，使学生受到优秀传统文化的熏陶，提升了学生的民族自豪感，树立了正确对待传统文化的辩证态度，培养了学生热爱祖国、热爱生命、热爱生活、正确对待生活的良好态度。

中秋节无论是祭月、赏月，还是吃月饼、赏桂等，其一个鲜明的主题就是"团圆"。中秋之夜，明月千里，月光如银。抬头仰望，仿佛看到了神话传说中的嫦娥仙女翩翩起舞于月宫之中，使我想到了有关幸福、甜美、团圆、美满的词语。它不仅寄托了人类对美好生活的向往，而且还激起了人们珍惜生活，创造生活的激情。中秋几多记忆、几多欢欣。让人期待，让人向往。

第二辑 节日抒怀

十月情结

十月的蓝天，霞光如火；十月的大地，遍地颂歌。在这个满载成熟、满载收获、满载欢欣的季节里，我有着别样的感受。

走进十月，有一种沁人心脾的香甜，有一种期待已久的芬芳。它是一个金色的季节，一个壮美的季节，一个层林尽染的季节。十月是我最难忘的季节。我出生在金秋的十月，与共和国一起成长。曾记得读初中时，正值祖国20华诞，我写了一首《祖国万岁》的诗歌刊登在校刊上，当时还乐了一阵子。还记得1965年国庆节那天晚上，我与富生、德平、才弟等人结伴徒步近一个小时，到南京西路国际饭店那儿观看烟火。大家边看边说，好不兴奋。烟花在空中傲然绽放，姹紫嫣红，把夜空装点得美丽、婀娜，把大地照射得如同白昼。此时此景，令人忘怀。初中毕业后，响应党的号召，奔赴"北大荒"。记得来到农场后的每一个的国庆节，连长总会要求每排排演节目，庆祝祖国的生日。那时，知青们在文艺老兵张国璋传授下，学唱《北方吹来十月的风》，至今还记得歌词的内容。"北方吹来十月的风，惊醒我们苦弟兄。无产阶级快起来，联合农民去进攻。红旗一举千里明，铁锤一举山河动。中国诞生共产党，燎原星火满天红。"通过学唱这首歌，知晓了歌曲内容讲的是俄国十月革命对中国共产党诞生等革命进程的影响。由于喜欢文学，在农场期间，每逢国庆节也会创作歌颂祖国的诗歌。四十多年过去了，其中《颂歌献给伟大的祖国》这首诗，开头几句仍记忆犹新。"喷薄的红日/放射出万道霞光/奔腾的黄河/掀起欢腾的波浪/湛蓝的天空/显得格外晴朗/鲜艳的国旗/飘扬上蔚蓝的天上"。大学毕业后，在秋高气爽的十月，第一次与女友在幽静的公园里散步，爱在燃烧，情在绵长，那种感觉是多么地幸福。成家后，在瓜果飘香的十月，抱着三岁的女儿在人民公园观看烟火的情景仿佛就在昨日。事实上，我的外孙女五岁了，巧的是，外孙也出生在阳光明媚的十月。在阳光灿烂十月，我习惯在书房大声朗读有关赞美祖国的诗歌。记得2013年国庆节的午后，我在书房里朗诵《祖国颂》："在世界的东方/有一个古老的国度/美丽而宽广/在世界的东方/有一个伟大的民族/勤劳而坚强"时，好奇的外孙爬进了书房我却浑然不知。直至爬到了我的身边，咿咿呀呀的叫声，才发觉他。十月当然也是旅游的季节，好几个国庆长假，与亲朋好友选择出行。旅游可以开阔人的眼界，培养人的情操，锻炼人的体魄。尽情体会那些平时被遗忘的情感，帮助我们在行云流水间寻找久远情怀，在绿色律动中明白人生的意义，不断地建构和充盈精神高度。

走进十月，把自己放飞在这个收获的季节里，任思绪飞扬。每一个季节都有自身的特点，春天，春暖花开鸟语花香。夏天，骄阳似火夏树苍翠。秋天，金风送爽天朗气清。冬天，秋收冬藏雪兆丰年。但我更钟情于秋天。十月属于秋天的季节，它响亮而耀眼，诗意而激情，坚定而豪迈。让我懂得了生命的可贵，幸福生活来之不易。

走进十月，让我们去赏析岁月美丽的容颜，去感受更加温暖的明天。十月是一个值得赞美的季节，在这个美丽的季节里，我眺望滔滔的黄浦江，愿以申城版图为纸，浦江之水为墨，东方明珠为笔，为十月谱写一曲赞美的颂歌。

话说重阳节

岁岁重阳,今又重阳,不是春光,胜似春光。在金风送爽、丹桂飘香的季节里,我们迎来了我国传统岁时节日之一——重阳节。

重阳节,又称重九节、登高节、"踏秋"等。为每年的农历九月初九日,是我国传统岁时节日之一。重阳节,早在战国时期就已经形成,自魏晋重阳气氛日渐浓郁,备受历代文人墨客吟咏,到了唐代被正式定为民间的节日,此后历代沿袭至今。据三国魏主曹丕《九日与钟繇书》中记载:"岁往月来,忽复九月九日。九为阳数,而日月并应,俗嘉其名,以为宜于长久,故以享宴高会。"九月初九日正好是两个阳数相重。所以人们把它叫作"重阳",也叫"重九"。我国1989年农历九月九日被定为老人节,倡导全社会树立尊老、敬老、爱老、助老的风气。2006年5月20日,重阳节被国务院列入首批国家级非物质文化遗产名录。

我国民间在重阳节素有登高、插茱萸、赏菊花、饮菊花酒和吃重阳糕习俗。

重阳登高的风俗起源,据梁代吴均撰写的《续齐谐记》一书记载,起源于汉代汝南人桓景。相传在东汉年间,有一名叫费长房的道士,他预言其徒弟桓景家中在九月九日这天要遭大难,但如果戴茱萸,饮菊花酒,并出户往高山上去,就可避难。桓景照他的话办,一家人到山上避了一天,回来看到家中的鸡、牛、羊都暴死了,独家人幸存。从此人们就有了重九登高的习俗。东晋诗人谢灵运为了登高,还专门自制了一种登山的木屐,前后装有铁齿,人称"谢公屐"。诗人李白《梦游天姥吟留别》有"脚著谢公屐,身登青云梯"的诗句。历代文人墨客在重阳节登高时还留下了脍炙人口的诗作,如王维"遥知兄弟登高处,遍插茱萸少一人",岑参"九日黄花酒,登高会昔闻",杜牧"尘世难逢开口笑,菊花须插满头归",李清照"佳节又重阳,玉枕纱厨,半夜凉初透",等等。金秋九月,正是秋高气爽的时节,人们在此时登高远眺。既可锻炼身体,又可流连美景,确实乐趣无穷。

插茱萸是重阳节风俗之一,三国周处的《风土记》谓:"九月九日……折茱萸房头以插头。言避恶气而御初寒。"当时人们对茱萸这一植物的药用和性能已有了解,并开始种植。到了唐代插茱萸已经很普遍。赋诗会咏的篇章也很多,如孟浩然"茱萸正可佩,折取寄情亲"。杜甫《九日蓝田崔氏庄》"明年此会知谁健?醉把茱萸仔细看"。周贺《重阳》"云木疏黄秋满川,茱萸风里一樽前"。宋代人还给茱萸起了个雅致的别号,"辟邪翁"。宋代文人骚客也留下众多关于茱萸的诗句。如杨万里"昨日茱萸未若香,今朝篱菊顿然黄"。苏东坡"酒阑不必看茱萸,俯仰人间今古"。周邦彦"明年谁健,更把茱萸再三嘱"。这些诗歌真实反映出当时重阳节插茱萸的习俗。

重阳节赏菊饮菊酒,早在晋朝时就成为当时重阳节的重要习俗了,晋代诗人陶渊明"菊花如我心,九月九日开,客人知我意,重阳一同来",别有一番情趣。到宋代,重阳赏菊之风盛行。《东京梦华录》中记载了北宋开封"九月重阳,都下赏菊"的盛况。历代诗人还留下了不少咏菊的佳作。重阳节赏菊,还派生出饮菊酒的习俗。唐代诗人崔曙"且欲近寻彭泽宰,陶然共醉菊花杯"诗句。表明当时饮菊酒已成为一种时尚。

我国老一辈无产阶级革命家,对品格高雅的菊花,也寄予深切的厚爱。毛泽东生前酷爱菊花,在他的《采桑子·重阳》一词中,留下了"战地黄花分外香"的名句,又把自己的书房命名为"菊香书屋",董必武题菊诗:"托根在石罅,叶盛花亦繁,生机随地茁,何用费篱樊。"陈毅在《冬夜杂咏》中吟道:"秋菊能傲霜,风霜重重恶。本性能耐寒,风霜其奈何?"词虽浅而意深,充分体现了中国人民的高尚气节。朱德的《赏菊》"奇花独立树枝头,玉骨冰肌眼底收,且聆和平共处日,愿将菊酒解前仇"。可见诗人博大胸怀与政治家的气度,给重阳赏菊这一习俗赋予新的含义。

重阳节这一天,还有吃重阳糕的习俗。重阳糕又称花糕、菊糕、五色糕,最初叫"饵"。

《东京梦华录》记载重阳糕时说"前一二日,各以粉面蒸糕遗送,上插剪彩小旗,掺钉果实,如石榴子、栗子黄个、银杏、松子肉之类。又以粉作狮子蛮王之状，置于糕上，谓之狮蛮"。当今的重阳糕，制无定法，较为随意。各地在重阳节吃的松软糕类都称之为重阳糕。

在丹桂飘香的九月，自然会想起远去的父母，忘不了油灯下母亲熬白的双鬓，忘不了父亲肩头扛着的行李。母亲是孟郊诗中的"慈母线"，父亲是朱自清笔下的"背影"。有位诗人说：家是什么？是爱心的殿堂，是避风的港湾，是休养生息的领地，是加油充气的场站。也会忆起退休后每逢重阳佳节，学校工会还组织退休教师"回娘家"共度佳节。为我们送上了节日祝福和精心准备的重阳糕，彰显了学校尊老、敬老的优良传统。也会记起"孝""老"两字。"孝"字：甲骨文像长着长发的老人，"孝"的本义是对老人"孝顺"，这就是说：善于侍奉父母就称为"孝"。"老"字：甲骨文好像是一个弯腰驼背的老汉，头发很长，面部向左，手持拐杖。有关孝道的论述，儒佛道都有。总之，百善孝为先，乃是我们中华民族传统文明中绝无争议的一个共识。当然，时代不同了，我们不能停留在传统孝道的水平上，而应该努力打造更高层面上的、能够作为新时代精神文明建设基础的新的孝道。孟子说得好："老吾老，以及人之老，幼吾幼，以及人之幼。"就是希望社会上老有所靠，幼有所养，以保证没有劳动力的幼孩和丧失了劳动力的老年人都能安康生活。朱德在《母亲的回忆》一文中，倾诉了自己对母亲逝世的悲痛和敬爱情感，这深厚的骨肉之情，对母亲的怀念，充分体现了朱德元帅的美德，正是世世代代的父母们含辛茹苦地抚育下一代，才使中华儿女一代胜一代，才使中华民族兴旺发达。所以，孝敬父母是对养育之恩的回报。

在日常生活中，我们要做到赡养与尊敬的协调统一，才是对老人的真正孝敬。我们尽可能抽出一些时间与老人散散步、聊聊天，学会在情感上尊重，思想上沟通，心理上理解和兴趣上支持，真正使老人能过上一个幸福而快乐的晚年生活。

在敬老节的日子里，从我做起，从现在做起，尊老、敬老、爱老、助老。由此想到，一个尊老、敬老、爱老、助老的人是一个高尚的人。一个尊老、敬老、爱老、助老的家庭是温暖的家庭。一个尊老、敬老、爱老、助老的社会是文明和谐的社会。

冬至抒怀

"大雪"后，收到了好友的一则短信，"百花开而春至，百川汇而夏至，百草黄而秋至，问候来而冬至"。冬至，是中国农历中一个非常重要的节气，也是中华民族的一个传统节日，冬至俗称"冬节""长至节""亚岁"等，早在二千五百多年前的春秋时代，我们的祖先就已经用土圭观测太阳，测定出了冬至。

冬至过节源于汉代，盛于唐宋，相沿至今。《清嘉录》甚至有"冬至大如年"之说。这表明古人对冬至十分重视。人们认为冬至是阴阳二气的自然转化，是上天赐予的福气。汉朝以冬至为"冬节"，官府要举行祝贺仪式称为"贺冬"，例行放假。《后汉书》中有这样的记载："冬至前后，君子安身静体，百官绝事，不听政，择吉辰而后省事。"所以这天朝廷上下要放假休息，军队待命，边塞闭关，商旅停业，亲朋各以美食相赠，相互拜访，欢乐地过一个安身静体的节日。唐宋时期，冬至是祭天祭祀祖先的日子，皇帝在这天要到郊外举行祭天大典，百姓在这一天要向父母尊长祭拜，现在仍有一些地方在冬至这天过节庆贺。

冬至时节，也是历代文人墨客吟咏、歌赞的对象。例如：杜甫《冬至》："年年至日长为客，忽忽穷愁泥杀人！江上形容吾独老，天边风俗自相亲。杖藜雪后临丹壑，鸣玉朝来散紫宸。心折此时无一寸，路迷何处望三秦？"白居易《邯郸冬至夜》："邯郸驿里逢冬至，抱膝灯前影伴身。想得家中夜深坐，还应说着远行人。"陆游《辛酉冬至》："今日日南至，吾门方寂然。家贫轻过节，身老怯增年。"读着这些诗篇，如品味一杯芳香浓郁的清茶，伴随我走过漫长的冬季。

冬至之所以在中华数千年古老文化的演变中，没有退出历史舞台，而一直流传到迄今，还有一个至关重要的原因：那就是有关冬至的古老神话传说，所酝酿而成的富有含义的习俗。

　　孩提时，爸爸教我数九歌："一九二九不出手，三九四九冰上走；五九六九，沿河看柳；七九河开，八九雁来；九九加一九，耕牛遍地走。"那欢快的场面至今历历在目。记忆中，冬至这天爸妈还忙着包饺子，爸爸边包边说："冬至要吃饺子，如果不吃，冬天的寒冷就会冻掉人的耳朵。"谚云："十月一，冬至到，家家户户吃水饺。"这种习俗是因纪念"医圣"张仲景冬至舍药留下的。东汉时他曾任长沙太守，访病施药，大堂行医。后毅然辞官回乡，为乡邻治病。其返乡之时，正是冬季。他看到白河两岸乡亲面黄肌瘦，饥寒交迫，不少人的耳朵都冻烂了。便让其弟子在南阳东关搭起医棚，支起大锅，在冬至那天舍"娇耳"医治冻疮。他把羊肉和一些驱寒药材放在锅里熬煮，然后将羊肉、药物捞出来切碎，用面包成耳朵样的"娇耳"，煮熟后，分给来求药的人每人两只"娇耳"，一大碗肉汤。人们吃了"娇耳"，喝了"祛寒汤"，浑身暖和，两耳发热，冻伤的耳朵都治好了。后人学着"娇耳"的样子，包成食物，也叫"饺子"或"扁食"。至今有的地区仍有"冬至不端饺子碗，冻掉耳朵没人管"的民谣。曾记得20世纪60年代初期冬至的那顿饺子，是那样地使人期盼渴望。幸福的滋味在饺子的热气中流淌，温馨的感觉在舒心的笑脸中弥漫。"宁穷一年，不穷一节"，我们在这属于自己的节日里吃饺子，胖嘟嘟的饺子在锅里翻滚，好像是蓬勃而充满希望的生活……

　　这些年，冬至与兄弟姐妹结伴到长安公墓，携带鲜花、纸钱、蜡烛和水果糕点等物品摆放在父母的墓前，寄托哀思。可以告慰父母的是，我们兄妹间的手足之情，你们牵念不舍的那个充满温暖的大家庭，永远不会散。冬至是寒冷的开始，但是我依然从心底感受到阳气从地层下滚滚而上的气势。仿佛听到地下的万物在涌动，河流潺潺，树木发芽。冬天过去了，春天还会远吗？

话说腊八节

"小孩小孩你别馋,过了腊八就是年。"每每腊八节来临,总会想起这充满童稚诵声遍野的民谣。

每年农历腊月(十二月)初八,是"腊八节"。自先上古起,腊八是用来祭祀祖先和神灵的祭祀仪式,祈求丰收和吉祥。据《礼记·郊特牲》记载,腊祭是"岁十二月,合聚万物而索飨之也"。夏代称腊日为"嘉平",商代为"清祀",周代为"大蜡";因在十二月举行,故称该月为腊月,称腊祭这一天为腊日。

著名民俗学家乌丙安给节日下了这样一个定义:"它是一年当中由种种传承线路形成的固定的或不完全固定的活动时间,以开展有特定主题的约定俗成的社会活动日。"每逢腊八节,文人墨客感触良多,写下了脍炙人口的佳作。如北齐文学家魏收"凝寒迫清祀,有酒宴嘉平。宿心何所道,藉此慰中情"。唐代诗人杜甫"腊日常年暖尚遥,今年腊日冻全消。侵凌雪色还萱草,漏泄春光有柳条。纵酒欲谋良夜醉,还家初散紫宸朝。口脂面药随恩泽,翠管银罂下九霄"。宋代诗人陆游"腊月风和意已春,时因散策过吾邻。草烟漠漠柴门里,牛迹重重野水滨。多病所须唯药物,差科未动是闲人。今朝佛粥更相馈,反觉江村节物新"。清代文人夏仁虎"腊八家家煮粥多,大臣特派到雍和。对慈亦是当今佛,进奉熬成第二锅"。

我国喝腊八粥的历史,已有一千多年,最早始于宋代。每逢腊八这一天,不论是朝廷、官府、寺院还是黎民百姓家都要做腊八粥。到了清朝,喝腊八粥的风俗更是盛行。在宫廷,皇帝、皇后、皇子等都要向文武大臣、侍从宫女赐腊八粥,并向各个寺院发放米、果等供僧侣食用。在民间,家家户户也要做腊八粥,祭祀祖先,同时,合家团聚在一起食用,馈赠亲朋好友。

在民间还流传着一则关于腊八粥的故事,朱元璋小时候给地主放牛,经常挨饿。有一天,他在一间小屋内发现了一个老鼠洞,心想抓住老鼠充饥,便伸手掏了下去,挖到深处,发现里面竟是一个小"粮仓",有大米、玉米等东西。于是,他把这些粮食煮成一锅粥,喝得十分香甜。后来,朱元璋当了皇帝,每天山珍海味,吃得厌极了。在腊月初八这天,他忽然想起旧事,于是传命御厨以各色五谷杂粮煮粥进食,吃后大悦,因此将粥赐名为"腊八粥"。

不同地区腊八粥的用料虽有不同,但基本上都包括大米、小米、糯米、高粱米、紫米、薏米等谷类,黄豆、红豆、绿豆、芸豆、豇豆等豆类,红枣、花生、莲子、枸杞子、栗子、核桃仁、杏仁、桂圆、葡萄干、白果等干果。腊八粥不仅是时令美食,更是养生佳品,尤其适合在寒冷的天气里保养脾胃。

记得儿时,生活物资极度贫乏,但父母为了让我们兄弟姐妹在腊八节吃上一顿腊八粥,也会想方设法弄来一些桂圆、红枣等干果。腊月初八一大早,妈妈就忙碌起来,淘大米、洗红枣等,然后把它们一起下锅用文火慢慢熬,不一会儿,厨房里便飘溢出香甜的腊八粥的味道。还记起,爸爸还亲自做腊八蒜。爸爸将剥了皮的蒜瓣儿放到大口的瓶子里面,然后倒入醋。慢慢地,泡在醋中的蒜就会变绿,最后会变得通体碧绿的,如同翡翠碧玉。吃起来酸甜可口,听爸爸说:"吃了腊八蒜,来年不生病。"

世事变迁,岁月流逝。父母先后离去,使我想起母亲曾经熬的那锅热腾腾、香浓美味的腊八粥和父亲亲自动手做的清脆爽口的腊八蒜。如今,每逢腊八节,也会亲自下厨熬一锅粥,盛在碗里五颜六色,煞是好看,但吃起来却没有小时候的味道。

年年岁岁花相似,岁岁年年人不同。人们通过吃腊八粥这一传统习俗,更多的是寄予阖家幸福、身体健康。正如一首诗所云:"清香一碗诱人粥,腊八品尝全五谷,祈福来年都健康,风调雨顺全家福"。让我们迎着朝阳,迈开步伐,纵使脚下荆棘丛生,那还有诗和远方。

漫谈晒书节

闲暇时，翻开褪色发黄的日记本，感慨良多。其中记录了1984年7月5日在家门口"晒书一事"，于是想起了"晒书节"。

晒书节是中国民间节日之一。据民俗学家研究，我国从汉朝开始民间就有晒晾衣物的习惯，晒书是由晒衣物演变而来的。从现有史料可知，目前最早的有关晒书的记载来自东汉崔寔的《四民月令》。晒书活动被官方重视的时代始于宋代，最引人注目的就是"曝书会"。有关曝书会，宋人的笔记中已有记载，宋蔡绦《铁围山丛谈》卷一云："秘书省岁曝书则有会，号曰曝书会，侍从皆集，以爵为位叙。元丰中，鲁公为中书舍人，叔父文正公为给事中，时青琐班在紫微上，文正公谓馆阁曝书会，非朝廷燕设也，愿以兄弟为次，遂坐鲁公下。是后成故事，世以为荣。"另据南宋洪迈《容斋四笔》、南宋陈骙《南宋馆阁录》和南宋逸名《南宋馆阁续录》等书记载，宋高宗绍兴、宋孝宗淳熙以及宋宁宗庆元年间都有"曝书会"这样的文化活动。宋代如此，元代也不例外，有晒书记载。如元王士点撰《秘书监志》有相关的记载："至元十五年（1278年）五月十一日，秘书监照得：本监应有书画图籍等物，须要依时正官监视，子（仔）细点检曝晒，不致虫伤浥变损坏外，据回回文书就便北台内，令鄂都玛勒一同检觑曝晒。"清代学者朱彝尊曾指出："考唐宋元藏书咸极其慎重，献书有贵，储书有库，勘书有员，曝书有会。"他讲的"曝书有会"，就是我国历史上延绵了几个朝代的晒书活动。

传说康熙年间，著名学者朱彝尊满腹经纶，他在六月初六这天袒肚露胸晒太阳，谓之"晒书"。这情景被微服出巡的康熙看见，后经交谈和面试，封朱彝尊为翰林院检讨，负责撰修明史。在《西游记》第一百回里叙述了一段有趣的故事：唐僧师徒被通天河的老鼋晃落入水，上岸又避过风、雾、雷、电的劫扰后,发现经包已湿,于是"太阳高照,却移经于高崖上,开包晒晾",然而"不期石上把佛本行经粘住了几卷,遂将经尾粘破了。所以至今佛本行经不全,晒经石上犹有字迹"。向阳的高崖成了"晒经石"。唐代陆龟蒙晒书有"晒书床",他在诗中写道:"早云才破漏春阳,野客晨兴喜又忙。自与酌量煎药水,别教安置晒书床。"宋费衮在《司马温公读书法》一文写道:"司马温公独乐园之读书堂,文史万余卷,而公晨夕所常阅者,虽累数十年,皆新若手未触者。常谓其子公休曰:'吾每岁以上伏及重阳间,视天气晴明日,即设案几于当日所侧群书于上,以曝其脑。'"由此司马温公的书保存得很好,"年月虽深,终不损动"。清代江苏藏书家孙庆增在《上善堂藏书记要曝书》中说:"曝书须在伏天,照柜数目挨次晒,一柜一日。晒书用板四块,二尺阔,一丈五六尺长,高凳搁起,放日中,将书脑放上,两面翻晒。不用收起,连板台风口凉透,方可上楼。遇雨,台板连书入屋内,搁起最便。摊书板上,须要早凉。恐汗手拿书,沾有痕迹。收放入柜亦然。入柜亦须早,照柜门书单点进,不致错混。倘有该装订之书,即记出书名,以便检点收拾。曝书秋初亦可。汉唐时有曝书会,后有继其事者。余每慕之,而更望同志者效法前人也。"晒书之法如此谨细,惜书之情如此真诚,着实令人钦佩。清人潘平隽在《六月六日晒书诗》写道:"三伏乘朝爽,闲庭散旧编。如游千载上,与结半生缘。读喜年非耋,题惊岁又迁。呼儿勤检点,家世只青毡。"我们仿佛看到了读书世家,长辈领着子女晒书的情景,历历如在眼前。

20世纪70年代末,与好友正德去福州路书店排队买书的情景至今历历在目。如今藏书颇丰,曾搬过几次家,最累的活就是倒腾这些书。如发现有书发霉或损坏心中总有不悦之感。

江南一带有"梅雨前后晒书防霉防蛀"的传统习俗。每年黄梅天过后,爱妻、女儿与我总会安排时间整理、晒晾书籍,也蛮有意义的。最近我在整理书籍时,翻看四十多年前买的书籍,颇有感触。有一本《革命委员会好》,署名是支部生活编辑部印,1968年10月出版。另一本上海人民出版社出版的《柳宗元诗文选注》,署名是上海师范大学中文系注释组。抚摸着这些书的封面,体会着世态炎凉,感悟到时代的进步。定期整理书籍,也能审阅自己文化素养的心路历程。翻弄着文学书、历史书、哲学书……感知着自己的成长，也可谓是件趣事。

近年来，学校还开展了"晒书籍——领略书籍的魅力，晒思想——迸发你我智慧的火花，晒好友——以书会友，以书结缘"的活动。各班精心设计摊位形象，如：摊位名称、标语宣传、摊位环境布置、店员形象、书籍摆放等。用图书交换的形式，以书交友，受到师生和家长的点赞。有的学生说："这个活动不仅满足了同学们爱书读书的愿望，而且培养了我们爱护图书的责任感，每个人都做到爱护图书，才能将知识传给更多的同学。"

1995年联合国教科文组织在全体大会上宣布4月23日为世界读书日，鼓励大家尤其是青年人去发现读书的乐趣。莎士比亚说"生活里没有书籍，就好像没有阳光；智慧里没有书籍，就好像鸟儿没有翅膀"。阅读对人的成长的影响是巨大的，一本好书往往能改变人的一生。而一个民族的精神境界，在很大程度上取决于全民族的阅读水平。为共建和谐社会，进一步激发全民读书的热情，让我们认真读一本好书吧。

趣谈少数民族的节日

我国是一个多民族的国家。五十六个民族，每一个民族都具有自己独特的地理和人文特色。在漫长的历史发展中，它们相互融合，却又保留着自己独特的风俗，形成了如今丰富多彩的民族文化。汉族以外的五十五个少数民族都有着自己独特的民族文化，而这种文化的集中体现，便是那些独具魅力的民族节日。如蒙古族的那达慕、傣族的泼水节、傈僳族的刀杆节、彝族的火把节、白族的三月街、哈尼族的扎勒特、藏族的酥油花灯节、景颇族的目瑙纵歌、拉祜族的月亮节、苗族的花山节等等。每一个传统节日里，都凝聚着一个民族的灵魂。

火把节：是彝族传统的盛大节日，其中最热烈有趣的是"泼火"。人们用左手执着一束燃烧的火把，而在衣袋或挎包里装满掺着松香的易燃的香灰面，当火把骤然挨近对方时，就用右手抓出一把香灰面，猛地朝火把上撒去，"嘭"的一声响，就会在对方的脚前或身后，腾起一团金星耀眼的火焰，等对方惊喜地看着火焰像闪电般消失时，"泼火"的人已欢笑着跑开了。于是，对方也只好举着燃烧的火把，向那人追去，以便用同样热情的火焰去回报他。这样，整个彝家山寨，只见无数火把像条条金龙游来窜去，又似天上的星星闪烁在人间。

泼水节：是傣族传统的喜庆节日。泼水节历时三日，最有趣味的是第二天泼水日。上午10点，男女老少拎着桶、端着盆来到街上，这时路边已备有大量的清水，有的还漂着片片花瓣、蜡花，甚至加上几滴香水。无论男女老少还是亲疏宾友，都可相互泼水，互相祝福，以免除疾病，消灾去害，祈得风调雨顺、五谷丰登。泼水有文泼和武泼之分。文泼是对长者，舀起一勺净水，说着祝福的话，拉开对方的衣领，让水沿着脊梁流下去，被泼的人高兴地接受祝福，不得跑开。武泼则没有固定的形式，用瓢、用盆、用桶都可以，互相追逐，迎头迎脸地泼，泼着被看为向对方祝福，致意；被泼者被认为是给人看得起的人，很体面，被人泼的水越多，说明受到的祝福越多，因而也越是高兴。

那达慕：在蒙古语中是"娱乐"或"游戏"的意思。长期以来，蒙古族牧民在夏、秋季节时，择日举行骑马、射箭、摔跤比赛，这个盛会称"那达慕大会"。据历史记载，早在成吉思汗时期，就举行过盛大的那达慕大会，成吉思汗重视培养人的勇敢和力量，将骑马、射箭、摔跤定为"男儿艺"。每到节日的时候，远近的牧民（无论男女老少）都赶来参加赛马活动。有时候几十到上百人一起上阵，场面非常壮观。射箭也是蒙古人在长期的狩猎生活中传承下来的技艺，现在一些地区仍然保持着狩猎的习俗。在那达慕大会上，射箭体现了蒙古族人力与美的融合。摔跤比赛的仪式很壮观也很有乐趣，参加者要穿上传统的服装：坎肩用多层帆布或皮革制成，缀着闪亮的银钉或铜钉，下身是三色短裙、绣花的马裤和长靴，跳着摔跤舞，口唱摔跤歌，体现了北方蒙古族的草原文化，一出场便先声夺人。他们是膀宽腰圆的彪形大汉，最初低头瞪着对方，接着就像猛虎一样迎上去，使出浑身力气来压倒对方。摔跤名手在牧民中享有极高的声誉。当万家灯火齐明之时，悠扬的马头琴声划破夜空，在草原上飘荡。各种活动场所不时发出阵阵欢笑，成了一道亮丽的民族风景。

记得20世纪80年代在宁夏支教期间，我亲自参加了当地一年一度的"花儿会"（花儿会，是流行于宁夏甘肃、青海等地的一种山歌）。花儿会会期一般为五天，唱"花儿"时，都是即兴编词，声调高亢舒长，气氛十分浓烈。夜晚，大家围着熊熊的火堆继续歌唱，往往彻夜不眠，直到天明。

传统节日丰富多彩的习俗活动，节奏明快、奔放浪漫的歌舞，还为青年男女提供了求偶的场所和机会。如苗族的"赶秋节""踩山节""爬坡节"，壮族的"歌墟节"，布依族的"跳花节"，侗族的"三月三"，瑶族的"倒稿节"，哈尼族的"那尼节"，高山族的"丰年节"等。

祖国山河，气象万千，辽阔世界，无奇不有。每一个民间的节日，都有其美妙的传说，绚丽的色彩，独特的情趣和深广的群众基础，因而可以说，每一个民间的节日都是浪漫的、动人的、吉祥的。每一个民间节日都是岁月长途中欢乐的盛会，每个民间节日都是人们生活中美妙的诗篇。

　　节日作为一种文化符号，具有特定的文化意义。少数民族节日是本民族传统文化的重要组成部分，不仅是本民族精华文化的荟萃和民族灵魂的外观，也是民族身份的象征。

丰收礼赞

一提起丰收，我就会想起"北大荒"的秋天。脑海里总会浮现知青们在大田里挥舞银镰你追我赶的情景。

"北大荒"的秋天，田野里热闹非凡，成片的大豆摇动着豆荚，发出了哗啦啦的笑声；挺拔的高粱扬起黑红黑红的脸庞，像是在乐呵呵地演唱。山坡上，榛树叶子全都红了，红得像一团团火，把人们的心也给燃烧起来了。

秋天，风和气爽，丹桂飘香，层林尽染，蟹肥菊黄，田间枝头粒粒饱满的果实让人心旷神怡。今年起，将每年农历秋分设立为"中国农民丰收节"，这是第一个在国家层面专门为农民设立的节日。充分体现了党中央对"三农"工作的高度重视，对广大农民的深切关怀，是一件具有历史意义的大事，是一件蕴含人民情怀的好事。

我国是农业大国，农耕文明源远流长，农耕文化悠久厚重。我国的农历是中国农耕文明最经典的标志性符号，将"中国农民丰收节"的日期定在每年的农历秋分，正是要彰显传统与现代、历史与现实的交汇。这一节日，会令人想起中国古代的"社日节"——春社日与秋社日，春社日祈愿风调雨顺、国泰民安；秋社日则是庆祝丰收、感恩上苍——"秋社日，朝廷及州县差官祭社稷于坛，盖春祈而秋报也"。每到秋社日，"农家祀田神"，达官贵人也不例外，"八月秋社，各以社糕、社酒相赍送"，是标准的全民性节日。

几千年来，我国各民族人民都有庆祝丰收的传统节日。"望果节"流行在西藏、甘肃、青海、四川以及云南的藏族地区的农区，一般在庄稼成熟之际举行。娱乐活动的内容各地不同。拉萨地区举行赛牦牛、唱藏戏活动，而日喀则、江孜一带则是举行赛马、射箭、摔跤等活动。傣族的"开门节",在稻谷收割完毕举行。主要内容有燃放火花和高升、点孔明灯、唱歌跳舞。鄂温克族的"米阔鲁节",除了庆祝丰收,人们还进行生产经验交流等。

在"北大荒",麦子成熟了。一眼望不到边黄澄澄的麦田看着就让人喜上眉梢。可是,几场罕见的大雨过后,眼见得成熟的麦子在地里,联合收割机不能下去。为了及时抢收小麦,连队所有人员手持镰刀下地割麦。在泥泞的麦地里,大家猫着腰,你追我赶。中午,在地头吃完饭,稍作休息,又继续劳作。即使这样,也没有叫苦的,硬是用愚公移山的精神与大自然抗争着,确保丰收不减产。还想起有一年,小麦取得了丰收,粮食堆得像高高的"粮山"。但天公不作美,就在小麦刚收回场院后不久,天突然下起了一场瓢泼大雨,场院人手不够,情况紧急,连长一马当先迅速带领知青们向场院奔去,与大家一起加入了抢收粮食的大军。每当秋收告捷,连队文艺宣传队都会精心组织排演节目以示庆祝,连队还会以"大会餐"的形式让大家感受到丰收的喜悦。

丰收值得礼赞,但更应被礼赞的是丰收背后农民的汗水。设立丰收节,有利于展示我国现代农业农村发展新成果,有利于提升农民的获得感、幸福感、荣誉感。有利于弘扬农耕文明和传统民俗文化。

中国农民丰收节,将引领人们释放感情、传承文化、寻找归属,汇聚人民对那座山、那片水、那块田的情感寄托,接受农耕文化千年生生不息的精神熏陶。在金秋时节共庆丰收,是五谷丰登、国泰民安的生动体现,也是对农民辛勤劳作的崇高礼赞。"丰昌酬汗水,岁晏酒飘香。"愿神州大地上所有的奋斗与汗水,化为丰收的杯盏与锣鼓。

第三辑

生肖随想

鼠年随想

"一日时辰子为首，十二生肖鼠占头。"鼠在十二生肖中，排行第一。与十二地支配属"子"，故一天十二时辰中之"子"时——夜晚11点至凌晨1点，称"子时"。子为阴极，象征着幽潜隐晦。配之以鼠，因为鼠的特征是藏匿，此时老鼠最为活跃。在孙欣编著的《十二生肖》一书中指出，鼠，属哺乳纲啮齿鼠科动物，别称有老鼠、耗子、首鼠、家鹿、灰八爷等。

乌丙安教授说："远古人把动物看作有灵的东西，各民族中流传的种种灵禽异兽的故事，都是原始动物信仰的遗留和转化。"古代有些民族认为，是老鼠咬开了天地，才使鸿蒙初辟，出现万物以及人类。在我国白族、彝族、景颇族、拉祜族等少数民族的创世神话中，也有鼠咬破金鼓或葫芦救出人类的传说。此外，瑶族神话《谷子的传说》，畲族神话《稻穗为何像老鼠尾巴》，讲述了老鼠帮人类从天神那里偷来粮食种子，人类以允许老鼠吃粮为回报一类的故事。有一些少数民族部落还以老鼠为图腾。在民间信仰中，老鼠常常被认为是吉祥、财神、福神、仓神、保护神等。

民间传说"老鼠嫁女"的故事。本来是民间的一种祀鼠活动，这种活动流行于全国各地，其日期因地而异。陕西有些地方，正月初十夜，家家灭烛早寝，还要在屋角撒上盐巴和米粒等，俗称"老鼠分钱"。孙欣编著的《十二生肖》一书中指出，青海的一些地区有"蒸瞎老鼠"的风俗。每年农历正月十四，家家用面捏成十二只老鼠，不捏眼睛，然后用蒸笼蒸熟，待元宵节时摆上供桌，并点上灯烧香，乞求老鼠只食草根，勿伤庄稼，以保本年丰收。在《中国生肖文化》一书中指出，实质上，"老鼠嫁女"这一祀鼠活动是原始社会图腾崇拜的延续，充分表现出人们对鼠既憎又敬、既逐又宠的矛盾心理。一方面，先民们认为老鼠为人类做出了巨大的贡献,譬如带来谷种等,是人们心目中的"英雄",理应受到供奉;另一方面,老鼠对人们的危害又巨大,偷食粮食、破坏农田、毁人居舍、啃咬书籍衣物,更为严重的是可怕的鼠疫。所以,人们不得不一面进行驱鼠赶鼠,一面又把老鼠当作神灵一样来供奉。在"老鼠嫁女"中,人们把盐巴、糕饼、糖果等用来祀鼠,是希望与鼠"和平共处";人们不点灯、不喧哗,是不希望惊扰了"老鼠娶亲"的队伍,以免"你吵它一夜,它扰你一年"。乌丙安教授说:"尽管关于鼠的神话和传说各民族各地区不一样,但都是非物质文化遗产的组成部分,给现代人带来了欢乐和笑声。"

古往今来有关鼠的诗词歌赋也不计其数。《诗经》《魏风·硕鼠》,唐代柳宗元《三戒·永某氏之鼠》,宋代苏东坡《黠鼠赋》等。其中明代龚诩描写《饥鼠行》很有意思:"灯火乍熄初入更,饥鼠出穴啾啾鸣。啮书翻盆复倒瓮,使我频惊不成梦。狸奴徒尔夸衔蝉,但知饱食终夜眠。痴儿计拙真可笑,布被蒙头学猫叫。"再则清代蒲松龄《聊斋志异》有《阿纤》一篇,把人鼠相爱写得优美动人,而老鼠更是被刻画得娟美、深情、可爱之至。

在大多数人的印象中,与鼠有关的似乎都是诸如"老鼠过街,人人喊打""投鼠忌器""鼠目寸光""獐头鼠目"等含有贬义的词语。然而鼠也并不是一无是处,生肖之鼠也有着特殊的象征意义(聪明、富足、多子多福)。老鼠的聪明在于偷油时,懂得掉转过头,把长长的尾巴伸进瓶口又窄又细的油瓶内,蘸满了油再把尾巴放进自己的嘴里品尝美味。北京故宫博物院珍藏有一部《十二生肖图册》,是清末著名画家任预的作品。其中《子鼠图》画了五只小鼠,正抢食罐中撒出的瓜子(想必是葫芦子)。在十二生肖中,鼠属子,而瓜子之子表达了多子的意味。鼠的繁殖能力极强,而瓜子也是数量多、生长茂盛的植物种子,因而《子鼠图》成为多子多福的象征。

记得小时候唱过一首儿歌:"小老鼠,上灯台,偷油吃,下不来……"有了外孙女、外孙也会教他们学唱。他俩兴奋地说,妈妈属鼠,让妈妈先唱。平时他们喜欢观看《米老鼠和唐老鸭》等动画片,也喜欢把在迪士尼乐园与米老鼠合影的照片让我欣赏。从社会、民俗和文化学的角度来看,鼠一旦离开现实世界，它仿佛脱胎换骨了一般，变身成为机智灵敏又善解人意的动物。它既可以是风靡数十年的卡通形象米老鼠，也可以是电影《料理鼠王》中充满创造力的大厨，还可以成为人类的家人——《精灵鼠小弟》。

　　在人鼠共处的历史长河中，鼠是开创世界、营造物质天地的文化英雄，是一种顽强生命力的象征，是财神、多子多孙和人丁兴旺的象征。鼠文化是中华民族神话时代的产物，是人类开创世界、征服自然的艺术反映。

牛年随思

"戊子鼠遁春风至，己丑牛携喜气来。"随着2021新年钟声的敲响，我们迎来了牛年的第一缕阳光。牛在十二生肖中，排行第二。与十二地支配属"丑"，故一天十二时辰中之"丑"时——凌晨1点至3点，称"丑时"，又称"鸡鸣""荒鸡"。牛在这时候吃完草，准备耕田。

牛是较早被人类驯养的动物，且是农耕的得力助手，对于人类从游牧时代进入农耕时代起了重要作用。孙欣编著的《十二生肖》一书中指出，据考证，大约在六千年前的龙山文化时，我们的祖先就开始驯养家牛了。牛在中国文化中是勤劳的象征。古代就有利用牛拉动耕犁以整地的应用，后来人们知道牛的力气巨大，开始有各种不同的应用，从农耕、交通甚至军事都广泛运用。战国时代的齐国还使用火牛阵打败燕国，三国时代蜀伐魏的栈道运输也曾用到牛。

由于人们对牛的赞赏和喜爱，也流传着关于牛的民间习俗。在《中国生肖文化》一书中指出，鞭春牛又称鞭土牛，是一种非常古老的春耕礼，起源于史前时代的春耕仪式。《周礼·月令》记载："出土牛以送寒气。"后来一直保留下来，但改在春天，唐、宋两代最兴盛，尤其是宋仁宗颁布《土牛经》后，鞭土牛风俗传播更广，以至成为民俗文化的重要内容。另外还有"犁春牛""舞春牛""献牛王""牛神节""洗牛节"等，它可以动员人们及时地投入到春耕生产当中去，表达了人们希望通过春牛祈求风调雨顺、人寿年丰的美好愿望。

有关牛的神话、传说、故事以及各地风俗，丰富多彩，说明牛在人们心中具有很高的地位。拉法格说："神话既不是骗子的谎话，也不是无畏的幻想产物，它们不如说是人类思维的朴素和自发的形式之一。"早在西周时期，就已经有了牛郎织女的影子，到了汉代，牛郎织女已经被作为爱情故事写入了诗篇。如《迢迢牵牛星》写道："迢迢牵牛星，皎皎河汉女。纤纤擢素手，札札弄机杼。终日不成章，泣涕零如雨。河汉清且浅，相去复几许？盈盈一水间，脉脉不得语。"在牛郎织女的传说中，没有牛的指点，牛郎不可能与织女结成伉俪，没有牛的舍身献皮，牛郎也不可能追到天上，更不用说后来一年一度的鹊桥相会了。人们之所以赋予牛如此神奇的本领，是和远古时期的牛神崇拜以及牛在长期的农业社会起到的作用分不开的。传说中华民族的始祖之一炎帝神农氏就是以"牛"作为图腾的氏族领袖。古人认为牛可以起到镇妖、辟邪的作用，有些地方，人们将石头或是铜制的牛投入水中，用来镇住水妖，以防洪水来袭。

　　从古至今，许多文人墨客写下了许多赞牛的诗句。唐代李峤《牛》："齐歌初入相，燕阵早横功。欲向桃林下，先过梓树中。在吴频喘月，奔梦屡惊风。不用五丁士，如何九折通。"北宋王安石《耕牛》："朝耕草茫茫，暮耕水潾潾。朝耕及露下，暮耕连月出。身无一毛利，主有千箱实。睆彼天上星，空名岂余匹。"南宋李纲更留下"但得众生皆得饱，不辞羸病卧残阳"的千古名句。明代李东阳《北原牧唱》"北原草青牛正肥，牧儿唱歌牛载归。儿家在原牛在坂，歌声渐低人更远……"描绘出一派令人向往的田园牧歌风情。清代王恕《牧牛词》中也写道："牛蹄亍亍牛尾摇，背上闲闲立春鸟。"充分显示了牛的性情温和、宽容友爱的品德。"牛是农家宝，耕田少不了"，一句农谚高度肯定了牛的重要性。鲁迅曾说过牛吃的是草，挤的是奶，而他的两句诗"横眉冷对千夫指，俯首甘为孺子牛"常用来比喻甘愿无私奉献的人。郭沫若《水牛歌》中写道："花有国花，人有国手，你是中国国兽，兽中泰斗。"臧克家写的《老黄牛》"块块荒田水和泥，深耕细作走东西。老牛亦解韶光贵，不待扬鞭自奋蹄"表现了奋斗不息的"老黄牛"精神。牛对人们的影响并不仅仅表现在生产、习俗方面，更体现在对中华民族内在精神的塑造上。形成了中国特有的牛文化及勤劳奉献的民族个性。

　　牛年伊始，会想起敬爱的父亲，父亲属牛，一生吃苦耐劳，任劳任怨，凝集着牛的美德。父亲有牛的勤奋，也有牛的倔脾气，他要做的事，十头牛也拉不回来。在特殊的岁月，他们那种坚韧不拔、忍辱负重、能屈能伸的精神值得赞赏。也会想起在知青的岁月里，在希望的田野上，老黄牛埋头苦干、躬耕垄亩的身影。也会记起有的知青在牛号工作，因长年累月与牛为伴，或拉牛耕地，或打柴运输，与牛结下了"深厚情谊"。

　　牛年，我们每个人都充满着期待。为实现这些美好的心愿，让我们去做不用扬鞭自奋蹄的"老黄牛"，去做甘于奉献的"孺子牛"，去做开拓创新的"拓荒牛"，去做不畏艰险的"初生牛"。新的一年，要有一股子冲天的牛气，就一定能战胜各种坎坷和挫折，在牛年收获喜悦和幸福。

虎年随感

送走了辛勤耕耘的牛年，转眼间又迎来了虎虎生威的虎年。虎在十二生肖中排行第三，称为寅。因此，一天中的清晨3点至5点，在十二时辰中称寅时，又称"虎时"。

虎被人们称之为"百兽之王"。《说文解字》云："虎，山兽之君。"《风俗通》称："虎为阳物，百兽之长。"虎除了"大虫""寅兽""寅客""啸风子"等别名外，还有"斑寅将军"的美名，"白额侯""白额将军"的雅号。在原始社会母系氏族时期，人们出于对动植物的一种特殊的亲近感，把某种动物或植物作为崇拜的对象，他们以自己信奉的图腾，作为本氏族的标志，甚至将其作为本民族的祖先。彝族是由虎为图腾的伏羲氏部落发展而来的，对虎有着莫名的感情。白族也将虎奉为祖先，自称为虎男虎女。纳西族还把虎作为门神，以确保全家人的吉祥、平安。东北的赫哲族对虎十分尊崇，称虎为"山神爷"，还立庙祭祀。

在《中国生肖文化》一书中指出，长久以来，虎在我国一直被看作权力和力量的象征，一直为人们所敬畏。在传统文化中，虎有勇敢和威严的特点。李白《永王东巡歌之七》写道："战舰森森罗虎士，征帆一一引龙驹。"李商隐《韩碑》"行军司马智且勇，十四万众犹虎貔"，这些诗句都是诗人借虎的威猛对威武将士的赞颂。

我国古代对虎的形象十分崇拜，特别是在军事上，比如在调兵遣将的兵符上面就用黄金刻上一只老虎，称为虎符。虎符最早出现于春秋战国时期，当时采用铜制的虎形作为中央发给地方官或驻军首领的调兵凭证，称为虎符。虎符的背面刻有铭文，分为两半，右半存于朝廷，左半发给统兵将帅或地方长官，并且从来都是专符专用，一地一符，绝不可能用一个兵符同时调动两个地方的军队，调兵遣将时需要两半勘合验真，才能生效。

《史记》记载：公元前257年，秦国发兵围困赵国国都邯郸，赵平原君因夫人为魏信陵君之姊，乃求援于魏王及信陵君，魏王使老将晋鄙率十万军队救援赵国，但后来又畏惧秦国的强大，又命令驻军观望。魏国公子信陵君无忌为了驰援邯郸，遂与魏王夫人如姬密谋，使如姬在魏王卧室内窃得虎符，并以此虎符夺取了晋鄙的军队，大破秦兵，救了赵国。郭沫若曾经选取这一题材创作了著名话剧《虎符》的剧本。

在传统文化中，虎既有凶恶、暴戾的一面，又有勇猛、威武的一面，所以虎字在实际运用中，有大量的赞语、褒语（龙腾虎跃、如虎添翼、虎头虎脑、虎瘦雄心在等），也有不少的恶语、贬语（为虎作伥、养虎遗患、狐假虎威、纵虎归山等）。

自隋唐开科取士以来，人们便把科举考试的金榜称为龙虎榜，把名题金榜谓为身登龙虎榜。身登龙虎榜是读书人一生最大的荣誉，也是毕生的追求。在我国浩瀚的联海中，有不少嵌有"虎"字的妙联，虎年赏虎联，别有情趣。明代翰林学士解缙，一日邀朋友下棋。两人对弈几回之后，那朋友指着墙上挂着的四扇屏，吟出上联："龙不吟，虎不啸，鱼不跃，蟾不跳，笑杀落头刘海。"此时，解缙见机拍着桌上的象棋，续了下联："车无轮，马无鞍，象无牙，炮无烟，闷死寨内将军。"信手拈来，妙趣横生。清代状元彭俊，偕友人到京城附近的水月寺游玩。寺内老僧口出上联"水月地，鱼游兔走"。请彭俊续下联，彭俊苦思不得。时过三载，途经山海关时，彭俊不禁灵感顿发，对出下联："山海关，虎啸龙吟。"上下联自然巧妙，耐人寻味。

虎字寓意着生机、强健和勇敢，所以，还常被用来作人名，如"虎妞""小虎""虎儿""阿彪"等。外孙女属虎，喜欢听有关老虎的故事。有一次在书房里，我有声有色地和她讲武松打虎的故事。她听得十分入迷，眼睛眨也不眨一下。节假日带她逛超市，见到老虎玩具开心得手舞足蹈。逢年过节，给她穿上虎头鞋，一脸兴奋的样子。虎年里，也会想起在"北大荒"务农时，听王治平说："不知哪个连队在完达山森林伐木时，捕杀了一只东北虎。"当时人们对野生动物的保护意识十分淡薄，只觉得能捕杀老虎是"勇敢"的象征。近年来，由于政府加大了保护力度，东北虎的活动越来越频繁，保护老虎刻不容缓。

　　虎年里，我们要以"龙行虎变"的精神开拓进取，要有"虎啸风生"的豪迈气概，以"龙骧虎步"的雄壮神志，"生龙活虎"地去迎接虎年的第一缕阳光。

兔年话兔

"虎去神州添活力，兔奔华夏送春来。"在热烈的鞭炮声中，我们告别了虎年，迎来了兔年。兔在十二生肖中，排行第四。与十二地支配属"卯"，故一天十二时辰中之"卯"时——清晨5点至7点，又称"兔时"。

许慎《说文解字》解释说："兔，兽名，像距后其尾形。"由"兔"字派生出的汉字不多，但很有特点。例如，"逸"就是一个会意字。兔子跑得快称为"逸"，表示兔子"善逃"。于是又有"奔逸""逃逸""安逸"等语汇。"冤"字则是替善良的兔子"鸣冤叫屈"的标志。《说文解字》解释说："冤，屈也。"意为兔子在网罗栅栏之下，不能逃脱，只有屈从，不能舒展。引申为冤屈。于是有"冤枉""不白之冤""鸣冤""申冤"等一系列词语。而兔子居有冤之首。可见可爱的兔子最值得人们同情。

兔在我国有着悠久的文化历史，在民间流传着许多与兔相关的神话和故事。比如，我们所熟知的嫦娥奔月和玉兔捣药。千百年来，兔子温柔和善、机敏活泼、洁白可爱，一直受到人们的钟爱。文人墨客描写兔子的诗歌比比皆是。《诗经·王风·兔爰》"有兔爰爰，雉离于罗""有兔爰爰，雉离于罦""有兔爰爰，雉离于罿"等句。唐代李白《把酒问天》一诗中"白兔捣药秋复春，嫦娥孤栖与谁邻"。唐代白居易《孟夏思渭村旧居寄舍弟》诗云"兔隐豆苗肥，鸟鸣桑椹熟"。唐代王建《宫词》中的"新秋白兔大于拳，红耳霜毛趁草眠。天子不教人射击，玉鞭遮到马蹄前"。元代袁桷《舟中杂咏》："家奴拾枯草，走兔来相亲。生来不识兔，却立惊其神。行人笑彼拙，归来如频呻。乃知特幸脱，未信吾奴仁。"明代谢承举《白兔》："夜月丝千缕，秋风雪一团。神游苍玉阙，身在烂银盘。露下仙芝湿,香生月桂寒。姮娥如可问,欲乞万年丹。"诗人们笔下的兔子,描写得生动传神。

《中国生肖文化》一书中指出,我国与兔有关的成语典故很多。如狡兔三窟、守株待兔、兔死狐悲、龟兔赛跑、动如脱兔、白兔赤乌、兔犬相争等等。成语"狡兔三窟"用狡猾的兔子有多处洞穴来比喻人要多些掩蔽措施和应变办法,用以保护自己。蒙古族有一则民间故事,说在一个月圆之夜,兔子和羊结伴出游,遇到野狼,狼要吃羊的时候,兔子灵机一动,说自己是帝释天的使臣,来猎取千张狼皮,狼于是惊慌逃走。俄罗斯的民间故事说兔子嘲笑幼熊,并向熊吐口水,母熊大怒,要教训兔子,兔子飞快逃脱,熊却掉进了陷阱。兔子在民间故事中,常扮演机智胜利的角色。与兔子相关的俗语、歇后语也有许多:兔子不吃窝边草,兔子尾巴长不了,兔子看人——红眼了,兔儿吹笛子——嘴不严,等等。

兔子在古代被看作吉祥之物,因此也出现于民间习俗之中,《中国生肖文化》一书中指出,古代汉族有"挂兔头"的习俗,于每年农历正月初一举行。这一天,人们将面兔头或面蛇,或是盛有雪水的竹筒,与年幡面具挂在门额上,以镇邪挡灾。"过灯",则是始于唐代的一项习俗。举行之时,用彩纸扎成母子兔形状的灯,并点燃,然后在村庄、祠堂、各家各户巡游。兔子灯所到之处就意味着把吉祥和好运送到了那里,后来人们就沿用这一吉祥物来迎接神福。在民间,还出现了以兔形为主体的剪纸、刺绣、彩绘、泥塑等艺术形式,其多子多福、健康长寿、祛病驱邪、祈佑平安的文化内涵已经深入人心。

兔还是历代画家喜爱画的小动物,名家辈出,佳作连篇。北宋画兔名家崔白,今存《双鸟戏兔图》,画老兔歇息坡上,一对寿带鸟在树上朝兔鸣叫,兔回首作逗趣状,神态活灵活现。明代画兔名家陶成有《菊花双兔图》,此图群兔戏于涧边,其后翠竹摇曳,秋菊吐芳,拳石跬踞。画兔尤生动逼真。现代画家谢海燕的《蕉花群兔图》,画一株蕉叶与群兔的可爱、生动,其墨色的韵味,笔调的情趣以及构图的别致,均显示出画家极高的艺术水准。

记得小时候,每逢正月十五,自己动手做兔子灯,兔子灯里还插上蜡烛,与伙伴们拉着兔子灯满街跑的情景至今历历在目。外孙属兔,也喜欢兔子。我特意从花鸟市场买了一只活泼可爱的小白兔,外孙可高兴了。有时掰几片新鲜菜叶喂它吃,有时用毛茸茸小草逗它玩。小兔给他的童年带来了无尽的欢乐和情趣。平时我还教他吟诵"小白兔,白又白,两只耳朵竖起来,爱吃萝卜和白菜,蹦蹦跳跳多可爱"的经典儿歌,或讲"小白兔与大灰狼""龟兔赛跑""守株待兔"等寓言故事。有时还和他一起玩"小兔子拔萝卜"的游戏,那欢快的场景充溢着整个庭院。

  让我们在新的一年里,好事多多,笑容多多,把快乐写满每一个灿烂的日子。

龙年说龙

"玉兔欢跳辞旧岁,金龙高飞迎新年。"龙在十二生肖中,排行第五。与十二地支配属"辰",故一天十二时辰中之"辰"时——早上7点至9点,称"辰时"。辰,表示阳气升起而动作,其盛以龙配之,这正是神龙行雨的好时光,故辰为龙。

龙最早是作为一种图腾而出现的。龙是古人塑造出来的一种神物,反映了古人的想象、追求、理想、信仰。《尔雅翼》云:"龙者鳞虫之长。王符言其形有九似:头似牛,角似鹿,眼似虾,耳似象,项似蛇,腹似蛇,鳞似鱼,爪似凤,掌似虎,是也。其背有八十一鳞,具九九阳数。其声如戛铜盘。口旁有须髯,颔下有明珠,喉下有逆鳞。头上有博山,又名尺木,龙无尺木不能升天。呵气成云,既能变水,又能变火。"《说文解字》云:"龙,鳞中之长,能幽能明,能巨能细,能长能短。春分登天,秋风而潜渊。"说明龙有变幻无穷的本事。闻一多在《伏羲考》中指出,"龙是由许多不同的图腾糅合成的一种综合体,因部落的兼并而产生的一种混合的图腾"。他认为,龙的主要部分和基调是蛇。"大概图腾未合并以前,所谓龙者只是一种大蛇。这种大蛇的名字便叫作龙,后来兼并了形形色色的图腾团族,大蛇才接受了兽类的四脚、马的头、鼠的尾、鹿的角、狗的爪、鱼的鳞和须……于是便成为我们现在所知道的龙了。"孙欣编著的《十二生肖》一书中指出,龙,其实是我国遥远时代各部族的动物图腾复合而成的,是中华大地各民族之间长期互相影响、融合、团结的标志。

据考古学家说,早在殷商时代,铜器上就有龙形图案;到了周代,铜器上的龙纹渐趋完整。自汉以后,随着龙的日趋神圣化,从宫廷到民间,服装、首饰、用具及建筑物,很多地方饰有龙的图案。在审美创造方面,也有了石刻、玉雕、刺绣、绘画、剪纸等多种形式。经过几千年的历史文化发展变迁,生肖之龙在人们的观念当中早已脱离了自然动物的属性,而是成了一种具有人文属性的动物形象,在民俗文化中,有着特殊的象征意义。秦汉以后,帝王都称为龙。龙成为帝王的标志、标签、标榜。在《中国生肖文化》一书中指出,皇帝的容貌称"龙颜",身体称"龙体",衣服称"龙袍",座位称"龙椅",卧床称"龙榻",车辇称"龙辇"。总之,凡是与皇帝相关的一切事物与龙扯上了关系,它是皇权的象征。

"望子成龙"是中国人的传统观念,是父辈对后辈的祈望,它又是成功的象征。在世间,人们把才华横溢、足智多谋的文臣称为"龙跃凤鸣",考上状元的人叫"登龙门"。在《中国生肖文化》一书中指出,千百年来,龙的形象早已深深地刻在了中华民族每一个中华儿女的心灵深处,已经深深根植于中华传统文化和民族心理之中,成为中华儿女的精神归依和感情纽带。龙俨然成了中华民族的象征。

在民间,有关龙的故事和传说俯拾皆是,如晋代葛洪的《神仙传》、唐代的《宣室志》,尤其是传奇作品《柳毅传》中那美丽的人龙之恋更为脍炙人口。书生柳毅应举下第,途经泾阳,适邂逅洞庭龙女,饱受其夫泾阳君及公婆虐待而牧羊。柳毅受龙女之托奔赴洞庭龙宫传书,龙女得以被营救回归洞庭。龙女深感柳毅恩情而以身相许,柳毅却严词拒绝。后龙女变幻容貌,假称卢氏女,终与柳毅成为眷属。故事情节曲折,人物性格鲜明,铺叙细腻,文辞华美,令人一读三叹。在中国的版图上唯一以龙命名的大江——黑龙江,它源于一个古老的神话传说。故事讲述了一条黑龙为民除害战胜了作恶多端的白龙的经过,黑龙江因此得名。地名中还有双龙寨、龙门、龙井等,动物中有地龙、变色龙等,植物中有龙眼、龙舌兰、龙脑树、龙角木、龙血树等,传统戏曲《锁五龙》《游龙戏凤》《困龙床》《双龙会》《龙虎斗》《龙凤呈祥》《打龙袍》等以龙作为戏目名称。有的人名字嵌上一个"龙"字,表达了对龙文化精神的敬仰。我国许多地方春节有耍龙灯、跳龙舞的习俗,端午节有赛龙舟的习俗。民间还有"二月二,龙抬头;大仓满,小仓流"的说法,认为蛰伏一冬的龙在农历二月初二这天开始活动,给大地带来雨水。人们喜欢在这一天理发,据说这样就能像抬头的龙那样有精神。龙永远是那样地昂头挺胸、瞠目振鳞、意气风发、不断奋进，给你带来喜庆，更给人们一种力量。

  我属龙，也喜欢龙，一首《龙的传人》的歌曲更是将中国人龙文化的自豪感表露得淋漓尽致。因为在我们这个被称作东方巨龙的国度里，中华儿女都是龙的传人。龙的精神使我们振奋，更需要我们去发扬光大。为了民族的腾飞，祖国的强盛，我们要责无旁贷地肩负起历史的使命，为这条巨龙的腾飞加力助威……

  "龙腾虎跃"今胜昔，"龙凤呈祥"谱华章。在新的征程上，让我们携手并肩，愿"龙马精神"发扬光大，再铸辉煌。

蛇年言蛇

"龙腾腊月暖春早，蛇舞新正好雨勤。"蛇在十二生肖中，排行第六。与十二地支配属"巳"，故一天十二时辰中之"巳"时——早上9点至11点，称"巳时"。此时，阳起的动作并不那么旺盛，像蛇，故巳为蛇。

《易经》作为五经之首，被看作大道之源，囊括天地，包罗万象。蛇在其中自然也有记载。只不过《易经》中说到蛇，用的不是"蛇"字，而是"它"字。因为"它"的原意就是指蛇。《说文解字》当中释"它"为象形，像弯曲垂尾形。又说，"上古草居，患它，故相问：无它乎？"在《中国生肖文化》一书中指出，原始社会，穴居野外，避免被蛇伤害是日常生活中的大事，人们见面，彼此相问"无它乎"（相当于没蛇吧）以此来打招呼。蛇有许多别称，如虺、螣、蚺、蝮、蟒、长虫等。

古人认为蛇是人类的祖先，神话说，人类的始祖女娲是"人头蛇身"，伏羲是"蛇身人面"。

在考古出土的汉代画像之中就有伏羲女娲兄妹成婚以繁衍人类后代的图案。因此蛇被看作创世神祇。我国的许多民族都以蛇为图腾，认为蛇是他们的祖先，如白族、怒族、高山族等。

孙欣编著的《十二生肖》一书中指出，在福建的一些地方，还建有蛇神庙，旧时每年元宵佳节之时会有春祭游蛇灯的活动，在七夕之日则会举行秋祭赛蛇神的活动，热闹非凡。若在家中发现蛇，是不能打死的，人们认为蛇是祖先派来巡视平安的，进了谁家，就预示谁家居住平安。江苏宜兴地区在每年的二月二、清明节、重阳节、冬至、除夕等也都要举行祭祀家蛇的活动。其中重阳节是最重要的，被认为是家蛇的生日。

动物研究专家黄祝坚说："自古以来蛇在人类眼中具有神秘色彩，因而蛇在中国人心中有着重要位置。"古人认为，蛇是青春、祥瑞、高贵的象征。古人把蛇蜕皮之后当作再生一样，以为这就是死而复生。《诗经·小雅》云："吉梦维何？维熊维罴，维虺维蛇。大人占之：维熊维罴，男子之祥；维虺维蛇，女子之祥。"虺，是一种蛇。把梦见"虺蛇"作为一种吉祥的预兆。并将美好的事物以"委蛇"来形容，这与蛇为祥瑞的象征不无关系。朱熹说，"委蛇，雍容自得之貌"，意思与祥瑞非常接近。明清两代，朝廷都以绣有蟒纹的蟒袍为官服，以显最贵。

汉文化中有不少有关蛇的神话故事、民俗、成语、谚语、歇后语，既有正面的也有负面的。孙欣编著的《十二生肖》一书中指出，最为我们熟悉的恐怕就是《白蛇传》了。许仙与白娘子的凄美爱情故事不知感动了多少人。千百年来，白娘子多情善良，对爱情坚贞不移的性格，极大鼓舞了青年男女为追求纯洁爱情而不懈努力，反映了蛇在人们心目中的形象是多么美好。《聊斋志异》中有一篇《蛇人》的故事，讲的是名叫大青、二青的两条蛇与蛇人之间情感相通的故事，说明蛇有与人沟通的灵气。民间还常以"水蛇腰"来比喻女子婀娜多姿的身段。众所皆知形容书法灵动，常用"笔走龙蛇""龙飞蛇舞"来比喻；被雪覆盖连绵起伏的山脉，常用"山舞银蛇"来形容。著名的中国古代名曲——《金蛇狂舞》，这首欢快的乐曲除了表现它的物化的形体外，还演绎着它精神的灵性。另外，可能是毒蛇的形象太深入人心，所以，蛇又是狠毒、阴险、狡猾、冷漠的象征。如成语"佛口蛇心""牛鬼蛇神""蛇蝎心肠""毒蛇猛兽"，歇后语"蛇和蝎子交朋友——毒上加毒"等等。

读小学时，老师给我们讲过《农夫和蛇》的寓言，劝人们不要怜惜蛇一样的恶人。读初中时，有一年暑期与贵生、四全等人去郊外捉蟋蟀，当我们在小沟旁，掀开一块石板时，发现了一条青蛇，吓得我大喊大叫，差点没缓过神来。还记起，在"北大荒"务农时，有一年夏季，我和海淋到山上去采木耳，用小木棒翻动枯萎树枝时，一条蛇在草丛中爬行，我并不害怕，用长长的树干把蛇轻轻地挑起，用力甩到了金沙河。

在中华大地上，万里长城不是蜿蜒如蛇吗？长江、黄河不是蜿蜒如蛇吗？中华五千年文明蜿蜒而来，曲曲弯弯。人们与蛇共舞，舞出了中华文明的源远流长。"龙去神威在，蛇来灵气生。"但愿蛇年的祖国龙飞蛇舞、蒸蒸日上，人民的生活更加幸福美好。

马年论马

"银蛇腾空去,烈马飞奔来。"马年的脚步声渐渐临近,已经闻到了马鸣的气息。以马为主角的短信、微信从祖国的四面八方铺天盖地汹涌而至,马到成功、一马当先、万马奔腾……让人目不暇接、眼花缭乱,使我萌生一种说说马、叙叙马的冲动。

孙欣编著的《十二生肖》一书中指出,马草食性动物。别名有驹、骥、乾等。我国是最早开始驯化马匹的国家之一。马在古代曾是农业生产、交通运输和军事等活动的主要动力。马在十二生肖中,排行第七。与十二地支配属"午",故一天十二时辰中之"午"时——中午11点至1点,据说这是一日之中阳气最盛的时候,而马则是阳气强盛的动物,此时,天马行空,故称为午马。

《说文解字》中解释:"马,怒也,武也。"这怒、这武,刚健且遒劲,凛凛威风,充满阳刚之气。古往今来的文人墨客,饱含笔墨写下了赞美马的诗篇。曹操《龟虽寿》写道:"老骥伏枥,志在千里,烈士暮年,壮心不已。"李白《送友人》"挥手自兹去,萧萧班马鸣"。陈凝《马》"未明龙骨骏,幸得到神州。自有千金价,宁忘伯乐酬。虽知殊款段,莫敢比骅骝。若遇追风便,当轩一举头"。白居易《钱塘湖春行》"乱花渐欲迷人眼,浅草才能没马蹄"。王维《观猎》"草枯鹰眼疾,雪尽马蹄轻"。苏轼《江城子·密州出猎》"老夫聊发少年狂,左牵黄,右擎苍,锦帽貂裘,千骑卷平冈"。辛弃疾《破阵子·为陈同甫赋壮词以寄之》"马作的卢飞快,弓如霹雳弦惊"。陆游《十一月四日风雨大作》"夜阑卧听风吹雨,铁马冰河入梦来"。关于马的传说、故事,更是数不胜数。相传伯乐是春秋时代人,姓孙名阳。据说,有一匹千里马拉着沉重的盐车翻越太行山。在羊肠小道上,马蹄用力挣扎,膝盖跪屈;尾巴下垂着,皮肤也受了伤;浑身冒汗,汗水淋漓,在山坡上艰难吃力地爬行还是拉不上去，伯乐遇见了，就下了自己的车，挽住千里马而对它淌眼泪，并脱下自己的麻布衣服覆盖在千里马身上。千里马于是低下头吐气，抬起头来长鸣，嘶叫声直达云霄。这是它感激伯乐了解并且体贴它啊！孙欣编著的《十二生肖》一书中说："三国时期，一次刘备遇难，骑的卢马逃跑，危急之时落入檀溪中，刘备着急地对的卢马说：'的卢，今天遇到大难，你一定要帮忙呀！'于是，的卢一跃三丈，带着刘备顺利地逃脱了险境。"

在画家笔下，马千姿百态，风流万种。郎世宁的《百骏图》，可以说是稀世珍品，整幅画以金黄色为基调，总长近十米，一百匹骏马栩栩如生，千姿百态，蔚为壮观。徐悲鸿的《群马》也是传世经典力作。

中国人在数千年来对马的赞美中，赋予了马许多人性化的特征，比如：勤恳、坚韧、不畏艰难等等。人们之所以把这些精神赋予马，源于中国人本身对这些精神的推崇。勤恳、坚韧与百折不挠早已融入了中国源远流长的文化当中，早已体现在了中国人的精神当中。

适逢马年，想起在"北大荒"，离连队不远的马场，有许多马匹。一年冬天，有一位人高马大四十岁开外的中年男子，骑了一匹马路过连队，让我竟然和马儿有了零距离接触的机会，在那位中年男子的协助下骑上了马，在旷野里跑了一圈，总算过了把瘾。每逢春节，连队宣传队到马场慰问演出，马场的男女老少像过节似的，礼堂门前挤满了人。为的是想看一场精彩的演出。课堂上，还教过韩愈的《马说》、布封《马》等课文。还记得有一年去内蒙古旅游，导游有声有色地向我们讲述马头琴的故事。

他们从小在马背上长大，赛马、摔跤、射箭被称作"男儿三艺"。蒙古牧民们穿的坎肩叫马褂，穿的靴子叫马靴，拉的乐器叫马头琴，喝的佳酿叫马奶酒。放牧、出门远行、参加那达慕，他们都要挑选精良的马匹乘骑。随着时代的发展，马在蒙古民族的心中已经不再是做苦力的牲口，而逐渐成为一种精神的鼓舞和灵魂的寄托。

愿马年涌现出更多的伯乐，愿更多的伯乐发现更多的千里马，在新的一年里策马扬鞭，一定会马到成功。

羊年叙羊

"马驰祥云去,羊带瑞气来。"羊年将至,人们似乎听到了羊的咩咩叫和踏蹄声,正由远渐近。羊在十二生肖中,排行第八。与十二地支配属"未",故一天十二时辰中之"未"时——下午1点至3点,称"未时"。未为阴,而羊"仰而秉礼行焉",且有跪乳的习性,故未配羊。

在《中国生肖文化》一书中指出,在我国,驯养羊的历史大约已有八千年,从考古发现的羊骨化石来看,在新石器时期就开始养羊。到了春秋战国时期,饲养羊的人越来越多。魏晋南北朝时期,虽战乱频繁,但畜牧业仍有一定的发展,北朝民歌《敕勒川》就是对当时畜牧业景象的形象描绘。

在民间传说中,羊是一位同希腊神话中的普罗米修斯一样伟大的人物,普罗米修斯因盗天火给人间而被送上了祭台,羊则因盗五谷种子给人间而舍生取义。我国有许多民族崇羊,以羊为图腾,羌族就是其中一支。许慎在《说文解字》中解释"羌"字为:"羌,西戎牧羊人也,从人从羊,羊亦声。"哈萨克族崇拜山羊神,称作"谢克阿塔",认为天下的山羊都归他掌管。祭奠山羊神,为了山羊繁衍兴旺。古代器物常有羊的造型出现,比如商朝的四羊方尊、西汉的羊形铜灯、清朝的三羊碗,无不体现羊文化的历史悠久。

孙欣编著的《十二生肖》一书中说:"羊向来是吉祥如意的象征。"《说文解字》说:"羊,祥也。"西汉大儒董仲舒有云:"羊,祥也,故吉礼用之。"秦汉金石多以羊为"祥","吉祥"写作"吉羊"。甚至人们把母体孕育胎儿的胞衣称为"羊膜",供胎儿生命的液体称为"羊水"。古人云:羊有跪乳之恩,鸦有反哺之义。即羊羔有跪下接受母乳的感恩举动,无论这是小羊羔无意识的动作,还是习惯性地下跪,总之让人看到了"羊性"的光芒，这种光芒足以唤起人们的孝义之心与感恩之情。

羊文化还成为民风民俗中一道亮丽的风景线。旧时汉族民间有"送羊"的岁时风俗，"六月六日阴，牛羊贵如金。"哈萨克、蒙古、塔吉克等民族流行"叼羊"的马上游戏。在喜庆的日子里，人们在几百米外放一只羊，骑手们分成几队准备抢夺。孙欣编著的《十二生肖》一书中指出，锡伯族民间有"抢羊骨头"的婚俗，在婚礼之后，公婆会在新房炕沿上放一块羊骨，双方兄弟姐妹则聚于新房中。此时，将拴有红线的两个酒杯放在盘里，迅速调换，并让他们任选一杯，喝到酒的为大吉，接着要连饮三杯。之后，双方兄弟姐妹抢羊骨头。新疆哈萨克族流行"羊头敬客"的交际风俗。新友到来，吃饭时，宰羊招待。广州号称羊城，源于美好的传说：周夷王时，五个仙人骑着口衔六串谷穗的五只羊降临楚庭（广州古名）将谷穗赠给人们，祝这里永无饥荒。仙人言毕隐去，羊化为石。如今，广州市越秀山公园有五羊册，其上矗立着一座高11米的石雕，成为闻名海内外的城市雕塑——五羊雕塑。

历史学家袁定基说："羊曾是在我国远古先民中流传广泛、影响深远的图腾动物，在我国的传统文化中，羊往往被人们视为吉祥瑞兆、美好兴旺的象征。"作为吉物，常入诗入画。晋朝郭璞《羊赞》："月氏之羊，其类在野。厥高六尺，尾亦如马。何以审之，事见尔雅。"

元朝文天祥《咏羊》："长髯主簿有佳名，羵首柔毛似雪明。牵引驾车如卫阶，叱教起石羡初平。出都不失君臣义，跪乳能知报母情。千载匈奴多收养，坚持苦节汉苏卿。"元朝赵孟頫《二羊图》，此幅画一羊低头吃草，一羊昂首瞻望。右面山羊张口睁目，尾巴上翘，身子向右而头部朝左，背部线条自然弯曲，羊毛轻软直长，描绘工细。左面绵羊昂首而立，身躯朝左，头部毛卷而短。全图纯用水墨画出，却显色斑斓之状。当代画家程十发以画羊著称。其画风淳厚古朴，用笔神准，形不似而神似，人物之外的羊，多简约勾画，以墨色深浅变化，描绘其生动可爱，吉祥寓意遂出。曾言："得松雪察马之法以查百兽，腕下即有真羊。余胸中只知一羊，不知百兽，如是腕下无羊矣。"

中华民族在与羊共同生存的体验中也衍生了不少与羊有关的成语、谚语与典故，例如：羊三阳开泰（三羊开泰）羊肠小道、羊毛出在羊身上、亡羊补牢，等等。

  我对羊年情有独钟，岳父、舅舅、爱妻、妹妹、女婿属羊，在他们身上凝聚着温顺、善良、知礼义的优秀品质。适逢羊年，想起读小学时，学过《狼和小羊》这篇寓言。上初中，还学会了"我愿做一只小羊，跟在她身旁，我愿她拿着细细的皮鞭，不断轻轻打在我身上……"这首歌。成家后，每到冬季，一家人围坐在一起涮羊肉，忘却了室外的寒冷，一股暖流涌上心头。记得内蒙古的那次旅行，生平第一次吃上了"烤全羊"。上席时，服务员将大块羊肉放入托盘，摆成整羊形状，清香扑鼻，我用荷叶饼卷着吃，肉绵软鲜嫩，颇为适口，别具一格。

  值此岁末年初，我们似应念马之崇德，扬羊之至善，厚德载物，自强不息，为实现伟大的中国梦，发愤进取，勇往直前。

猴年谈猴

"灵羊将乘飞雪去，金猴又随祥云来。"猴在十二生肖中，排行第九。与十二地支配属"申"，故一天十二时辰中之"申"时——下午3点至5点，称"申时"。申为三阴，阴盛则黠，以猴置申位，正因为猴性黠，而且这时候猴子开始活跃起来。在中国古籍中猴子的别称有禺、果、独、狖等。据《白虎通》记述："猴，候也，见人设食伏机，则凭高四望，善于候者也。"候，是等待、观望的意思。

一谈到猴子，人们的脑海里立刻会浮现出一个抓耳挠腮、聪明伶俐、顽皮可爱的形象。猴子与人类有着特殊的关系，从外形上看，在各种动物中猴子最像人类。达尔文的进化论，提出了从猿到人的演变。我国一些少数民族认为自己的祖先是猿猴。纳西族称祖先为"余"，意即猴。羌族中也有把猴当祖先的。至今，藏族举行盛大庆典的"跳神"仪式中，仍保留着头戴猴王面具的舞蹈。

在浩瀚的诗海里，有不少咏猴的诗句。《诗经》中就有涉及猴的诗句："毋教猱升木，如涂涂附。君子有徽猷，小人与属"。曹操"沐猴而冠带，知小而谋强"。曹丕"野雉群雊，猴猿相追。"王粲"流波激清响，猴猿临岸吟"。刘琨"麋鹿游我前，猿猴戏我侧"。周朴"生在巫山更向西，不知何事到巴溪。中宵为忆秋云伴，遥隔朱门向月啼"。杨万里"疗饥摘山果，击磬烦岭猿"。元好问"摩围可望不可到，青壁无梯猿叫绝"。陈孚"野猿忽跃去，滴下露千点"。安磐"峭壁断崖无鸟过，古藤昏树有猿哀"。皇甫淶有"猿鸣鹤以怨，岁暮何远为？"曹申吉"偶向潇湘听断猿，斑斑千载泣龙孙"。王汝骧"哀猿数声叫，客子双袖血"。

关于猴的神话传说、民间故事不胜枚举，《世说新语》《古镜记》《搜神记》中皆有精彩篇章。孙欣编著的《十二生肖》一书中说："当年,桓公率兵进入蜀地,至长江三峡,其部下在江岸上捉到一只幼猿,那只母猿则沿着江岸追逐,一路哀号,'行百余里不去',最终跳入船上,气绝而亡。人们剖开母猿的腹部,只见其肠已因过度悲痛而断成一寸一寸的。在作者的笔下,母猿成为爱子如命的慈母,令人顿生恻隐之心。"《西游记》塑造的孙悟空形象妇孺皆知。正所谓:"金猴奋起千钧棒,玉宇澄清万里埃。"在他身上,散发着一股激情澎湃、催人奋进的精神,洋溢着丰富多彩的文化内涵。陶行知曾创作过一首诗《变个孙悟空》:"变吧!变吧!变个孙悟空,漂洋过海访师宗""学得本领何处用?揭起革命旗儿闹天宫。"颇能代表中国人对这只"孙猴子"的喜爱。

猴文化的形成与发展,约定俗成的成语、谚语、歇后语甚多。成语如"朝三暮四""沐猴而冠""心猿意马"等;谚语如"杀鸡给猴看""山中无老虎,猴子称大王"等;歇后语"猴子爬树——拿手戏""猴子看果园——越看越少"等,在生活中常被使用。

民俗专家由国庆说:"中国传统民俗常以猴作为吉祥、显贵的象征。"如猴子喜桃即猴子长寿,猴子献桃即猴子献寿,因此民间剪纸艺术中常有双猴献寿的作品。由于猴与侯谐音,在许多图画中,猴的形象表示封侯的意思。孙欣编著的《十二生肖》一书中指出,如一只猴子趴在枫树上挂印,取"封侯挂印"之意;一只猴子骑在马背上,取"马上封侯"之意;两只猴子坐在一棵松树上,或一只猴子骑在另一只猴的背上,取"辈辈封侯"之意。此外,猴还被视作长寿的象征。始建于唐朝的北京白云观中有三只石猴,在民间有"铁打白云观,三猴不见面"的俗语,至清代春节期间更有来这里"摸石猴"习俗,希冀新一年吉祥、长寿,而在现代绘画大师齐白石的画作中,也常见《白猿献寿》之类的题材,表达着人们对健康长寿的渴求。

小时候,最喜欢的就是看耍猴的。因为小猴子太可爱了,太有意思了,它经常做出一些模仿人的动作和大家意想不到的举动。直到现在,耍猴还是杂技团里的压轴节目。如猴子穿衣、猴子骑马、猴子算数等都是人们所喜闻乐见的。猴年里,会想起我的大哥,大哥属猴。聪明和善,为人忠厚,是我们弟妹的好榜样。自大哥毕业后,分配到沈阳工作,几乎月月往家里汇款,以尽孝心。还记起,在"北大荒"务农时,经常来信勉励我走好人生的每一步。如今大哥已七十多岁,依然存有一颗非常年轻的心,他从不感觉自己老,接受新事物的能力不比年轻人差,真是宝刀未老,老当益壮。

我手头还有一枚新年的纪念邮票,甚是喜欢。邮票上印着三只可爱的猴子,一只母猴子坐在中间,伸开左右两臂搂着两只稚气逗人的小猴子,母子一家,其乐融融,充满了亲情、欢乐、和谐、喜庆的气氛。

猴年伊始,万象更新。让我们在生活中学会扬长避短,少一分焦灼和急躁,多几分思索和灵活,使人生之路走得更精彩。

鸡年道鸡

鸡在十二生肖中排行第十，与十二地支配属"酉"，故一天在十二时辰中的"酉"时——下午5点至7点，又称"鸡时"。在新石器时代早期，鸡就已经进入华夏先民的视野中了。进入先民视野中的鸡，经过漫长的历史演化，融入人们民俗生活之中，逐渐脱胎成一只内涵丰富的文化灵禽。

在我国的造型艺术中，以鸡作为题材，早在新石器时代就出现了。到了汉代，在造型艺术中用鸡作为装饰则多起来。后来随着木版年画和剪纸的蓬勃发展，鸡被更多的艺术家作为题材，运用到造型艺术中。历代画家中，皆有画鸡高手，画的是寓意，是心情，是企盼。一幅作品中，只要有了鸡，就会平添许多生机和喜气。

在中国人的传统观念中，鸡有着诸多优良的品质：西汉韩婴在《韩诗外传》中谓鸡有"五德"："头戴冠者，文也；足傅距者，武也；敌在前敢斗者，勇也；见食相呼者，仁也；守夜不失时者，信也。"正因为鸡是可信赖的"五德之禽"，有诗赞曰："意在五更初，幽幽潜五德；瞻顾候明时，东方有精色。"千百年来，鸡伴随着中华民族"日出而作，日入而息"的传统习俗，从"鸡声茅店月"到"鸡窗夜开卷"，寒暑往来，它无时不与我们的劳动、学习和生活相随相伴，乐此不疲。

记得儿时玩过老鹰捉小鸡、斗鸡等游戏。老鹰捉小鸡是我们儿时最喜欢的游戏之一。游戏开始时根据规则确定角色，一人当"母鸡"，一人当"老鹰"，其余的当"小鸡"。游戏开始时，"老鹰"叫着追赶鸡群，"母鸡"极力保护身后的"小鸡"。"老鹰"再转着圈去捉"小鸡"，如"小鸡"散开或有"小鸡"被捉住，一次游戏结束。下一次开始时，被抓住或散开的"小鸡"则充当"老鹰"。印象中"老鹰"捉"小鸡"的游戏还真是一次速度和智慧的较量。有了外孙女、外孙，也如当年玩老鹰捉小鸡游戏一样兴奋。我扮演"老鹰",女儿扮演"母鸡",外孙女、外孙扮演小鸡,游戏开始了,我做出十分凶猛的样子,仿佛要吃掉他们。女儿张开双臂,用身子挡住我的去路。外孙女、外孙东躲西藏,左蹦右跳。玩得不亦乐乎。斗鸡也是我们男孩子必玩的项目(不是真鸡相斗,而是两个人用手抬起自己的腿,相互碰撞,跟古时的斗鸡形式非常相像)。"斗鸡"自然可以对斗,但深得其乐的,则喜欢群斗。一般四五人,多至七八人,大都为一对一,也有个别强壮者一对二者。若是一对一,可以从侧面进攻,专攻对方大腿部分,我们称之为"吃酸梅汤",使他酸痛难忍,不得不双脚落地而败。有时当队形被打乱,要懂得掩护队友。有一次,我队贵生(小名胡老贵)忙于对付正面的力量,忽视背后之机,即将被对方才弟(小名瘤子)偷袭时,我迅速援助,结果他偷袭未成,反而被我一个冲击,败下阵来。《战国策》中就有齐国国都临淄之民好"斗鸡走犬"的记载,唐宋之后斗鸡之风大兴于民间,成为民间博戏的重要内容。旧时开封一带有"斗鸡会",时在每年正月初二、十二日,会场有半亩大小,围以土墙,由囊家(设局聚赌抽头取利者)撮合双方,约定赌注,放鸡决斗。每斗一局称为"一坑",每坑输赢钱数不等,囊家抽取百分之二十利息。观者既可围观,也可下赌注,称为"猜嘴"。至掌灯时斗鸡才宣告结束。在国外,就有古希腊人斗鸡比赛的传说。公元前的某一年,希腊有位将军率兵开赴前线去同波斯军作战。行军途中,他看到有两只公鸡在相斗,心里不由一动,他想,如果士兵的斗志都像这公鸡一样顽强,必定能赢得即将进行的战斗的胜利。于是,他命令队伍停下来,让士兵们观看这两只公鸡的勇敢搏斗。果然,士兵们深受鼓舞,在战斗中都十分勇猛,大败波国。

  我对鸡年情有独钟,源于家族中属鸡的不乏其人,如母亲、哥哥、弟弟、妹妹等。记得,20世纪60年代初,妈妈从丹阳乡下带回了好几只小鸡,弟妹们兴奋不已。小鸡好可爱,黄色的毛,软乎乎的身体,清脆悦耳的叫声,弟妹们欢天喜地地围着小鸡观赏,屋里洋溢着喜悦的气氛。还记起,读中学时,勤劳的爸爸要我们做儿女的也和他一样勤劳,对我们要求很严,我要是早上睡懒觉,他会一把掀开我的被子,高声说:"起来,快起来。"他说雄鸡不待天公破晓,就要打鸣,你还不趁早起来做做家务,看看书。此后,我是从来不会在太阳照进房间还赖在床上的。打那以后,不仅起得早,收拾房间,还养成了早读的习惯。

自古以来,人们赞咏鸡,是因为鸡不仅是勇敢善斗的英雄化身,而且鸡的身上承载着中华民族的美德。中国地图的形状颇似一只昂首的雄鸡,预示着国家的朝气蓬勃、强大有力。让我们闻鸡起舞,为创造吉祥如意的生活而贡献自己一份绵薄的力量。

狗年述狗

　　送走了闻鸡起舞的鸡年，迎来了神犬驱邪的狗年。狗，亦称"犬"，学名"家犬"。与马、牛、羊、猪、鸡并称"六畜"。科学家认为狗是由早期人类从灰狼驯化而来，被称为"人类最忠实的朋友"。十二生肖中，狗和地支"戌"相配列为第十一位，所以称为"戌狗"。我们祖先留传下的岩画、陶瓷、剪纸、刺绣上可以生动地印证它和人类相处的历史。狗素有"聪明、伶俐、忠实、可靠"的美誉。

　　狗是人类文化的重要组成部分。人类进入文明时代后，狗便常常出现在人类的艺术作品中。《诗经》"无感我帨兮，无使尨也吠"。杜甫"天上浮云如白衣，斯须改变如苍狗"。元稹"乌龙不作声，碧玉曾相慕"。白居易"乌龙卧不惊，青鸟飞相逐"。李商隐"遥知小阁还斜照，羡杀乌龙卧锦茵"。梅尧臣"荒径已风急，独行唯犬随"。范成大"随人黄犬搀前去，走到溪桥忽自归"。陆游"犬喜人归迎野路，鹊营巢稳占低枝"。尤其是"犬喜人归迎野路"，"随人黄犬搀前去"，你看，狗有多可爱，当你从远方归来，它像欢迎亲人一样迎接你回家。在当代作品中，杨志军的《藏獒》、黑鹤的《黑焰》都是以狗为主角的可圈可点的作品。

　　狗在我们人类的生活中有很大的贡献，既可以充当我们的伴侣，又可以为我们保护家园。既是我们的肉食来源之一，又可以帮助我们打击犯罪。在我们的文艺作品中塑造出来的狗狗，是一个真实的个体，既有积极的一面，也有消极的一面。在中外故事和传说中，狗忠于人类的故事简直是不胜枚举。清代的太祖皇帝努尔哈赤就曾被他的爱犬救过一命。电影《甲午风云》中那只义犬，当军舰沉毁，邓世昌落水之时，义犬衔着邓世昌的衣角不放，想救主人上岸。契诃夫、杰克·伦敦都曾不惜重墨为人类无言的朋友写真立传。孙欣编著的《十二生肖》一文中说："成语'犬马之劳'比喻做事忠心耿耿。而'走狗'一词虽然含有贬义，但其中也是用了狗具有的忠诚象征，只是'走狗'选择了不该选择的忠诚对象而已。"再如《白毛女》中著名狗腿子穆仁智说得妙极："我有四件宝贝身边藏：一支香来一支枪，一个拐子一个筐。见了东家就烧香，见了佃户就放枪；能拐就拐，能诓就诓。"一幅活脱脱的奴才自画像，可谓传神。

孙欣编著的《十二生肖》一文中指出，古人还把狗视为吉祥的象征，认为它是一种吉利的动物。民间有"猫来穷，狗来富"的说法。如果谁的家里突然来了一只狗，主人就会高兴地收养它，因它预示财富来临。古时，很多人给自己的孩子起一些带"狗"字的乳名。如狗剩、锁狗、狗蛋。民间认为取贱名好养。其实，这是原始图腾崇拜的一种体现。因为在以前，医疗条件和饮食都很差，刚出生的宝宝夭折的概率很大。人们希望自己的孩子能够茁壮成长，所以会取一些与狗有关的名字，为的是能够得到图腾之神的庇佑。

在中国传统文化中，狗在人们的心目中跌宕起伏，褒贬不一，有大量褒扬性文字（犬马之诚；义犬救主；儿不嫌母丑，狗不嫌家贫等），又有许多贬损性语言（狗改不了吃屎，狗嘴里吐不出象牙，好狗不挡道等）。我国各民族对狗的态度也不尽一致。在《中国生肖文化》一书中指出，如东北的赫哲族、满族、锡伯族、鄂伦春族，新疆的哈萨克族、乌孜别克族等，在这些民族看来，狗是他们生活中最亲密的伙伴，对捕猎、放牧、看门等都起到了很大的作用。他们都对狗有着很深的感情，不忍杀食。瑶族、苗族和黎族还把形象为犬的盘瓠尊为祖先，因而他们禁止打狗、骂狗，直呼狗名。更不能吃狗，认为这是大逆不道的行为。

贾平凹曾在他的大作中，直言称道"狗是忠臣，猫是奸臣"。我对狗年情有独钟，源于家族中属狗的不乏其人，如外公、外甥等，记得有一年去母亲老家，看见舅舅家的一只大黄狗忠诚地蜷卧在大门口外的柴火堆边，看似睡着，实际时刻警惕着，照护着舅舅家的门户，生怕有闪失辜负了主人的信任。1970年（庚戌年）我告别亲人，奔赴"北大荒"。1994（甲戌年）迁入新居不久，还豢养过一只狗，名叫小黑，很通人性。外孙女、外孙也喜欢和狗狗在一起玩耍。2006年（丙戌年）与知青战友重返黑土地，在农场邮局还购买了一枚2006年丙戌狗票。这枚狗票设计上运用了一些年画的元素，身为主角的小狗身穿一件中式的红色对襟马甲，全身的服装都五彩斑斓，突显出一种喜庆，它给人的整体感觉就是一只为主人乖乖看家的小狗，为保护家庭的安宁而义不容辞。萧伯纳说他的爱犬："如果友谊的重要之点在于遵从朋友的举动嗜好的话，那么它完全具备这一点。我落座时它卧下，我散步时它随着走。这是许多挚友装都装不出来的。"现代西方不少宠犬的人，常常把狗视为家庭成员，原因也是狗不仅忠诚，而且聪明。在巴黎的爱犬墓地，可以看到许多人为狗立的碑，上面的悼词情深意切。

狗还是人类劳动生活的好帮手，如导盲犬、搜救犬、军犬、警犬、缉毒犬，等等，在不同的岗位上发挥着不可替代的重要作用。而这些，都是利用了狗忠诚，嗅觉、听觉灵敏的优秀功能。

在这辞旧迎新的日子里，让我们满怀豪情去迎接明天的太阳。

猪年议猪

金犬吠瑞辞盛岁，灵猪舞彩贺丰年。在喜庆春节的锣鼓声中，岁月进入了农历的己亥年，亥对应猪，即猪年。猪在十二生肖中排行末尾。亥时，指晚上9点至11点。猪，古称豕，又称彘、豨，别称刚鬣；又名"印忠""汤盎""黑面郎"及"黑爷"。在人类历史的发展过程中，有很多关于猪的典故和习俗。人类蓄养家猪的历史相当悠久，早在母系氏族公社时期，就已开始饲养猪、狗等家畜。浙江余姚河姆渡新石器文化遗址出土的陶猪，其图形与现在的家猪形体十分相似，说明当时对猪的驯化已具雏形。

在《中国生肖文化》一书中指出，猪虽其貌不扬，却有开天辟地之功，古代神话传说中开天辟地的豨韦氏即是上古的大猪形象。华夏民族十分崇猪，从"家"和"冢"两个字的构成，便可知其端由。在"家"字中"豕"成了核心，也就是说，无"豕"不成家。可见豕在家中的地位。"冢"字核心也是"豕"，说明"豕乃是亡人的归宿"。由此可见，猪竟关系到人的生与死，人与猪生死相交，不可分割。

猪憨厚老实，安分守己，并为人们带来食物。人们有时还把猪作为吉祥之物。民间有"猪是家中宝，粪是地里金"的说法。认为猪可以带来财富和福气。天津、河北等地有"肥猪拱门"的节日窗花，是用黑色蜡光纸剪成。猪背上驮一聚宝盆，左右各贴一张，表示招财进宝之意。孙欣编著的《十二生肖》一书中指出，据传从唐代开始，进士们相约若有人今后任了将相，就要请同科的书法家用红笔题名于雁塔。因"猪"与"朱"同音，"蹄"与"题"音谐，所以猪渐渐成了学子金榜题名的吉祥物。每当有人赶考，亲友们都赠送红烧猪蹄，预祝赶考人"朱笔题名"。

吴震世编著的《生肖文化》一书中指出，猪虽然与人们长期共同生活在一起，但因所食食物极不讲究，所处环境污秽不堪，好食贪睡，所以给人的印象很差,不仅愚蠢、笨拙,还肮脏、懒惰。法国学者让·谢瓦利埃在其主编的《世界文化象征辞典》中说:"猪几乎都是贪吃、贪婪的象征,任何东西摆在它面前,它都能狼吞虎咽,吃个精光。"所以描写猪的词带有深厚的贬义色彩。如猪朋狗友、猪狗不如等。另外,猪还含有轻蔑之意。夏衍在《包身工》中写到,工头对包身工的称呼一律是"猪猡",显示出他们对包身工的歧视和人身侮辱。

《诗经》中有关猪的诗句非常多。《豳风·七月》记录了当时生产生活的场景,其中提到"二之日其同,载缵武功,言私其豵,献豜于公"。猪在人们的观念中占有重要的位置,因此传统文化中,"六畜""三牲""太牢""少牢"等场合总少不了"猪"的身影。在各民族的风俗中,尤其是祭祀、婚庆等重大活动时,总少不了猪的参与。如汉族凡重大祭祀活动,祭品必用猪,并以用猪头为重,俗称"猪头三牲"。布依族婚姻中有送"串猪肉"、佤族有"猪胆挂"、畲族"抢猪节"等风俗。

当岁月迈进了己亥年,会想起远离我去的二舅、三哥;也会记起在"北大荒"赶猪捉猪的情景。我清楚地记得,有一年秋收,吴连长让我们几个知青跟老王去干赶猪杀猪的活儿。来到猪圈,老王首先冲在最前面,在猪圈里深一脚浅一脚来回穿梭,七八头猪见人追杀,绕着猪圈围栏到处跑,声嘶力竭地叫喊,还拼命逃窜,有时猪还与我们对峙着、抵挡着、周旋着。等猪儿蹿到围栏死角,我们几个人一起扑上去,将它按倒在地。然后被我们四脚交叉地捆绑起来,之后,抬到临时搭建的"断头台"。当晚,整个连队空气中弥漫着久违的猪肉香味。

在我们的生活中,猪代表着愚笨、懒惰、贪吃,又象征着厚道、忠诚、诚实。自然学家赫森说:"猪不像马、牛、绵羊那样疑心重重,畏缩顺从;不像山羊那样鲁莽,天不怕地不怕,不像鹅那样满怀敌意,不像猫那样屈尊俯就;也不像狗那样摇尾乞怜。"记得有一幅年画《金猪拱门》。生肖猪高昂着头,忽闪着两只大耳朵,快乐地摇着尾巴,喜气洋洋,煞是惹人喜爱。金猪拱门带来了吉祥、富足和快乐,预示着国富民强、蒸蒸日上。

新的一年,新的出发。让我们满怀信心、拥抱梦想,以坚如磐石的信心、只争朝夕的劲头、坚韧不拔的毅力,书写新时代的光荣历史,创造中华民族新的更大奇迹。

第四辑

边看边聊

古塔风韵

在辽阔的祖国大地上,随处都可以看到古塔的踪影。这些千姿百态的古塔,像一朵朵艳丽的奇葩,点缀着神州大地。我国的古塔,具有中国宗教建筑的典型特征,它富丽堂皇,雄奇伟岸,饮誉中外。塔原是佛教建筑物,亦称"浮屠",为葬佛舍利之所。西汉末年,随着佛教传入我国,塔的建筑也随之兴起。据史书记载,梁武帝时,仅建康(今南京市)就有七百多所佛寺。北魏时期,佛寺就更多,光洛阳就有一千三百六十七所。"寿丘里间,列刹相望,祇洹郁起,宝塔高凌"。可见建塔之盛。至今,我国各地尚存三千多座古塔,成为我国古代建筑的重要组成部分。

为什么要修塔,原来,佛祖释迦牟尼死后,他的弟子们将其尸骨火化后分了,各自建起一座塔,以埋葬所分得的一份骨灰。埋葬时,在地面上筑起一个半圆形的坟丘,下有基座,顶上正中立一根"刹",以为装饰,佛教徒称之为"窣堵波"。从塔构造看,代表佛教意义最多的是天上和地下两部分。地下是埋葬佛骨的地宫,但谁也看不到。而天上这一部分则是作为佛的表象,为信徒们所敬仰。其形式一般以一根长杆连串许多圆盘,互相重叠。由于形象奇特,装饰性强,所以塔又有"宝座"和"宝塔"之称。

我国古塔种类繁多,从平面形状上分,有四方形的、六角形的、八角形的、十二角形的、圆形的、菱形的,等等;从层数上看有单层和多层的;从建筑材料上分,又有木造的,金、银、铜、铁造的,琉璃瓦砖造的,等等;从佛教教义上讲,又有所谓的生身舍利、法身舍利,及各种宗派的塔,等等;若从塔所表现的艺术造型和结构形式予以分类,主要有楼阁式塔、密檐式塔、花塔、覆钵式塔、金刚宝座式塔、过街塔及塔门、宝箧印经塔等,另外还有其他形式的塔和塔林。

第四辑　边看边聊

　　我国宝塔的形制比寺院更为多样，如北京妙严寺的白塔；有雄伟高大，近似我国古代高层阁楼的楼阁式塔，如西安的大雁塔；有小巧玲珑、近似我国亭阁的亭阁式塔，如河南开封的净藏塔；有紧凑刚劲、塔檐很短的密檐式塔；等等。它们与其他宗教的塔一样，都具有我国古代建筑的基本特征，庄严古朴的民族风格。

　　塔的用途随着时代的变化而变化，从宗教性的瞻仰物质，逐渐延伸出了登高眺望、瞭望敌情、导航引渡、装点河山和美化风景。一位好游之士深有感触地说："游名山而不观寺院宝塔，美的收获就只有一半。"不错，名山与寺院宝塔的和谐结合，相得益彰，早已构成了我国风景美的一大特征，令人神往、令人留恋。

　　在大美的国度里，无论乘船还是坐火车，我总能见到远处高耸云霄的古塔，也曾与好友兴致勃勃地登塔眺望，那其乐融融的情景至今历历在目。曾记得，大学期间，到江苏丹阳调查方言。其间与同学王邦学去看望生活在丹阳乡下的舅舅。田野间，耸立着一座古塔，古塔久经风雨侵蚀，塔顶上长着几丛茅草，塔身破烂不堪，古塔周围到处是杂草。但古塔不愧是从历史的长河中走来，经历了无数的刀光剑影、风雨雷电，却还是那么巍巍壮观，令人肃然起敬。后来查阅资料，方知此塔叫万善古塔，始建于1627年，塔高47.76米，为砖木混砌结构，七层，是一座具有悠久历史的文化古迹，也是明清时代丹阳的最高建筑。记得度蜜月时，与爱妻携手拾级登上杭州的六和塔（六和塔，位于钱塘江北岸月轮峰上，是北宋时吴越王为镇钱塘潮而建。六和塔塔身九层，高五十余丈，撑空突起，跨陆俯川。塔顶层装置明灯，为夜航船只指南。后毁于兵火。现存砖建塔身，为南宋绍兴二十六年（1156年）重建的。外现十三层木檐，内有六层封闭，七层与塔身内部相通）。举目远瞻，浩浩钱江，莽莽沃野，教人意气昂扬，此景此情，在平地上是难以想见的。20世纪80年代初，宁夏石嘴山教育局组织我们支教教师到西安旅游，登上了大雁塔［大雁塔，位于陕西省西安市南郊大慈恩寺内，唐永徽三年（652年），为保存玄奘由印度带回的佛经而建，因仿印度雁塔样式故名大雁塔。塔身共七层，高64米，是中国现存最早、规模最大的唐代四方楼阁式砖塔，古城西安的标志性建筑。］和宝塔山（宝塔山位于陕西省延安市宝塔区，始建于唐代，现为明代建筑。塔呈平面八角形，九层，高约44米，为楼阁式砖塔，现已成为延安市的标志性建筑，革命圣地的象征）。千百年来，不知有多少游人学士在这里饱览壮景，赋诗抒怀。20世纪90年代中期，与徐建国老师出差去安庆。慕名前往振风塔（振风塔坐落于长江边上，号称是"万里长江第一塔"，是七层八角楼阁式的建筑。当时是北京白云观老道人张文采的精心设计，相传它是为了振兴文风所建，建于明代隆庆二年，隆庆四年完工，已有400多年的历史）。登塔眺望，巍巍龙山，浩浩长江，全市景色，一览无余。

　　古朴典雅，巍峨高大的古塔，是中国五千年文明史的重要载体，是随着佛教的传入而出现的一种建筑类型，既浸透着宗教崇拜的庄严，又放射着世俗人性的诗意光辉……让我们循着历史的长河观赏这朵嫁接在传统大树之上的艳丽小花吧。

漫谈面具

面具作为人类物质文化和精神文化的产物有着悠久的历史，直至今日面具在我们的民俗、戏剧、舞蹈中仍然存在。

孙欣编著的《面具》一书中指出，我国的面具文化已有五六千年的历史，古称"象""倛头""假面""大面""鬼脸"等。考古学和文化人类学研究表明，面具是一种具有特殊表意性质的象征符号。

世界绝大多数民族，其童年时期都曾产生和使用过面具。公元前5世纪，希腊戏剧演出频繁，使用面具居多，但未留下实物。据史料记载：公元前1世纪，面具形状更为放大和夸张，趋向于程式化和类型化。罗马人承袭了希腊的传统，但面具形象更为古怪。中世纪在欧洲流行宗教剧，剧中魔鬼都是依靠面具装扮兽头怪物。文艺复兴时期，宫廷中出现了假面舞剧，民间也兴起另一种假面喜剧，它们都以使用面具见称。但假面喜剧中使用面具，只罩演员的脸面，或罩其一半，或仅罩一双眼睛。造型轻巧、夸张，强调角色的某些特征，目的在于帮助演员塑造定型的角色。由于当时的面具多用兽皮、竹木之类易腐材料制作，故遗存下来的面具实物凤毛麟角，所幸在《山海经》《竹书纪年》《拾遗记》等古代典籍中保留着许多有关远古时期面具的资料，在遍布全国的史前岩画中，亦留下了大量珍贵的面具图像，在面具文化形成和发展的漫长岁月里，其与原始乐舞、巫术、图腾崇拜，以及民间歌舞、戏曲等相互融合、相互依存、相互渗透，从一个角度形象而鲜明地反映了中华民族的观念信仰、风俗习惯、生活理想与审美趣味，并在一定程度上体现了中华民族的心理特质和精神追求。

中国面具和面具艺术，历史渊源久远，艺术品种繁多，流布地域广泛，制作材料多样，绘制技巧精美，艺术构思奇特，历史内涵深厚。我国面具从制作材料上有：金面具、青铜面具、镏金面具、铁面具、玉面具、木面具、竹面具、布板面具、纸胎面具、塑料面具等。面具从功能上分为：跳神面具、傩戏面具、社火面具、悬挂面具、戏曲舞蹈面具等，蕴含着相当丰富的文化内涵。孙欣编著的《面具》一书中指出，如跳神是古代民间的一种巫卜风俗，用以驱鬼逐邪，请神赐福，祈求来年吉祥安宁，至今仍盛行于藏族地区，是藏传佛教寺院最隆重的祭奠活动之一。跳神仪式开始时，"群神"会身着盛装，头戴面具，绕圈而舞，驱鬼逐邪。傩戏面具——调动神灵驱邪纳吉、除灾呈祥，以求人寿年丰、国泰民安。三千年前商周时代就出现了傩面具，如青铜面具、方相氏熊图腾"黄金四目面具"等，是中国最古老最具原生态的驱鬼逐疫面具，展示出原始美、野性美和特殊的神秘感，有很高的历史文化价值。孙欣编著的《面具》一书中指出，面具除了用于表演，还可以作驱邪与装饰，或悬于门楣，或挂在壁上，也有以线拴吊在身上的，称为"悬挂面具"。在南方农村，有些人家的门首悬挂着一种口含利剑，形似虎面的兽头，作为镇宅辟邪的神物。表达了特定的象征意义与民俗信仰。

随着时代的发展，面具不断衍变，最初的鬼神崇拜内涵逐渐淡化，渐趋于兼具酬神与娱乐的双重功能，广泛应用于祭祀、葬礼、战争、戏剧等各个方面。其艺术性、娱乐性的审美价值也日益增强。如广西融水苗族正月初三至十七举行的芒篙节面具表演，是悼念先烈、禳灾祈福、鼓舞斗志、交流感情的盛大民间传统节日。孙欣编著的《面具》一书中指出，今天，我们从民俗博物馆中所见到的那些作为陈列品的面具，显得那么安然静止。实际上，它们曾在热烈、雄壮甚至狂野的活动中，显示过强大、神秘的威力。

当今制作的面具，大都采用现代工艺（如塑料模压）生产，角色不拘一格，从外国动画片的米老鼠、奥特曼，到中国古典小说中的孙悟空、猪八戒，凡是受到儿童喜爱的动物和人物，都被一一制成面具。记得在贵州旅游，在专卖店里看到造型各异的地戏面具和傩堂戏面具。面具由杨木制成，刀法精细，重彩浓绘，具有浓郁的装饰美。观赏良久，久久不愿离去。还记起，曾为上幼儿园的外孙做过一只兔子面具，他开心地一会儿戴上它照照镜子，一会儿又摘下来捧在手里，慢慢摩挲。仿佛在儿童的世界里，没有了面具便没有了童趣。

  我国面具孕育于独特的自然生态环境和社会人文环境之中，是中华民族历史、文化、宗教和美学思想哺育的艺术奇葩。它产生于民间，发展于民间。是最地道的民间艺术，最珍贵的文化遗产，也是最本源的民间文化的缩影。直到今天，仍然可以看到它的原型和影子，继续在民俗、戏剧、舞蹈中发挥作用。

话说算盘

2013年中国珠算被列入"人类非物质文化遗产代表作名录"。我国是算盘的故乡，在计算机已被普遍使用的今天，古老的算盘不仅没有被废弃，反而因它的灵便、准确等优点，在许多国家方兴未艾。因此，人们往往把算盘的发明与中国古代的四大发明相提并论，认为算盘也是中华民族对人类的一大贡献。

有关算盘的起源至今仍是众说纷纭，莫衷一是。归纳起来，主要有三说。一是清代数学家梅启照等主张的东汉、南北朝说。其依据是东汉数学家徐岳写过一部《数术记遗》，其中著录了十四种算法，第十三种即称"珠算"，并说："珠算，控带四时，经纬三才。"二是清代学者钱大昕等主张的元明说，即算盘出现在元朝中叶，到元末明初已普遍使用。元代陶宗仪《南村辍耕录》第二十九卷《井珠》，引当时谚语形容奴仆说："凡纳婢仆，初来时曰擂盘珠，言不拨自动；稍后，曰算盘珠，言拨之则动；既久，曰佛顶珠，言终日凝然，虽拨亦不动。"后人称此为"三珠戏语"。把老资格的奴婢比作算盘珠，拨一拨动一动，说明当时的算盘已很普及。随着新史料的发现，又形成了算盘起源于唐朝、流行于宋朝的第三说。其依据是宋代名画《清明上河图》中，画有一家药铺，其正面柜台上赫然放着一架算盘，经中日两国珠算专家将画面摄影放大，确认画中之物是与现代使用算盘形制类似的串档算盘。其实，12世纪中国的珠算体系已经相当完善，到了16世纪，珠算更是成为飞入寻常百姓家的"全民级"计算方式，除了商铺，天文、建筑、金融、运输、贸易等领域都离不开算盘，珠算的普及以及对计算方式的锻炼，也使得"神算子"在明清辈出。

人们过去普遍使用算盘，商家核算账目，收入支出，盈利亏损；百姓理财算账，家庭收支，水费电费，凡是与计算有关的事情大多离不开算盘。

小时候，父母经营着一爿面店，柜台边放着一个旧算盘，这个算盘伴随着父母一路走来，算盘上已留下了岁月斑驳的痕迹。听父亲说："这个算盘还是从旧货市场淘来的。"虽说父亲文化不高，但算盘却打得顶呱呱。父亲把打算盘练得心到手到，有时左右手一起打，结果算盘两边的数都是对的，即使到了这种程度，他也从不炫耀自己。从算盘珠"吧嗒、吧嗒"响声中就能听出他对打算盘的热爱，也能听出他内心的欢乐。儿时的我，晚饭后，经常看到父亲打算盘。一边打着算盘，一边唱着算盘歌，至今难忘父亲唱算盘歌时的丰富表情。

小学三年级开始，学校开设珠算课，老师拿来一个大算盘挂在黑板上，一个小算盘放在讲台上。他先不让学生学计算，而是先练基本指法，要求拨算盘的动作一定要规范。说拨算盘珠只需右手的大拇指、食指和中指，尤其强调用食指和中指上下开合来拨动算盘珠，上档的两粒珠，只能用中指上下拨动，千万不能用食指，而下档的算盘珠向上拨只能用拇指。老师一边说，一边在大算盘上演示。讲指法要领时，他就拿起小算盘，噼噼啪啪拨给我们看，算盘珠就发出有节奏而清脆的声音。我从最初的加法学起，进而减法、乘法，还有除法。学了一段时间，虽然"小九九"背得滚瓜烂熟，但打起算盘来还是笨手笨脚，手指也不得法。放学后，爸爸给我开小灶，一遍遍地耐心地教我。通过刻苦地练习，慢慢地熟悉了，速度也加快了，基本掌握了打算盘的要领。平日里，爸爸还会讲一些与珠算有关的歇后语。如年三十夜拨算盘——满打满算、虎吃算盘珠——心中有数、算盘珠子响——有声有色、算盘珠子——不拨不动、没框的算盘珠——全散了、潜水艇里打算盘——（老谋）神算、要饭的借算盘——穷有穷打算、算盘上的数字——明摆着，等等。我的家族中，也不乏有从事财务工作的，如岳母、舅舅、大哥、爱人等。记得有一年大哥探亲回家，他还演示打算盘的技巧，只见他的手指在算盘上飞快地拨弄着，宛如大珠小珠纷纷落入玉盘，看大哥打算盘，那才叫赏心悦目，简直就是一种精神享受。

我国珠算心算协会副会长王朝才说："珠算是中国数学的代表，其影响力甚至辐射整个亚洲。这一运算形式在各领域屡创奇功。"音乐领域广为使用的十二平均律，便是明朝一位皇族成员以珠算开方求得；我国研发的第一颗原子弹所涉及的重要数据，也离不开一排排算盘……一位联合国教科文组织官员曾说："非物质文化遗产并不是指那些'将死'或'已死'的东西。相反，一个民族的文化与生活都从这里出生。无论时代如何发展，全球化趋势如何蔓延，这些传统文化遗产在每个人身上都打下了先人的文化烙印，这丢不掉也不能丢。"

有学者指出，学珠算练手指是开发智力的有效途径。近年在全国各地风行一时的珠心算早期智力开发，从幼儿园孩子开始进行珠心算能力的培养，得到了广大家长、老师及孩子们的欢迎。据近代医学研究，手指经常活动对改善肢端血液循环非常有利。现代心理学、生理学、医学的研究还证明，手和手指的运动对促进大脑发育和灵活起了很大的作用。

学会算盘，终身受益。即使在电子计算器盛行的今天，算盘依然发挥着它特有的作用。

第四辑　边看边聊

游郭洞

　　大巴停在村头，首先映入眼帘的是村后那幽绿的高山和那条从远处高山发源的清澈的小溪。下车后一股宁静古朴的气息扑面而来。错落的古宅、硕大的树木、清新的空气、淳朴的村民，构成了一幅活生生的山水画。到了浙江武义郭洞后感叹：什么才是幽，什么才是秀。

　　郭洞，既非城郭更非山洞，而是坐落在群山幽岭之间的一处山村。这里因"山环如郭，幽邃如洞"而得名。唐朝诗人孟浩然曾夜泊武义，写下了"鸡鸣问何处，风物是秦余"的佳句。武义还素有"萤石之乡、温泉之城"的美誉。

　　据《武义县志》记载，郭洞村的历史可追溯到宋朝。从何氏家谱查知，令郭洞人自傲并不绝于口的是其先祖英才辈出，从宋徽宗的丞相何执中起，世代书香，仅明清两朝，就考出贡生10名，增广生14名，禀膳生10名，府县秀才114名……弹丸山村，人才如此荟萃，旧时的郭洞人把这归功于风水。

　　据考证，整个村落是按照《内经图》来设计营造的。《内经图》乃1700年前道家修炼的宝典，是底蕴深厚的古文化中不可思议的智慧结晶。用现代人的眼光来看，无非是地形学。在此间，所谓风水，便是郭洞村的布局，顺应自然的景，让人有顺意之感。

　　郭洞的地形非常独特，三面环山，双溪汇注，从北面平地出去，远处又有左、右青山相拥，恰好应了"狮象把门"之说。在郭村的建造中，砌城墙形成水口，建回龙桥聚气藏风，植树木善化环境，规划民居、通道并巧设七星井，从而形成绝佳的人居环境。

　　"郭外风光凌北斗，洞中锦秀映南山"，这是古人对郭洞的贴切描绘。由于村庄地处层峦叠嶂的山谷之中，山环如郭，幽邃如洞，故名郭洞。这里奇峰插云，古树参天，竹木苍翠，山清水秀，古朴宁静，清幽秀

207

美。生态环境特别优越,风光景色十分宜人,因此有"江南第一风水村"的美誉。

让人惊叹的是郭洞的整体布局。郭洞由相连的郭上村和郭下村两部分组成,道路纵横有序,均以卵石铺地,晴雨皆宜。走进郭洞,村内古迹文物随处可见,明清古建筑比比皆是。古塔古殿,古桥古亭,古祠古宅,古井古池,古墙古坊,古路古树。人文景观与自然景观紧密结合,融为一体。置身其中,你禁不住会被那巧于因借、面山绕水的风水环境,千姿百态、风格独特的明清古居,格调高雅、寓教于娱的雕刻装饰,族规严明、民风淳朴的乡野情调而陶醉。

小溪旁,那溪中玩耍的孩童、欢快游动的小鱼,还有那戏水的灰鹅构成了一个清澈的世界。青石小路的苔藓青绿,那松动的石板发出清脆的声音在耳边响起,真让人心旷神怡。

水口是郭洞的灵魂所在,古代认为水口聚集着整个村庄的风水。从字面上,水口似乎是溪水汇聚之处,而事实上是拒外于村口的关卡。水口非常有特色,初建于元代的回龙桥就坐落在这里,桥下溪水清浅,桥畔古藤缠绕,桥上搭建一亭。桥上之亭,系石头之类厚重材质所筑,旨在增加桥的坚固性,又不失观瞻之美。此亭名唤"攀桂亭",据说是古时村里凤池书院书生读书论学之所,而今,恰好可供游客歇息观景。桥下溪水潺潺,眼前风光如画。在桥上歇息观景,如置身于诗情画意的山水风光之中,令人心旷神怡!其东是有百亩原始森林的龙山,桥外有一道坚厚墙垣,一条大路由此穿过,城门有副石刻楹联:"郭外风光古,洞中日月长",横批为"双泉古里"。

这里值得一提的还有郭洞村中的何氏宗祠。这座保存完整的何氏宗祠,是郭洞家族文化的缩影,总面积一千多平方米,规模宏大,气象肃穆。祠内的古戏台典雅古朴,匾额满梁显示着这里的人杰地灵,还保存与农耕生活有关的一批用品,有些已有上百年的历史,那丰富的古文化遗存令人赞叹。一座宗祠,充分展示出郭洞古文化的深厚内涵。

清风朗朗,古韵悠悠,郭洞是一个"探原始奥秘,寻秦余古风"返璞归真、体验山乡生活不可多得的旅游观光胜地。毕竟,那里是古老的家园,而我们都有着回归其中的冲动,以让灵魂得到抚慰。

放生记

"放生"一词出于大乘佛经,盛行于中国,也流行于日本、韩国、越南等地。放生的观念源于积德行善的思想,是对佛门戒律的首条"不杀生"的进一步弘扬,它意味着佛门弟子应从消极地不伤害一切生灵的"不杀生"发展到积极地爱护一切生灵的"放生",以便得到善的果报。

放生的习俗,并不完全来自佛教。事实上,民间很早的时候,就有放生的风习了。《列子·说符篇》中记载:邯郸之民,以正月之旦,献鸠于简子,简子大悦,厚赏之。客问其故,简子曰:"正旦放生,示有恩也。"客曰:"民知君之欲放之,竞而捕之,死者众矣。君如欲生之,不若禁民勿捕,捕而放之,恩过不相补矣。"可见早在先秦时,民间就有在正月初一放生的风俗。民间的放生,主要是有意表示对生灵的恩惠,所以不惜先捕生灵再放之。

放生兴盛于隋唐,天台宗智者大师曾舍财作大放生池,沿海渔民受到感化,自愿捐弃捕鱼之业,沿海四百余里尽成放生之地,存活生灵亿万之巨。其后历代高僧大德亦多劝世人戒杀放生。放生既源于中国古代民俗,又有佛教经典的依据和高僧大德的提倡,因而在中国民间和佛教界均有相当深远的影响,并留下了脍炙人口的有关放生护生的诗文。如唐代白居易诗云:"谁道群生性命微,一般骨肉一般皮。劝君莫打枝头鸟,子在巢中望母归。"宋代陆游诗云:"血肉淋漓味足珍,一般痛苦怨难伸!设身处地扪心想,谁肯将刀割自身?"元代赵孟頫诗云:"同生今世亦有缘,同尽沧桑一梦间。往事不堪回首论,放生池畔忆前愆。"这些诗文寓意深刻,发人深省。既是诗人的呼唤与慈悲,又是体恤与哀怜。放生在中国的盛行也是佛教与儒家传统文化的结合。《史记·殷本纪》记载:"汤出,见野张网四面,祝曰:'自天下四方,皆入吾网。'汤曰:'嘻,尽之矣！'乃去其三面。祝曰：'欲左，左；欲右，右。不用命，乃入吾网。'"网开一面"的典故即来源于此。《孟子》说："君子之于禽兽也，见其生，不忍见其死；闻其声，不忍食其肉。是以君子远庖厨也。"

记得20世纪90年代初期，学生陈卫在《难忘的一件事》中记叙了放生一事。文中叙述了有一年暑期妈妈带我回乡下外婆家小住几日。有一天妈妈发小来家做客，妈妈特地从集市买来青蛙，准备爆炒后，让发小尝个鲜。我发现后，对妈妈说："青蛙是益虫，是保护庄稼的卫士。我们应该保护它。"妈妈说："傻孩子，那你说怎么办呢？"我鼓着勇气说："放生呀。"当我拎着装有青蛙的袋子，和妈妈来到河塘边，只见青蛙们扑通扑通跳进河塘，看着它们远去的背影，我和妈妈欣慰地笑了。还记起，万物勃发的仲春时节，庭院里姹紫嫣红，蜂飞蝶舞。外孙女、外孙看见蝴蝶在茂盛的草丛中、碧绿的小树旁翩翩起舞，高兴得手舞足蹈，追来追去，跑得满头大汗，始终没有捉到。看到这一幕，我轻声细语地说："我来帮你们捉好吗？"他俩欢快地拍手说："好的，好的。"不一会儿，我用网兜一下子把蝴蝶网住了。然后用一块透明的塑料薄膜轻轻敷在网口上。他俩唯恐落后抢着观看网中的蝴蝶，过了好久好久，我说："要不要放了。"他俩大声嚷道："放吧放吧。"我掀开塑料薄膜，摊开网兜，向上一送，这个可爱的小生灵飞了，此时此刻我的心情是多么的喜悦和安宁。

放生让我体会到生命的珍贵，放生的感觉是超出物质生活的快乐。或许我个人不能改变什么，但我相信，只要行动了，就能让那些被放生的生灵在乎。放生的感觉真好。

竹之赞

《说文解字》曰：竹，冬生草也。象形。下垂者，箁箬也。凡竹之属皆从竹。人们对"竹"并不陌生，日常生活离不开竹，以物明志要提到竹；并且竹与松、梅、兰一起，被人们誉以四君子的雅号。与梅、松并称为岁寒三友。英国学者李约瑟说过，东亚文明乃是"竹子文明"。文人墨客把竹子空心、挺直、四季青等生长特征赋予人格化的高雅、纯洁、虚心、有节、刚直等精神文化象征。

竹子曾是殷商时代人们的日常用具和战场上的武器。后来被作为书写材料，马王堆出土的《孙子兵法》就是在竹简上书写而成的。宋代大文豪苏东坡对竹子在日常生活中的作用进行了高度的概括："庇者竹瓦，载者竹筏，书者竹纸，戴者竹冠，衣者竹皮，书者竹纸，履者竹鞋，食者竹笋，焚者竹薪，真可谓不可一日无此君也。"正因为竹与人们生活的息息相关，古人才得以从容地观赏，把玩，品味其象征的精神实质，以至围绕竹形成了一个民俗文化丛。

西南很多民族都有"拜竹""祭竹"的风俗。竹既然被古人视为祖先，而且还具有扔竹成林、击石出水的神力，人们对之顶礼膜拜便很自然了。再加之竹子"值霜雪而不凋，历四时而长茂"的特点，民间更把它视为神物，相信其有佑人平安、长寿，乃镇鬼逐邪的吉祥意蕴。如图绘爆竹与鹌鹑，或竹与花瓶，即表示"竹保平安"。古时爆竹，皆以真竹着火爆之，人们在元旦放爆竹，以驱邪魔，迎平安。

竹与人的密切关系还在于可食，竹笋味道鲜美。竹叶还有清凉解热、消咳止痰的功能；竹汁可治痰阻、中风等症；竹根可益气补心血等。竹子还享有"植物钢铁"的美称。人们往往用竹子代替钢筋，浇筑竹筋水泥建筑物。著名建筑大师贝聿铭从郑板桥的《兰竹图》中受到启示，设计建造高达315米、70层的中国银行大厦。这一"仿竹杰作",巍然屹立于多台风的香港——"千磨万击还坚劲,任尔东西南北风"。竹与人类结下不解之缘,竹为人类奉献了自己的全部。

竹子生长速度很快,往往一场春雨之后,一天之内竟能拔节1—2尺。50天左右就能成竹。古人认为竹子本是草的一种,称"冬生草"。它的中直虚空有节,使它超然挺拔于其他草类之间。凌冬不凋,使古代植物学家肃然起敬。我欣赏它"雪压枝头低,虽低不着泥,一朝红日出,依旧与天齐"的刚正;我赞美它"咬定青山不放松,立根原在破岩中,千磨万击还坚劲,任尔东西南北风"的坚强;我赞叹它"一节复一节,千枝攒万叶。我自不开花,免撩蜂与蝶"的品质;我更赞颂它"莫嫌雪压低头,红日归时,即冲霄汉,莫道土埋节短,青尖露后,立刺苍穹"的豁达。

苏东坡一生豪放,爱竹爱到"宁可食无肉,不可居无竹"这般豪气,真是掷地铿锵有声,传为佳话。相传,古代有一个帝王叫禹,他死后,他的妃子娥皇和女英痛苦而流下的血泪染红了一种竹,从此,这种竹就有了斑点,被称为湘妃竹。记得有一次走进安吉大竹海,映入眼帘的满是翠生生的竹子。竹海秀丽幽深,生机盎然,林中凉意沁人肺腑。见当地村民,在竹子的荫庇下,聊着天、喝着茶,谈笑风生,悠然自得,很是自在。还记起,在云南旅行,徜徉在湖岸边。一弯新月在湖面上飘来飘去,湖畔那一簇簇美丽的凤尾竹,与湖中的月光、灯光相映成趣。不远处竹林里飘出"月光下的凤尾竹,轻柔美丽像绿色的雾……"歌声,这是一支优美动听的民歌,那轻柔委婉的歌喉,牵动着我的心。我居住的小区,也有一大片竹子,一阵清风吹过,发出沙沙的响声。竹子和草坪树林映衬在一起,着实令人心旷神怡。闲暇时,悠闲地靠在竹椅上,遨游于书海之中,乃是人生一大享受也。

竹子虽无牡丹的富丽、松柏的伟岸、桃李的娇艳、杨柳的轻盈,但它青翠欲滴,四季常青。每每忆起竹时,脑海中便浮起唐代钱樟明的《水调歌头·咏竹》一词,"有节骨乃坚,无心品自端。几经狂风骤雨,宁折不易弯。依旧四季翠绿,不与群芳争艳"。我想,这就是竹之魂。竹是一首无字的诗,竹是一曲奇妙的歌。不仅竹的万般风情给人以艺术的美感,而且竹的自然天性和独特品格给了我人生的启迪。竹,我要高声赞美你。

又到梅花盛开时

在我国，梅花是岁寒三友松竹梅之一，四君子梅兰竹菊之首，地位显赫。

梅花的兴起，大致始自汉初。《西京杂记》载："汉初修上林苑，远方各献名果异树，有朱梅，胭脂梅。"这时的梅花品种，当系既观花又结实的兼用品种。西汉末年杨雄作《蜀都赋》云："被以樱、梅，树以木兰。"可见约在2000年前，梅已作为园林树木用于城市绿化了。

梅花是很普通常见的花。开花早，花期长，香味清逸，颜色繁多，枝干苍劲，傲雪凌霜，生命顽强。我国从汉、晋、南北朝起，梅花名声日隆。宋代范成大说"梅花韵胜格高"。千百年来，描绘梅花的诗文浩如烟海，文人骚客借花抒情，仁人志士托物言志，赋予它深刻的精神内涵，并将其升华为中华民族的道德、风骨、品格、神韵和价值观。

梅花植根于每一个人的心中。每一个人的心，都是梅花开放的土壤。是的，在我读小学时，就会唱"红岩上红梅开"，还会背诵"已是悬崖百丈冰，犹有花枝俏"，文化更多的人甚至还知道"墙角数枝梅，凌寒独自开"。梅花就这样通过口口相传，进入到人们的脑海，成为精神层面的存在。梅花是一种文化，我们已然浸润其中。

早春二月的一个清晨，与爱人兴致勃勃地前往梅川公园。进入公园，空气里，细如游丝的一缕缕清幽幽的香气迎面而来，吹拂得人神清气爽。几十余株各色梅花竞相绽放枝头，吸引了八方游客前来赏景。红色的艳若桃李、灿如云霞；白色的冰清玉洁、洁白无瑕；粉红色的如描似画、柔情似水。漫步园内，清香弥漫，沁人肺腑，让人的心情也变得明朗起来。

徜徉"梅园"，闻香寻源，花儿们或含苞欲放，或绽放枝头，惹人喜爱。我们尽情地欣赏着、品味着，在梅树前留影，在盆景前观赏，我还闭上双眼，翘鼻嗅嗅，啧啧称赞。身边有几个摄影爱好者扛起"长枪短炮"，围绕梅花，专心致志、不停地按动快门，在这盛开的梅花前，摄影人俨然成了又一道风景，把美丽定格在瞬间。

在"梅园"的小径边，还生长着一种姿态秀美、叶片光洁、洁白如雪、光彩照人的梅花，顿时吸引了我。我对爱人说："这是什么梅呀？"爱人也一时答不上来。身边一位老者和蔼地告诉我们，这是白鹃梅。适于在草坪、亭园、林缘、路边、假山、庭院角隅作为点缀树种。听完介绍，我对老者肃然起敬，并投以羡慕的目光。

在梅花树下，有个年轻女子，神态怡然地执卷而读，只见她脸色绯红，嘴角含笑，啊，她是不是在读林逋《山园小梅》"疏影横斜水清浅，暗香浮动月黄昏"而心旷神怡呢？抑或是在读陆游的诗句"零落成泥碾作尘，只有香如故"而陶然其间？

"梅园"布局合理，格调高雅。我们怡然自乐地徜徉在梅海之中，或赏梅色，闻梅香，品梅韵；或细细品鉴盆景、插花，领略中国千年园林文化的精粹。随后，我们来到了别致的六角亭休憩。没多久，一位游客也来到这里，并主动和我攀谈了起来，他说："梅花是我最爱的，凡沪上有梅花展都不会错过，这次换了好几辆车摸到这儿。"我道："我也偏爱梅花，它清雅脱俗，不与百花争时光，不和群芳斗艳丽。"他频频领首。接着，我自豪地说："自家的院子里还种着梅树呢！隆冬时节，庭院的蜡梅迎着凛冽的寒风轻轻地绽开了，淡黄色的花朵在深褐色枝干的映衬下，显得越发清新、雅洁，那浮动的暗香更使人心醉神怡。每逢春节，我总会剪几枝插在花瓶里，卧室顿时一阵幽香，闻之如醉。"说着说着，突然一阵轻风袭来，细枝随着风儿摇摆，抖落了几片梅花的花瓣，落在观赏梅花女孩的发丝上，落在她的肩膀上。风走了，梅花的花瓣散落了一地，留下残缺的花朵依然镶嵌在细枝上。大家看到这美丽的瞬间，欣慰地笑了。

我们依依不舍离开了"梅园"。我感悟到"梅园"体现了"以人为本，以绿为主"的主题思想，强调了人与自然的和谐统一，采用了植物造景的手法，让几十余种植物，组合成以多层林冠特征的乔木为骨架，以梅为主题树种的绿化景观。给我们留下了芳香，带走了一份珍藏的记忆。

天一阁情缘

在"北大荒"与马金雄闲聊时,第一次知道宁波的"天一阁"。后来,看了余秋雨写的《风雨天一阁》一文,才更加深入了解了天一阁的历史和现在。2007年5月,战友在甬城相聚,有机会走进了这座神往已久,文化气息浓郁,饱含历史风霜的古老院落。

天一阁位于宁波城西的绿荫深处,是一座古朴的两层楼阁的木构建筑。它不仅是亚洲地区现存历史最悠久的私家藏书楼,也是世界上现存最古老的三大家族图书馆之一。古朴的建筑,幽雅的园林,恬静的环境,令人神往。

始建于明嘉靖四十年(1561年)到嘉靖四十五年(1566年)落成,迄今有400多年历史了。主人范钦,字尧卿,号东明,官至兵部右侍郎。他依据《易经》"天一生水、地六成之"理论,取"以水克火"之意,把藏书楼定名为"天一阁",阁前凿池,名"天一池"。此书楼之形制为一幢六开间的两层木结构楼房,坐北朝南。楼上为一通间,楼下分隔为六间,以对应"天一""地六"。此建筑形制成为后世藏书楼的典范。1665年,范钦的第六代曾孙范光文在天一池和天一阁周围叠山理水,植树筑园。园林以"福、禄、寿"作总体造型,用海礁石堆成九狮一象等景。风物清丽,格调高雅,别具江南庭院式园林特色。

范钦平生素好搜集藏书,又得鄞县丰氏万卷楼残存藏书,并经多方收集,雇工抄录,藏书达7万余卷,其中以地方志和登科录最为稀珍。当时著名的学者全祖望有诗赞天一阁"历年一百书无恙,天下储藏独此家"。著名文献学家赵万里先生说"天一阁之所以伟大,就在能保存有明一代的直接史料"。

天一阁大门两侧,有一对清代石狮。这木结构大门也是清代的构筑,门厅外侧有一匾额，上面写着"南国书城"这四个大字，这是由著名国画大师潘天寿先生于1962年所书。最引人注目的是门前一对钟鼎文对联：上联"天一遗形源长垂远"，下联"南雷深意藏久尤难"。这是原上海图书馆馆长、著名版本目录学家顾廷龙先生为天一阁手书的对联。上联说的是天一阁的建筑、形制与环境，下联借用黄宗羲的话，诉说藏书的艰苦。这正是天一阁书与楼不可分割最好的诠释。

当我穿梭在具有江南特色的园林中，耳边不禁回荡起余秋雨在《风雨天一阁》"登天一阁楼梯时我的脚步非常缓慢，我不断地问自己：你来了吗？你是哪一代的中国书生"的语句。以宝书楼为中心的藏书文化区有东明草堂、范氏故居、尊经阁、明州碑林、千晋斋和新建藏书库。以东园为中心的园林休闲区有明池、假山、长廊、碑林、百鹅亭、凝晖堂等景点。

天一阁博物馆设固定陈列室7个：现存私人藏书楼陈列、天一阁史迹陈列、天一阁帖石陈列、千晋斋藏砖陈列、秦氏支祠文化陈列、麻将起源地陈列和中国地方志珍藏馆。

我漫步在天一阁的花丛林木和假山假水之间，假山奇趣，涌出一池碧波。整个园林简洁、清晰，给人以闲适、雅逸和平静之感。听导游介绍：天一阁藏书楼为防止书的散失，曾立下过规定：如"烟酒切忌登楼""代不分书，书不出阁"，还规定藏书柜门钥匙由子孙多房掌管，非各房齐集不得开锁，外姓人不得入阁，不得私自领亲友入阁，不得无故入阁，不得借书与外房他姓，女性不能入阁，违反者会受到严厉的处罚。范钦活到80岁，临终时把大儿子大冲和二媳妇（次子大潜已故）叫到榻前。他把遗产分成了两份，一份是白银万两，还有一份则是全部藏书。结果，大儿子大冲体察老父心情，继承了藏书，被后人传为佳话。嘉庆年间，宁波知府邱铁卿的内侄女钱绣云是一个酷爱读书的聪明才女，为求得登阁读书的机会，托邱太守为媒与范氏后裔范邦柱秀才结为夫妻，婚后的绣云满怀希望，以为这下可以如愿以偿了，但万万没想到，已成了范家媳妇的她还是不能登楼看书，因为族规不准妇女登阁，竟使之郁郁含恨而终，遗命夫君将她葬于阁边，愿以芳魂与书做伴，了却她另一种"青灯黄卷"的夙愿……这一悲剧足以说明禁约的严格。正因为如此，天一阁的藏书才得以保存到现在。

直到1673年（清康熙十二年）在曾孙范光燮的帮助下，明末清初思想家黄宗羲才有幸成为外姓人登阁第一人。黄宗羲的人格、气节、学问在当时受到各界的钦佩。可以看出，这是范氏家族对黄宗羲的信任。余秋雨在《风雨天一阁》一文中指出："这里有选择，有裁断，有一个庞大的藏书世家的人格闪耀。"黄宗羲在天一阁翻阅了全部藏书，并撰写了《天一阁藏书记》。在此后近二百年的时间内，获准登楼的大学者也仅有十余名，他们的名字，均也载入中国文化史。

徜徉在园林中，雕梁画栋，移步换景，处处是不一样的情致。天一阁在漫漫历史长河中经历了许多浩劫。解放前夕，周恩来指示南下大军要好好保护天一阁。中华人民共和国成立后，政府更加注重天一阁的藏书，民间陆续有一些收藏家向天一阁捐赠藏书，郭沫若还题了一副对联"好事流芳千古，良书播惠九州"。它的文献价值毋庸置疑，虽然论藏书量跟国图没法比，但是它对藏书文化和中华文明传承的象征意义却具有不可替代性。

历经几代沧桑，天一阁是宁波的一颗"明珠"。我置身在天一阁，在古老的藏书楼下遐想，在浩瀚的书海中感慨，我不禁大声呼喊：天一阁你是中华民族文化的脊梁，我虔诚地向你膜拜！

走进嘉业堂藏书楼

南浔,一座历史悠久的文化重镇,这里风景优美,黛瓦粉墙,绿柳拂水,有着如诗似画的神韵,而浓郁的文化气质,又赋予古镇更多的魅力,使其更为引人入胜。

当我来到南浔嘉业堂藏书楼,长久地盘桓在藏书楼的花园小径时,总为这座掩映在绿荫丛林中的藏书楼而陶醉。嘉业堂,是一座享誉江南的藏书楼。和宁波天一阁、杭州文澜阁、瑞安玉海楼并称为"江南四大藏书楼"。而嘉业堂藏书楼更因为"插架缥缃"而使时人不得不叹曰:"惟衡明近日储书之富,嘉业殆不愧巨擘矣。"它是中国封建社会私人藏书楼史上的绝唱,也是20世纪藏书文化史上的丰碑。

嘉业堂藏书楼由南浔"四象"之首刘镛的孙子刘承干于1920年至1924年建成。刘承干自幼嗜好读书、买书、写书、校书、藏书。因当时溥仪皇帝题赠"钦若嘉业"九龙金匾和赏赐"抗心希古"匾额,而命名藏书楼为"嘉业堂"。刘承干在《嘉业藏书楼记》一文中自叙:"宣统庚戌,开南洋劝业会于金陵,瑰货骈集,人争趋之。余独徒步状元境各书肆,遍览群书,兼两载归;越日,书贾携书来售者踵至,自是即有志聚书。"在当时鼎盛时期,藏书达60万卷,18万册。其中不少为海外秘籍和珍本。无论是藏书规模还是书楼规模,在中国藏书史上可谓独一无二。郑振铎先生在仔细鉴定了嘉业堂全部明刊本后说:"甚感满意,佳本缤纷,如在山阴道上,应接不暇,大可取也。"古典文献专家胡道静说:"嘉业堂的稿抄本就其整体藏书而言,虽曰大海一勺,实为楼藏菁英所托,若掌之在熊也。"诚哉斯言。

在藏书家眼里,图书是天下之至宝,人身之至宝。因此,有的藏书家一旦珍本得手,便藏于名山,不愿公之于世。刘承干却不以矜秘赏玩为藏书目的。嘉业堂的大门对文人学子是敞开的，无论公私，来楼阅览、借抄甚至整理出版，他都概予满足。具有大藏书家风范。刘承干不仅以收藏古籍而闻名全国，还以雕版印书蜚声海内。他刻印的书，不是为了营利，绝大部分送学人。鲁迅在《病后杂谈》一文中曾表示："对于这种刻书家，我是很感激的。"在给友人杨霁云的信中，鲁迅还称赞刘承干"非傻公子如此公者，是不会刻的，所以他还不是毫无益处的人物"。

嘉业堂藏书楼与小莲庄隔河相望，镶嵌在花木扶疏、池清水秀的园林之中，园四周不设围墙，而由小河环绕与外界相隔，与四周村野借景借情，一衣带水，充溢着田园风光与人情乡情之味。园内古木参天，浓荫蔽日，园内西南面有一块三米多高的怪石，是南浔三奇石之一，上镌清代大学士阮元题写"啸石"的石刻真迹。啸石上有一小孔，若用嘴贴紧小孔吹之，"呜呜"的声音便会从石腔中回转传出，低沉呜咽，仿佛历史空谷传来的回声。刘承干在《嘉业藏书楼记》中写道："园之四周，环以溪水，平临泱漭，直视无碍。"足见主人对书楼环境的陶醉之意。

走进嘉业藏书楼，不得不为之倾倒，书楼是一座回廊式的两层建筑屋，平面呈"口"字形，砖木结构，建筑面积1936平方米。分前后两进，共52间。所有楼、堂、斋、室的家居陈设，都是一色清代厅堂风格。前进楼下中间为正门，门楣"嘉业藏书楼"五个镏金大字是晚清名流刘延琛手笔，显得古朴典雅。书楼一进东侧"宋四史斋"原来珍藏着宋版本木《史记》《前汉书》《后汉书》《三国志》四部史书；一进西侧诗萃室，曾放着一本刘安澜与刘承干合编的《国朝诗萃》。后进底层正厅为嘉业堂，"钦若嘉业"九龙金匾高悬堂中。楼上为希古楼、黎光阁、求恕斋。书楼中间有一个约300平方米、由青石板铺设的大天井。置身天井，令人顿生宽敞、整洁、明快之感。书楼面向天井的门窗与回廊铁栏杆上有无数个精心雕镂成的"嘉业藏书楼"字样，巧思匠心，殊饶别致，放眼四顾，那不断奔来的"书"字似乎蕴示这里是书的海洋。我真想坐在屋内的老式木椅上读一卷诗书，感受一下书楼的氛围。

嘉业堂藏书楼，已经度过了90多个春秋。1949年大军南下时，周恩来总理指示解放军部队保护好藏书楼。其间，为保护这份珍贵的文化遗产，有多少人忠于职守、呕心沥血。留下了多少可歌可泣、感人肺腑的故事。徜徉在美丽古朴的南浔，既可欣赏水乡古镇的诗画景致，也能感受到浓郁的历史文化底蕴，默然间总有几分敬重与感慨。

如今，书楼经几度整理和修缮，以其古色古香的园林、建筑、图籍、版片，吸引着海内外游客，又重现了"书香不绝嘉业堂"的风采。车驶出南浔，我依旧在回味着。

本草园里春光好

　　春暖花开的时节，铜川学校的师生们纷纷用手机或相机拍下学校美丽的景色，发在微博上，或QQ空间，或拍摄视频，配上优美的文字解读，赞美学校，歌唱学校。为此，引起了我极大的关注。

　　在一个晴朗的日子，我怀着愉快的心情，踏进了铜川这片育人的沃土。沿着长长的通道，映入眼帘的是一幅幅介绍中草药的文字镌刻在粉刷一新的墙壁上，我驻足良久，久久不愿离去。它不仅是一处景观，也映衬着校园的勃勃生机，象征着学校的文化底蕴，更承载着学生们清澈的校园梦。

　　曾记得，时任学校科研主任的我，曾主持过《学科教研中生命教育的实践与研究》《走进我们传统的节日感受传统文化的魅力》《无边界课程》等课题研究。退休后，我更为关注的当然是学校的课程开发。作为联合国可持续发展教育实验学校和上海市花园单位，学校领导敏锐地抓住了学校课程可持续发展的创新点，以2014年"基于课程的中小学创新素养实验室"项目建设为契机，根据学校课程现状和教师发展的需求成立了"本草园"课程研究项目组。课题组成员不断地充实完善核心校本课程，教师们也围绕中草药文化纷纷设计出具有学科特色的拓展课程。为了丰富学生的学习经历与体验，促进学生生活经验和知识的增长，学习还采用了"跨学科"整合设计的课程开发形式，将多学科知识融合到真实的项目学习之中，逐步开发了以"弘扬中草药传统文化，关注生命教育"为价值追求的特色课程群。

　　走进美丽的校园，穿过教学楼，小学部操场左边坐落的就是本草园基地。几棵高大挺拔的雪松似乎在迎接着我们的到来。我顺着一条蜿蜒小道，来到了本草园基地，本草园分有多样植物观察区、药用植物观察区、种植体验区三类。本草园种植了有一百多种中草药植物，放眼四周，各种高低不同、色彩艳丽的中草药植物，竞相开放，那泼红嵌绿的益母草亭亭玉立，那如白蒎的板蓝根长势茂盛，树叶儿静静蓬勃，刚柔相济，流光溢彩，让人清新自然，恬静散淡地感受这般美妙。参观完本草园，我们还饶有兴趣地在室内探究实验区驻足观望。在室内，墙上挂满了各种中草药的彩色图片，仿佛进入了一个博大的知识宫殿。

　　离开室内探究实验区，我来到了曾经工作过的办公室，有的老师或伏案疾书，或与学生亲切交谈，正忙着呢。我走到王忠老师跟前，与他亲切地攀谈起来。话题当然离不开学校"本草园"校本课程的开发和进展。王忠说："今年5月学校举行了全国科技活动周普陀区主题活动暨普陀区青少年科技节开幕式，有关市区领导前来参观考察。在药用植物观察区，学生们还为各位领导讲解了中草药的药用功效以及传说故事，引来了赞许的目光和阵阵掌声。"身边的金梅玲老师说："课题研究还有不少成果呢，在拓展课上，学生不仅识别了板蓝根、益母草，而且学会了制作艾草香囊。"学生们在认识常见中草药，体验中医药文化博大精深的同时，不断提升了科学文化素养。多年来，学校领导坚持科研兴校的办学思路，不断增强发展意识，推动学校可持续发展，才有今天骄人的业绩。今年学校主持的《遵循自然教育，弘扬本草文化——（铜川学校）系列科技实践活动》课题研究荣获第31届上海市青少年科技创新大赛活动特等奖。

　　阳光下，簇簇绽放的花朵，映衬着校园的勃勃生机。本草园的一草一木、一花一叶，都见证了师生们付出的辛勤汗水。真可谓：本草园里春光好，红杏枝头春意闹。身居林中心欢畅，展望未来乐陶陶。

第四辑　边看边聊

游山玩水赏楹联

对联，又名楹联、楹帖、对子、联语等。对联是我国特有的严格讲求对仗的一种文学样式，它可与诗、词、曲、赋并称为我国传统文化的五朵金花。对联起源于唐代，成熟于宋代，普及于明代，鼎盛于清代，弘扬于现代。

楹联作为一种语言艺术，在我国名山大川、山林名刹、人文景观等旅游胜地随处可见。这些楹联虽然寥寥数语，却立意深邃，耐人品味，它为游地添彩，为游客助兴，成为我国旅游景点一大特色。

旅游是我的一大爱好，每到一处除了观赏名胜古迹，就是尽可能地搜集楹联。无论是自然风光，还是人文景观，皆因题写于亭台楼阁、寺观庙宇楹柱或碑廊上的对联而增色不少。这些楹联，对古迹的历史文化内涵进行生动形象的题写和诠释，对景物的审美特征加以简明精巧的描画和点化，从而给游览者留下了更加深刻的印象，并引人思考，让人回味。现仅据手头积累，择其几则佳联，以供欣赏。

题昆明大观楼联：〔大观楼在昆明市西郊滇池之滨，王继父始建于清代康熙三十五年（1696年）。后被毁，同治五年（1866年），马如龙重建，现已辟为大观公园。〕

"五百里滇池，奔来眼底，披襟岸帻，喜茫茫空阔无边。看东骧神骏，西翥灵仪，北走蜿蜒，南翔缟素。高人韵士，何妨选胜登临。趁蟹屿螺洲，梳裹就风鬟雾鬓；更苹天苇地，点缀些翠羽丹霞，莫辜负四周香稻，万顷晴沙，九夏芙蓉，三春杨柳。

数千年往事，注到心头，把酒凌虚，叹滚滚英雄谁在。想汉习楼船，唐标铁柱，宋挥玉斧，元跨革囊。伟烈丰功，费尽移山心力。尽珠帘画栋，卷不及暮雨朝云；便断碣残碑，都付与苍烟落照。只赢得几杵疏钟，半江渔火，两行秋雁，一枕清霜。——孙髯撰"被誉为"古今第一长联"。

上联描写大观楼的自然风光，宽阔的滇池，波浪无边，东面金马山，仰天长啸，西南的碧鸡山振翅啼鸣，北面蛇山，蜿蜒起伏，南面白鹤山轻装素裹，无处不是诗情画意，风景宜人，劝天下游客，登临远眺，饱赏滇池的美丽风光。下联选取汉、唐、宋、元四个朝代的历史事件，所谓费尽心力的伟烈丰功，都付之东流，昔日的珠帘画栋，也成了断碣残碑，剩下一片凄凄冷冷清清的景象。作者借史抒怀，揭示了清王朝也同以往历代王朝一样，逃脱不了灭亡的命运。同时表明了作者看破红尘，不肯仕清的决心。综观全联，富有词的韵味，对仗工整，含义深刻，令人百读不厌。

孤山西湖天下景亭有一副非常有名的楹联："水水山山处处明明秀秀，晴晴雨雨时时好好奇奇"。孤山又名中山公园。据史料记载：诗人袁枚有一次从建德、桐庐一带坐船来杭州，写有一首七言绝句"桐江春水绿如油，两岸青山送客舟。明秀渐多奇险少，分明山色近杭州"。桐江有七里泷峡谷，山水奇险，沿富春江而下，便越来越觉得明媚秀丽。上联说，西湖的山水，到处风光无限，明媚秀丽；下联化用苏轼"水光潋滟晴方好，山色空蒙雨亦奇。欲把西湖比西子，淡妆浓抹总相宜"的诗意，赞叹湖上的景色不仅天晴时十分美好，就是雨天时也同样奇妙。这副楹联全用叠字组成，不论出句或对句，倒过来读仍能顺理成章，因而它既是"叠字联"，又是"回文联"，形式新颖、生动形象。

兰州白塔山大门联："高山仰止，大河前横"从字面上看具有非常写实的位置感：门后就是白塔山，山下就是一道黄河，细品联意方觉朴实简练但出语不凡，于质朴的字里行间感受到非常豪迈的气势，深感非大手笔不足以述其壮阔。

庐山白鹿洞书院题联云："日月两轮天地眼，诗书万卷圣贤心"。白鹿洞书院在江西省庐山五老峰南。唐贞元年间，洛阳人李渤、李涉兄弟隐居于此，李渤驯养一只白鹿，人称"白鹿先生"，后来李渤为江州刺史，就其地创建白鹿洞，南唐升元四年（940年），建为庐山国学，北宋初年，改称书院。南宋淳熙六年（1179年），理学大师朱熹重建，邀陆九渊到院讲学，自此白鹿洞名声大振，历元明清数百年弦歌不断。此联用天地日、月两眼,来比喻诵读万卷书,方能成就圣贤心。旨在强调书院在培养人才方面的重要作用。

我国众多的名山胜水都和文人名士联系在一起,提起敬亭山就想到李白独坐,提起泰山就想到杜甫望岳,提起北固山就会想起辛弃疾看剑,提起焦山就想到郑板桥读书,提起石钟山就想起苏东坡访石……

近代古文家吴恭亨在《对联话》说:"山川祠庙,非借文人之题咏,即名胜亦黯然寡色。""江山之奇,借文字而益显。"《红楼梦》中的贾政知道大观园工程告竣后,便命人在各处亭台楼阁用心题词兴联,并说:"若大景致,若干亭榭,无字标题,任是花柳山水,也断不能生色。"也就是说,好看的景致,必借之以辞联,辞联出而景生也。所以文人在风景中常常题词兴联。这些楹联虽然寥寥数语,但往往是洞幽烛微、画龙点睛地把当地之景点了出来,又往往是虚实相生,情意无穷地创造了当地之景所没有的景外之景,以及写出了当地之景的表象所不能显示的有关人和事、情和义,在为景致增彩加色的同时,又融自然和社会美于一炉,从而加深了游人的情趣和美感。

据说,阿尔卑斯山谷中景物极美,在山谷的一条汽车路上,有一块标语牌,劝告游人说:"慢慢走,欣赏啊!"我国的名山胜水不但景物极美,如诗如画,而且其中的楹联写景点睛,造景抒情,使景物大为生色,极富审美意义。读这些楹联,可以使我们联想到祖国悠久的历史,熟悉祖国的河山,懂得祖国的伟大,更加深对祖国的热爱。我觉得在欣赏这些楹联时,大可化用阿尔卑斯山谷中的那条标语:"慢慢走,品味啊!"

长兴果圣山庄游记

在浙江长兴山山水水中,有一片让人动容的三面环水、一面临湖的果圣山庄。山庄以欧美风格建造的别墅、小木屋而著称。那天虽说阴雨绵绵,但我们游兴甚浓,吃过午饭,驱车经过三个小时的路程,终于抵达了浙江湖州长兴艳阳果圣山庄。

果圣山庄坐落在长兴县二界岭乡,毗邻世界级地质公园"金钉子"。四季景色美不胜收,或漫步林荫,或泛舟湖上,或低倚曲栏,让身心尽情沐浴大自然的温馨。

我们来到了事先预定的两套小木屋,三室一厅的格局,布置得精致、典雅、清幽,给人宾至如归的感觉。小木屋全由原木装饰,散发出阵阵松木的清香。稍作休息,我们就迫不及待地撑着伞行走在林荫道上。环湖小木屋沿河而筑,门前的小道由建在河中的长廊相连,丛林小木屋镶嵌在葱茏之中,时隐时现,有一种归隐山林的感觉。我喜欢绵绵的春雨,那春雨,如牛毛般连绵不断地从天上飘落下来,一丝丝雨丝落到草叶上、花瓣上、树叶上,变成了一颗颗小水珠,晶莹剔透,顽皮地滚来滚去。雨落到河面上,泛起了一圈圈涟漪。我环顾四周,天地瞬间焕然一新,只见雨中的绿意如润玉,蓓蕾们也都有了生气,原来枯黄一片的草地已是湿漉漉的了,枯草之间夹杂着嫩绿,空气更清新了。同样是我们枯旱的心——日日沉埋在烟尘和烦嚣中的,竟也获得一些泽润,寻回一点宁静,找回那属于自己的声音和思维。此时唇际不由轻咏"好雨知时节,当春乃发生"这首诗。多美的景,雨继续下着,不惊扰人们,却滋润着万物,它这种默默奉献的品质,是值得颂扬的。

果圣山庄自然景色很有特色,郁郁葱葱的绿树丛中,松树和翠竹成荫,林间的一幢幢随坡就势的吊脚别墅,形成奇妙的线性道路空间,逼仄幽深，恍若迷津，徜徉其间，步移景异，风情万种。它隐于繁华的背后，那湖、那岛、那果、那园，那绿色无垠的田园构成了果圣山庄的胜景。

当天晚餐由连襟李明准备了丰盛的火锅食材，大家围坐在餐桌前，推杯换盏，欢声笑语，好不热闹。热情的服务员，带着微笑，送来了水果拼盘，给我们的旅行度假倍添温暖。酒足饭饱之后，四个姊妹尽情地聊天，四个连襟兴趣盎然地"筑长城"，不知不觉到了子夜时分，真是玩得尽兴，玩得痛快。

第二天清早，推门而出，眼前犹如一幅淡雅的山水画卷。空气新鲜，感觉良好。我们趁放晴之时，在四周转悠，享受那"慢节奏、好时光"的度假生活。

午餐时，我们走进了生态阳光餐厅，餐厅将现代农业和绿色餐饮完美地结合，以人为本。宽大的空间就像是室内的世外桃源，假山、瀑布、小溪、喷泉、小桥、凉亭、花草、植物。古朴的水车石磨和辘轳老井，无不映照出山村农家生活的一抹痕迹。那优美、宜人的环境在都市里难以寻觅。

旅行是欢愉的，悠闲地住在小木屋更是难得。置身其中，时光仿佛瞬间倒流，世俗烦恼亦随之淡去，留有的，只是内心久违的澄澈与平和。

故乡行

风和日丽,草长莺飞。在这个美丽的春日,我行走在母亲故乡乡村的大道上,路两旁种满了花草树木,一种幸福感油然而生。丹阳古称曲阿,后取"丹凤朝阳"之意而得名。丹阳是江南古城,沪宁铁路和南航大运河贯穿境内,几千年来,我们的祖先在这块富饶美丽的土地上耕耘劳作,创造了灿烂辉煌的文化。

母亲排行老大,早早离开了故乡,尽管故乡贫穷、落后,但一直是母亲的牵挂。故乡不单是母亲生养于斯,故乡还有母亲的青春梦想,故乡更是母亲的精神家园。

记得,20世纪70年代末,曾踏上母亲的故土。在我的眼中,村子里几乎都是低矮的平房和破旧的草房,泥泞的道路,没有公厕,也没有报亭,更没有娱乐设施……村民们日出而作,日落而息,一年到头仅维持温饱而已,哪有闲钱到县城潇洒走一回呢!

改革开放的春风吹遍了祖国的大地,家乡的父老乡亲以"摸着石头过河"的勇气、"杀出一条血路"的决心,敢闯敢试、大胆探索、锐意进取。在新的时代,谱写了光辉的篇章。

改革开放四十余年,我在不同时期回到母亲的故乡(其中有两次陪母亲)。记得有一次陪母亲回故里,她激动得像孩子一样,看见亲人和老乡,有聊不完的话,叙不完的情。随着时间的推移,乡村发生了喜人的变化,很难再找到过去的影子。每次回到母亲故乡,都会怀着近乎神圣的心情,当双脚沾满泥土,身子靠在光影斑驳的老屋门上,更愿听母亲讲述生活深处那些沉甸甸的故事。

寻访母亲的家园,既是一份责任,又是一种精神寄托。去年,接到表弟打来的电话,他说:"端午节快到了,来乡下玩玩吧。"我立马答应,一定来，一定来。记得那天早上，小车行驶在沪宁高速公路上，大约三个多小时就到达了陵口镇。舅妈热情地接待了我们，大家谈笑风生，聊得最多的是改革开放农村发生的巨大变化以及乡亲们的获得感、幸福感。第二天，晴朗湛蓝的天空万里无云，我跟随表弟在村中转悠了好一会儿，映入眼帘的是村子的别墅、高楼拔地而起。村与村形成了纵横交错、连接每户的交通网。表弟还饶有兴趣地指着路边一栋青瓦灰墙的小屋对我说："这是新建的公厕。"设在村口的便民服务站给村民带来了便利，各类高品质的文化资源进驻村里文化中心，那里渐渐成了村民爱去、常去的地方。一项项举措的落地，带来的是乡村面貌的变化，更是百姓的获得感、幸福感。人在村庄走，犹如画中行。我惊叹：村庄的公共区域简直能与城市的小花园媲美，变化得真令人意想不到。

行文于此，笔者对母亲的家乡作一个简短的介绍：考古学家认为，新石器时代，丹阳境内就有人类活动。在丹阳古老的大地上，名胜古迹城乡到处可见（延陵季子庙、嘉山龙庆寺、皇堂白龙寺、南朝帝王陵墓石刻、高桥腰通山天王寺、夏墅大同寺等）。至今已成为著名的旅游胜地。在历史的长河中，还孕育了著名教育家马相伯，语言学泰斗吕叔湘，以及为革命事业作出过贡献的共产党人夏霖、管文蔚和匡亚明等一大批名人志士。抗日战争时期，陈毅、粟裕领导新四军在丹阳及邻县建立了茅山抗日根据地。1949年4—5月，丹阳为中国人民解放军总前委、华东军区和中共华东局临时驻地，邓小平、刘伯承、陈毅、粟裕等老一辈无产阶级革命家在丹阳运筹帷幄，指挥了解放大上海的战役。我怀着崇敬的心情，参观了丹阳市总前委旧址纪念馆。在馆内驻足观望，思绪万千。通过回望英烈故事、缅怀英雄品质、感受民族精神，决心为实现伟大的中国梦贡献自己的力量。

夕阳已向西边落去，一片褐色的红晕正染透了丹阳的上空。车行驶在乡间的路上，望着窗外的景色，心潮久久不能平静，愿母亲的家乡越变越好，越变越美。

韩湘水博园印象

在一个秋日的清晨,学校组织退休教师"韩湘水博园"一日游。我早早出了门,行走在路上。一阵凉爽的秋风迎面吹来,无数秋叶随风飘荡,红的、黄的、绿的……每片树叶都在争先恐后地展示着自己的色彩。我边走边欣赏,心情格外愉悦,不知不觉就到达了集合点。

韩湘水博园位于闵行区马桥镇彭渡村,于2008年初正式对外开放,成为上海第一个以保护水源、传承黄浦江历史文化为宗旨,以古树、古桥、古建筑为主要构件,以文化展示、科普教育、生态示范、休闲旅游为主要功能,以自然、古朴、野趣为基本格调的新的乡村旅游景点。

这里是水的世界、桥的天堂,水桥相伴,吟唱着水博园的乐曲。它是上海难得一见的集水、桥、亭、台、楼、阁、花、草、树、木于一体的古典园林。下了车,远远望去,水博园门口矗立着一棵挺拔的樟树,枝繁叶茂,似乎在注视迎接着走近它身边的人们。

我们随着导游进入了园区,环顾四周,只见成片成林的古树,或参天高耸,或残枝新发。银杏、香樟、紫薇、木瓜、金桂、银桂、瓜子黄杨,各领风骚,相得益彰,构成了一幅苍劲、幽深而又充满活力的古生态画卷。

我国最负盛名的四大园林(拙政园、颐和园、避暑山庄、留园)皆以石出彩,可以说无石不成园。水博园的奇石千姿百态、风情万种,都颇有来历。在园内,与古树相伴的是形象生动、形态各异,取自不同地域的巨石:有的如群峰巍然,有的似仙女晨读,有的像如来打坐,有的如大鹏展翅,有的更像远航的风帆,给人以鬼斧神工之叹。我伫立在"浦江魂"石碑前观赏,据介绍,石碑重约八十吨,是广西产的"水冲石"。石碑表面有清晰的水冲痕迹,此石经过约半个月的长途跋涉,于2003年春在这里安家落户。据考证,黄浦江的历史形成要追溯到春秋战国时代春申君开挖黄浦一事。之后，历代的劳动人民为黄浦江的最终形成作出了巨大的努力。立此碑，志在传承先人不断开创、不懈努力的精神。

我国历史上最早记载的桥梁为钜桥，建于商代。水博园集中展示了三十多座明清时期所建的古石桥，俨然是一个古石桥的博物馆。它们从各地来到这里，带着各自不同的风格欢聚一堂，各显身姿。"醒狮桥"是单孔拱桥，始建于明末。原桥名为"太平桥"，在抗日战争中被毁。抗战期间当地百姓同仇敌忾，纷纷加入抗日游击队与日本侵略者进行了英勇的斗争，直到把日本侵略者赶出中国。抗战胜利后，当地百姓重建了"太平桥"，并把桥名更改为"醒狮桥"，意在表达中国人民已经觉醒，只要有人胆敢来侵犯，中国人民就会像一头勇猛的狮子扑向敌人，消灭敌人。"凤凰桥"，明清时期的古石桥。原建于江苏，因开发区建设被拆。后移建至水博园。相传在建"凤凰桥"时，桥面上的石板怎么也合不密。正当石匠们一筹莫展时，一天傍晚，一只美丽的凤凰从远处飞落到桥面上。它转着圈，扇动着翅膀，然后就飞翔而去了。第二天，石匠们发现桥面上的缝隙不见了。整个桥面合缘密缝非常漂亮。于是"凤凰桥"便由此传开了。每一座桥都有一段难忘的历史、一个动人的故事，让人们在游园中仿佛与历史相伴，与古人同行。园内朱红的雕花木格门窗、青砖铺设的地面，处处彰显着传统建筑的精彩。

我与孙金铭、岳华明、金永林、王成龙等老师饶有兴趣地穿行在水桥之间，仔细观看桥面上精美的龙凤石刻浮雕，它那被磨得发光的痕迹叙述着它曾经的岁月和久远的历史。我们沿着石阶缓步登上了韩湘桥，它位于园内的中心位置，也是园内最大的五孔桥，据说八仙中的韩湘子在这里有一片宅院，这一传说为人们的遐想增添了神秘的色彩。

桥旁还分布着造型各异的建筑。贵州苑是由贵州苗家吊脚楼、盆景园和亲水平台组成的。吊脚楼是苗族特有的建筑风格，此座吊脚楼是从贵州山区一大户人家移建至韩湘水博园的。全木结构，显得古朴典雅。此时似乎看到了苗族姑娘在古乐声中向我缓缓而来，被风吹起的裙带在空中飞舞。走着走着，抬眼望见远处的船上矗立着一块巨大的风帆，镌刻着"一帆风顺"四个大字，它无声地传诵着最美好的祝福。

韩湘水博园以发掘、传承中华民族悠久的历史文化为目的，集聚蕴含文化内涵和烙有历史印记的具体物件，打造了一个具有古风古韵的生态园林，一个有生命活力的自然博物馆。

身处水博园，或在湖畔茶楼依窗而坐，品一茗香茶，赏一湖秋色；或在林中漫步，凉亭小憩，这是何等的惬意和享受。旅游不仅增长了见识，充实了自我，还给我带来了新的体验。

吴淞炮台湾湿地森林公园游记

春暖花开，万物复苏。我与学校退休教师去吴淞炮台湾湿地森林公园游玩，饱览初春美景，领受兄弟般的深情厚谊，真是人生一大快事也。

这里曾经是硝烟弥漫的古战场，如今成了芳草萋萋、鲜花盛开、休闲游览的好去处。吴淞炮台湾湿地森林公园位于宝山区东部，背山面水，东临长江、黄浦江，西倚炮台山，南迄塘后支路，北至宝杨路，沿江的岸线长达1974.13米，其西南角是著名的吴淞口，清朝时借此地形建造水师炮台，所以得名为炮台湾。

公园的设计突出了生态恢复及文化重建理念，不仅让原有的滩涂湿地在设计中得到有效的保护，并在沿江岸线一侧利用大小生态岛的组合及潮起潮落的水位变化，营造11公顷的迷人湿地景观。江边大大小小的鹅卵石错落有致，形成阻止潮水冲刷的天然防护。

在景色宜人的公园里，花草的芳香，充溢着园内的每个角落。我们边走边聊，心情十分愉悦。沿着蜿蜒曲折的沿江木栈道，远眺船来船往，近看水草依依，感受江风拂面的轻柔，聆听潮起潮落的低吟，真让人如痴如醉。

我们缓缓来到了炮台纪念广场。炮台纪念广场由"威严之阵""英武之塑""下沉展窗"三部分组成，形成广场高台、广场中轴、广场斜坡和下沉展点相结合的梯状展示构架。炮台湾历来是重要的海防要塞。作为昔日的军事要塞，这里曾经硝烟弥漫，是鸦片战争、抗日战争（一·二八、八一三）解放上海吴淞战役的著名战场。这难忘的风云古地，见证了中华民族的苦难和新生。在历史的长河里，无数英烈前仆后继，为争取民族独立、实现国家富强，促进世界和平而英勇献身，他们以鲜血浇灌理想，用生命捍卫信仰，构筑起一座座不朽的精神丰碑。炮台湾不仅以地势的险要著称于世，而且也以风景的优美壮阔而闻名遐迩。唐朝著名诗人杜牧在《泊淞江》中如是描写："清露白云明月天，与君齐棹木兰船。南湖风雨一相失，夜泊横塘心渺然。""五四"以来许多著名的文学作家，都在文学作品中描写过炮台湾的美丽景色。如朱自清早年在中国公学教书时，常与叶圣陶、刘延陵等人到炮台湾游玩，他在1920年10月3日给俞平伯的信中，特意描绘了炮台湾的风光："炮台湾是乡间地方，弥望平畴，一碧无际，间有一二小河，流经田野中，水清波细，咕咕底声音，走近了才可听得……黄浦江在外面日夜流着。江岸由水门汀砌成，颇美丽可走。岸尽处便是黄浦与长江合流之所。烟水苍茫，天风浩荡；远远只见一条地平线弯弯地横陈着，其余便是帆影笛声，时一闻见而已。"正是炮台湾的美景，激起了朱自清、叶圣陶等人的诗情，使他们萌生了创办了《诗》月刊的念头。于是，中国新文学史上第一份诗刊就在这里孕育诞生。多年前，我曾带领学生来到吴淞炮台湾湿地森林公园踏青，曾在《清明情思》一首诗中写到：历史的茫茫尘烟/掩盖不住惨烈的沙场/无数先驱的壮举/已将希望的种子播撒/让我们回眸历史/轻轻地走进纪念广场/让我们铭记历史/深深地缅怀先烈、再续辉煌。

走进矿坑花园仿佛走进了九寨沟。沿石梯下去，有个大水池，周边盛开着五颜六色的花朵，透出几分幽雅迷人的味道，我忙不迭留下个身影，也算不虚一游。矿坑花园浓缩了公园的前世今生。景点由青石山体、"钢之花"景墙、石屋花园、半亭、鱼骨种植带、瀑布溪流等小景组成。矿渣铺成的小路、潺潺流淌的湛蓝溪水还原了公园的过往；丰富的花草树木、翩翩起舞的彩蝶讲述着公园的今天。从矿坑里向外看，一片蓝天白云，很有世外的感觉。

这座充满原生态气息的公园，积淀着深厚的历史底蕴和丰富的人文景观，形成上海水上门户一条亮丽的风景线，值得一游。

游广富林文化遗址公园

广富林文化遗址公园位于松江区方松街道广富林路以北、银河路以南、沈泾塘以东、油敦港以西、广富林村及北部一带，是一处新石器时代至东周时期的遗址。广富林是上古时期东吴东部文化、政治、经济和交通中心。时光荏苒，古老的广富林，历经沧桑，从四千多年前的一个原始村落，逐步走向一座富甲天下的繁华古城，这里是我们追寻历史之根、探究文化之谜、品味自然生态之美、享受休闲旅游之乐的去处。

这块神秘的文化遗址，终于在无数考古专家和设计师及建设者的汗水中，向世人缓缓地开启了它的厚重的大门。让我们怀着对先人的敬仰，轻轻地踏入这片文明摇篮的圣土，去探寻，去呼吸。我们这次游玩广富林文化遗址公园，在金秋十月。旅游大巴从学校出发，向西一个多小时，便见一座仿古城墙矗立在眼前，气势恢宏，霸气十足。这便是闻名海内外的广富林文化遗址公园。我不禁暗暗惊叹：多么美丽的公园，多么高大的城墙。

我的赞叹，从导游那里得到诠释。接着，他便给我们讲起广富林的概况和历史变迁……

听着导游的介绍，我的思绪像插上联想的翅膀，穿越时空的隧道，飞向四千多年前，去感受先人们劳作的艰辛。我深深感到，这里的每一件农具，都刻有中华文明的印记；每一个陶器，都留有古代工匠的痕迹……

园内的壁雕上刻着《广富林文化遗址》镏金文字："1959年在此发现史前文化文物，1961年起组织发掘探明遗址面积约15万平方米，先后发掘探明一批陶瓷、陶器、古墓葬、灰坑、水井等遗物数千件。遗址包含新石器时代崧泽文化良渚文化，历春秋战国至明清，五千多年来绵延不绝。广富林考古发掘确认了距今四千年左右新的史前文化类型。2006年被考古界命名为广富林文化主体，是龙山文化时期，鲁南豫东皖北移民带来自黄河流域文化与本地土著文化的交融。上承良渚文化下继马桥文化，填补了长江三角洲史前文化谱系的空白。"

我们行走在风景如画的公园里，那水、那桥、那林、那寺、那塔，编织着一幅生态人文画卷。文化遗址内的陆上和水上建筑群相映成辉，各具特色。我们边走边聊，还饶有兴趣地在古色古香的木桥边留影。清风吹来，岸柳翠绿，河面碧波荡漾，波纹圈圈点点。浮现在水面上斜斜的屋顶，更是增添了幽静的、富于想象力的空间。听导游介绍，仿唐建筑的知也禅寺是为纪念流传松江民间的知也禅师施医救人之善举而复建。禅寺的重建旨在弘扬祖师的慈悲大德，以供后人永恒追思、效法古德、励志后学。寺内设有山门殿、钟楼、鼓楼、祖师殿、五方文殊殿、大雄宝殿、观音殿、地藏殿、五观堂、般若丈室、内观阁等殿堂设施。禅寺布局合理，古朴幽雅，修筑精巧，是松江极具特色的又一佛教圣地和修学佛法的重要道场。离开知也禅寺，没走多远，一潭烟波浩渺的池水，加上如同"漂浮"于水中、具有现代中式建筑风格的"金字塔"，展现在眼前。它体现了传统山水画的水墨意趣，展现了人类文明和水的交融关系。这些临水而建、浮在水面的尖顶建筑就是遗址博物馆，是展示区内最大的亮点。据说，广富林遗址是当地村民在1958年开河时最早发现的。之后共进行过四次考古发掘。尤其是2008年3月至7月第四次考古发掘，首次在上海地区发现了春秋早期的鼎制青铜礼器残件，表明松江广富林地区礼制规格之高，非同寻常。同时，又发现了八座广富林文化墓葬，在广富林遗址最北端还发现了广富林文化时期的生产、生活环境，即遗址东北部的大片湖泊等，湖泊的沿岸又发现了大约1000平方米的大量木桩。从出土的许多陶器碎片推断，该遗址存在着良渚文化与广富林文化在同一地点的胶着状况。广富林文化时期的住宅为干栏式建筑和地面式建筑两种类型。广富林文化遗址还发现了稻壳和稻米，而发现的鹿角和猪骨可能表明，当时的先民已把猪和鹿作为肉食来源。考古证明，约在六千年前的新石器时代，先民们就在广富林一带繁衍生息，渔猎耕作。约四千年前，一支来自中原地区的先民，从黄河流域一路向长江流域迁徙，他们一部分来到了广富林一带，是这片土地上目前有据可考的最早的移民。肥沃的土地，养育了祖祖辈辈的人，也层层叠叠地埋藏了他们留在岁月中的印记。今天，尘封已久的遗迹随着考古挖掘而重见天日，打开了通向几千年的时光之门。

离开广富林文化遗址公园时，太阳已偏西。我不禁思潮翻涌，在这片大地上，自古以来，创造了多种文明，但始终离不开先民们的勤劳和智慧。让我们追溯历史的过往，了解上海这片土地的沧海桑田、文明印记，探寻广富林这片土地与今日上海之间千丝万缕的历史渊源。啊！广富林，是一座从远古慢慢过渡到近现代的回顾与展望的公园，是一座演绎上海悠远的历史和文明的美丽公园。广富林，读不尽你的美丽，我还会来。

再见了，幼儿园

这个夏天，是外孙浩浩告别幼儿园，开始小学生活前的最后一个暑假。

外孙给人的印象阳光帅气，聪明伶俐，浑身都透着灵气，有丰富的想象力，但有时不高兴时，也会耍耍小脾气，通过教育也知道不是。有广泛的爱好，下棋、打球、弹琴、画画等，且不能长久，玩性较重。看来，培养孩子任重而道远。

毕业前夕，幼儿园邀请家长参加"健康童年，快乐无限"的"六一"文艺节目会演。在演出中，外孙与小朋友表演了《海草舞》，每个动作都那么可爱，博得了大家的阵阵喝彩。那天，我还忙不迭地摄影和录像。事后，我还把录像播放给家人看，外孙看到自己的表演，满是喜欢，外婆还直夸外孙表演得真棒。看完录像后，外孙还给我们讲在幼儿园排演中有趣的故事。有一次，我去接外孙，他兴奋地告诉我，在毕业典礼时，还代表大三班，上台接过园长颁发的毕业证书，说话时那喜悦的表情写在脸上。我想，这是一场人生的开始：因为"毕业的主角"还那么小，小到第一次和一个集体说"再见"，却不懂"再见"的意义；第一次，哭着闹着来到一个地方，却笑着离开这里。这更是"毕业的主角"人生中唯一一个"伤感不那么多"的"再见"。因为，他还不懂，和一个集体说再见，意味着有些人，可能以后再也见不到；有些事，可能很快就忘掉。

有一次我和外孙说，只要你将来能依稀记起这个宽敞而明亮的幼儿园，玩过的滑梯、跳过的小沙坑、种过的小树苗、唱过的沪语儿歌、拍过的毕业照；还有，教过你的老师、勤快的阿姨；再有，为了一张贴纸闹得不开心又很快和好的小朋友一起做游戏……你就没有白过这人生最美妙的三年。三年里，几乎每天我都会去幼儿园接你回家。哪怕那天下着雨，只要站在幼儿园热闹的门口，一切疲惫都会烟消云散。

　　我衷心地感谢敬爱的老师们，在你们精心地哺育下，孩子们健康而快乐地成长。在楼道里外孙遇见老人，总是甜甜地叫道："爷爷好"或"奶奶好"，平日还养成了不乱扔垃圾的好习惯，学会了与人合作与分享，平时交谈中还不时冒出智慧的火花；再有折纸、捏面具、玩乐高、做刀枪和中国空间站过程中的想象力……可敬可爱的教师们，你们用心血和汗水浇灌祖国的花朵，使这个世界变得更加美丽！

　　暑假过后，你将踏入小学生活。开学前，妈妈陪你到超市让你挑选自己喜爱的印有机器猫图案的书包。你将迎来新的老师，新的同学，从此将要开始小学生的生活。但你记住，外公的理念是：你的健康、快乐和安全永远是第一位的，其他（包括成绩）都应排列在这其后。至于将来怎么样？我的愿望是：期望你做一份自己喜欢做的工作。老师也好，建筑师也好，设计师也好，只要你内心真喜欢都可以，哪怕做个不是什么"师"的普通平凡的工作，只要开心。愿你从小立下志向，一步一个脚印。琼·菲特说："信心和理想乃是我们追求和进步的最强大推动力。"

　　孩子的路好长好长，成长需要一个过程，一个循序渐进的过程。我以为，在培养中，学会做孩子的知心朋友，尽自己最大的能力，让孩子快乐成长。不管世界潮流如何变化，人的优秀品质却是永恒的。康德说："世界上有两样东西能够深深地震撼人们的心灵，一是我们头顶上灿烂的星空，二是我们心中崇高的道德准则。"让你带着童年时期便培养起来的自信、乐观和豁达，面对未来的人生，书写自己的故事。

生活中的幽默

英国小说家麦利迪斯说："幽默乃一国文明发达的标志。"幽默具有玩笑的、超越的、温厚的特点。幽默是作料，调配得我们的人生更有味道；幽默是解毒剂，可以拂去我们心中的忧雨愁云和种种消极情绪；幽默是润滑剂，润滑得彼此间别扭顿消、其乐融融；幽默是磁铁，赋予幽默者迷人的魅力，吸引得朋友甚至陌路相逢者，不计尊卑，心向往之。幽默既有趣可笑而又意味深长，它可显露出人的智慧与才华，表现人独特的性格。生活中许多幽默的故事令人难忘。

林语堂说："最上乘的幽默，自然是表示心灵的光辉与智慧的丰富……各种风调之中，幽默最富于感情。"幽默的人生观乃源于一种对人事世事的大彻大悟和大智大勇。它以博大的智慧，以宽广的心境，以超拔的勇气，以深邃的笑意，面对着人生的矛盾与缺憾、痛苦与哀伤。普天之下，无论男女老少，不分地位身份，只要你认识到幽默人生观的价值、功用、魅力，只要你愿意体验、愿意享用，你就可以获取它、掌握它、运用它。

列宁曾经把幽默比作人的一种"优美而健康的品质"。每当读到《共产党宣言》中对"封建的社会主义"的那段诙谐的嘲讽，总是忍俊不禁。而恩格斯的《凡克利盖的通讯》一文中，那辛辣的遣词造句和机智的谋篇布局，显然也出自一种绝妙的幽默构思。生活中，有的人不仅喜欢幽别人一默，也善于用幽默自嘲。丘吉尔首相有一次在公开场合演讲，由台下递上来一张纸条，上面只写了两个字"笨蛋"。丘吉尔知道台下有反对他的人等着看他出丑，便神色轻松地对大家说："刚才我收到一封信，可惜写信人只记得署名，忘了写内容。"丘吉尔不但没有被不快的情绪控制，反而用幽默将了对方一军，实在是高招。

平凡的生活中，也不乏有一些幽默的故事。记得，初为人师时，我健步登上讲台，面对学生朗声笑道："我姓颜，颜料的颜，你们可以从我身上提取各种各样的颜料……"这绝妙的自我介绍，一下子拉近了我与学生的距离，活跃了课堂的气氛。教育家斯维特罗夫说："教育最主要的也是第一位的助手，就是幽默。"幽默的教学语言，绝不只是为了博得学生一笑，它在给学生以愉快欢悦的同时，促使学生深入思索，悟出"笑外之音"，从而起到积极的教育作用。在宁夏支教时，马新民老师和我讲了一位历史老师写给女朋友的一份情书，情书中有一节写道："香香，现实是今天，历史是昨天，我们相爱，昨天和今天便天然地联结在一起了"，写得多么风趣幽默。记得，有一年盛夏，由于父亲每天在外奔波，皮肤晒得黝黑黝黑的。有一次我和明祥、明喜、志富等邻友在家胡侃神聊，爸爸回家后，端了一盆水洗了起来。他把袖子往上一撸，手臂上就露出了一道黑白分明的分界线，大家笑着对我爸爸说，黑白真分明呀，结果爸爸问我们，"瞧，黑的像什么，白的像什么？"我们东猜猜，西猜猜，始终没有猜到点上。爸爸笑呵呵地说："黑的象征无产阶级，白的象征资产阶级。"大家顿时被父亲风趣幽默的话语逗乐了。还记得，仲春的某一天，外孙发现我电瓶车的座位上贴了一张伤湿止痛膏，他好奇地问："外公，坐垫也会受伤吗？"那份童稚之趣令我拍案叫绝而自叹弗如。

"笑一笑，十年少。"幽默不仅可自娱娱人，且有益身心健康。当幽默的子弹向你飞来，你有让它"再飞一会儿"的境界吗？

用照片诉说温暖的故事

书桌上、相册内、书本中，一张张老照片静静地被珍藏着，连同照片后的故事一起被藏在记忆深处。时光匆匆，弹指间，已过耳顺之年，翻开一本本尘封已久的相册，任思绪流动其间。那一张张照片诉说着一个个难忘而美好的故事。而照片后的字迹更使我想起那段岁月的点点滴滴。

有一次，我不经意地翻阅相册，上小学一年级的外孙女好奇地凑到我跟前，当看到自己和弟弟在庭院里观察"蚂蚁搬家"的照片时，一脸兴奋的样子。生活是美好的，一张张照片就是一个个有趣的故事，唤起了我对一件件往事的回忆……

自接触摄影以来，生活中记录了不少精彩的瞬间，热火朝天的建筑工地，一派繁忙的丰收景象，城市的变化，舌尖上的美食……但最大的收获是认识了很多有趣的人。喜欢和志同道合的摄影爱好者一起旅游。欣赏祖国的大好河山，去寻找心中的诗和远方。

历史上有张被称为"胜利之吻"的照片，被视为经典在流传。那是1945年8月14日（北京时间8月15日）发生在纽约时报广场的一幕亲吻。时值日本宣布无条件投降，纽约民众纷纷走上街头庆祝胜利。一位水兵在时报广场的欢庆活动中亲吻了身旁的一位女护士，这一瞬间被《生活》杂志的摄影师抓拍下来，成为传世的经典历史画面。后来还根据《胜利之吻》照片制成彩色雕塑在纽约时报广场展出，之后被送至美术馆收藏。这张照片的经典性在于它真实、自然、真切地反映了人类渴望和平的心愿与赢得胜利的欢欣。

2014年4月19日，当从晚间新闻听到最后一位红色娘子军老战士卢业香逝世的消息时，我心寒齿冷。当年那些威震一时的巾帼英雄，如今一个个逝去，留给人们的只有无尽的追思和感慨。回忆起与卢业香、王运梅、陈

第四辑　边看边聊

振梅等红色娘子军老战士在一起合影的情景至今记忆犹新。那天我和王巧玲老师从陈列馆参观出来，看见当年娘子军在陈列馆门前精神矍铄、和蔼可亲的模样。我热情地上前和她们攀谈起来，她们那健谈、热情、谦和的品质给我留下了深刻的印象。在我诚恳的邀请下，她们愉快地和我合影留念。拍完照，我深表谢意。她们操着海南的普通话说"不谢，不谢"。然后，挥手向她们告别，恋恋不舍地离开了红色娘子军纪念园。

2015年暑期，我带着外孙女、外孙去舟山群岛的"东沙"游玩。我们在海滩上悠闲地散步，一条条细细的海浪缓缓地迈上海滩。阳光下，远岛近礁使画面有了层次感，一丝风也没有，真是一个宁静的海湾。沙滩上，外孙女、外孙尽情地挖沙嬉闹，一会儿工夫他俩亲密合作就垒起了一个沙包，然后又挖了一个大坑，在大坑旁，还挖了两条小河，又在上面造起了两座桥，外孙还试着把玩具汽车往桥上开。我咔嚓咔嚓地闪着照相机的快门，留下了这夏季最美丽的欢乐时光。正如汪曾祺说过，"己心温暖，则世间温暖，己心妩媚，则世间妩媚"。你的心是明媚的，你的世界才会是温暖的。

疫情期间，那天要不是去小区门口自取网购的蔬菜，哪能看见小区门口设有"卡哨"？佩戴红袖章的志愿者们，无畏寒冷，尽心尽责为居民测体温，还对外来者进行一一登记。我立马转身回家取照相机，用镜头记录了这一感人的画面。我想"只有内心有火焰的人，才能启迪和点燃更多的曙光"。一张照片，一段历史，想到为战胜疫情而付出的努力，让我领略到志愿者的风采。

做教师时，我把更多的镜头对准了学生。在我看来，留住这些照片，更值得珍惜和回忆。记得有一年教师节，学生余浏音送给了我一张自制的贺卡，贺卡内夹了一张我上课时专心讲解的照片（原来有一次上语文拓展课，她用手机拍下的），甚是喜欢。

我珍藏了许许多多不同时期的照片，有的照片背后写"培林留存"，有的写"思念你的人××"，有的写"您的学生××"，有的写"勿忘骨肉亲，永葆手足情"字样。情透纸背，爱透纸背。每当看到这熟悉字体，它穿越时空，带着友情、亲情、爱情依旧给了我温暖和无尽的怀念。我常

243

常给外孙女、外孙讲照片里的故事，让他们从小懂得生活中蕴含着的哲理。

　　退休了，我更要以积极健康的心态参加社会交往活动，培养自己的兴趣爱好。"莫道夕阳好，金色尚满天"。我愿拿起手中的相机，留下生活中更多更美好的美丽瞬间。

学会倾听

倾听是一种姿态，倾听是一份理解，倾听是一种修养，倾听是一首和谐之歌。倾听既是一种对别人的尊重，也是一种灵魂上的升华。

上帝之所以给人们两只耳朵，一张嘴，其实就是要我们多听少说。我行走在原始森林中，尽情地欣赏大自然的美景，不时还传来清脆的鸟鸣声，令人心旷神怡。冬去春来，原本已经枯黄的草地，在暖暖的阳光照耀下，泛着幽幽的绿光，清风吹过，那"沙沙沙"的声响，使人陶醉。学会倾听生活潜在的意义，可以在花开花落之声中得到快乐。学会倾听别人表达的思想，可以在与别人的接触中得到尊重。

校长要学会倾听教师的心声。在倾听中思考，在思考中改进。要倾听老师的声音，真诚而细致地帮助教师解决问题，实现愿望。倾听，要放得下架子，保持尊重的姿势，要让说者敢说真心话。倾听，要抽得开身子，养成倾听的习惯，要给说者充分的机会。倾听，是校长充满自信的表现，没有真诚和爱心的校长是不敢倾听的。倾听，考验校长的智慧，底气不足、缺乏机智的校长大都不愿意与老师正面交流。

教师要学会倾听学生的心声。倾听的价值不仅是教师的道德责任，更重要的是在生命与生命之间达成平等、尊重和交流，它是生命与生命的呼应和交融。因此我们要学习做一个主动的倾听者，做一个善于倾听的老师。亚里士多德告诉我们："谁在倾听，也就随之而听到了更多的东西，即那些不可见的以及一切人们可以思考的东西。"一旦教师转向学生开始倾听，就意味着一种迎接和承纳。不是把学生作为学生来接纳，而是把学生作为一个鲜活的生命来接纳。这种接纳也表明了一种真诚的平等和尊重，这是生命与生命之间的平等，是一个生命对另一个生命的尊重。

父母要学会倾听孩子的心声。从心理学的角度来说，每个人都有向人倾诉的愿望，尤其是孩子们。在孩子成长的过程中，倾听孩子的心声不仅是了解孩子心灵的途径，也是培养孩子学会倾听的有效方法。不论孩子提出的问题是大是小，父母都要认真倾听。如果父母想要知道孩子想要什么，关注什么，在学校里发生了什么，那么父母必须耐心听听孩子的想法。也许孩子并不需要父母做什么，只希望父母当一个倾听者。当孩子想要跟我们解释的时候，请不要打断他们，用一颗平静的心去倾听孩子诉说，孩子会觉得父母给了足够的安全和信任。当父母想要给孩子提意见时，请融入对孩子的宽容、耐心和鼓励。记得小时候，家中唯一的一只闹钟被我拆开了，爸爸下班回家，发现我正摆弄着闹钟。虽然不悦，但俯下了身子对我说："你为什么要拆闹钟？"我说："只是想看看里面有什么。"听完我的叙述，爸爸说："那么我们一起把闹钟装好吧。"我高兴得又蹦又跳。在装闹钟的过程中，爸爸教我认识了时、分、秒针以及闹钟的构造。教育是陪伴，教育是鼓励，只有平等地交流，才能学会倾听。

在生活中要学会倾听别人的心声。在人与人的交往中，倾诉是表达自己，倾听是了解别人，达到心灵共鸣。在人与人的沟通中，除了倾诉，我们还应该学会倾听。当一个人高兴的时候，我们要学会倾听。倾听快乐的理由，分享快乐的心情。当一个人悲伤的时候，我们要学会倾听。倾听痛苦的缘由，失意的原因，理解倾诉者内心的苦处，表示出怜悯同情之心，淡化悲伤，化解痛苦。

每个人都会在倾听和倾诉的过程中完善自己，融入他人。每个人也都会在倾听和倾诉的过程中，找到最适合自己的定位和最适合自己的生存方式。无论在自然界，还是生活中，用心倾听，就能倾听出一份属于自己的宁静，我想这就是倾听的最高境界，这也是我对倾听的一种美丽的诠释。

第四辑　边看边聊

师生情长

　　在我的相册里，珍藏着许多与学生合影的照片。每当看到这些珍贵的照片，眼前就浮现出学生们青春活泼的形象，给我带来美好的回忆。

　　每逢教师节，一拨又一拨曾经的学生重返校园，手持鲜花或贺卡走进办公室看望老师。在属于每一个教师的日子里，我们是幸福的。我们期盼着自己的学生事业有成，幸福满满。我们满足于自己的学生还记得我们。只要孩子来看我们，这样快乐的日子也便是属于教师的节日。

　　退休后，教师节也总会收到学生的祝福。去年教师节特别难忘，毕业25年后，向锋等学生发出邀请，设宴款待我们。这份真诚的邀请，让我感动了好久好久。

　　走出家门，夕阳的余晖洒向了屋顶上、树梢上……给人们带来了安详和快乐。我打车前往聚会酒家，刚下车，向锋等学生就热情地迎了上来，嘘寒问暖后，来到了二楼的包厢。包厢华丽典雅，餐桌上摆满了各种水果点心。此时，看见刘庆祥、殷廷尧老师和学生们聊得正欢。不多时，姚东、范芝琼等学生也陆续赶来了。大家握手言欢，好不热闹。在饭桌旁，学生的发言让我感慨万千。向锋激动地回忆道："曾记得，操场上，练习长跑、跳绳。教室里，大声朗读课文；曾记得，佘山春游，耳边仿佛还回响着我们的欢声笑语。是老师辛勤的耕耘，给了我们人生的方向和无穷的能量。在此，我提议，向我们敬爱的老师表示深深的谢意！"推杯换盏后，姚东深情地说："人到中年，我越来越体会到，老师在我的心中具有重要的意义。在校时，难免也有让老师失望的时候。毕业后，我一直没有放弃努力，砥砺前行。"随后我即兴发言，"岁月给每个人脸上写满了成熟的沧桑。在我的眼中，你们依然是那么年轻，那么活泼，充满着向上的力量。"饭桌前，向锋还兴致勃勃地背诵了《陋室铭》《木兰辞》等古诗文，博得大家的阵阵掌声。坐在我身边的徐建华同学对我说："遗憾的是有些同学因特殊情况，未能参加，希望我们的祝福能跨越时空的阻隔传到他们身边。"我频频点头。

大家欢快地交流，有说不完的话，聊不尽的嗑。最有趣的，范芝琼同学还提起了他们那时少不更事，常常让老师操心，有的同学表现得相当顽皮，还挨过老师的责骂甚至吃过"毛栗子"。不过，他们并不责怪老师，老师也是恨铁不成钢呀。她的这番话，使我顿觉羞愧。我说，其实，那时我也是个不谙世事的年轻人，用现代教育学、心理学的理念来看，反思当年处理某些问题的方式，肯定有不当之处。请予以理解、包容。正如语文特级教师于漪所说："一辈子做老师，一辈子学做老师。"说着说着，我从包里取出了珍藏25年与学生的合影，大家争相传阅，露出了灿烂的笑容。然后把自己创作的散文集《流淌的歌》赠送给学子们，学子们接过书，喜出望外。

我只是一个很平凡的老师，我想，所谓教学，简单说来就是一边教，一边学。所谓教，就是知行合一，教导他们如何找到独立的自我，建立自信并感受到学习的快乐，学习做事的方法，发展良好的品行，引导他们认识并追求光明俊伟的人格；所谓学，就是既要学所教学科的知识和方法，学习如何认识社会与人生，同时也要向学生学习，学习他们的纯真、聪慧与创造力，学习如何爱他们，如何在爱中做些建设性的事情。

时间过得飞快，聚会临近尾声，我们依依不舍地相互道别。虽然赋闲在家，但师生间的温暖情谊，将永远留在脑海里。

相逢是首歌

当我再一次踏进宜川大饭堂的时候，当我再一次与邻友们相逢的时候，那份喜悦，那份激动，仍久久地在我心中萦绕。

这次聚会（2016年6月11日）不仅要感谢召集人彭朝新的精心策划，更要感谢前来参加的邻友们。为了给本次聚会助兴，为了表达对邻友们的思念之情，我创作了一首《相逢是首歌》。在这里不妨把全诗摘录如下：你来了/迈着矫健的步伐/笑呵呵地向我们走来/你来了/带着思念的情愫/乐滋滋地向我们走来/你那悦耳的声音/你那灿烂的笑脸/仿佛告诉我/还是那么年轻，那么浪漫/这些天，这些年/我从未把你忘却/无论你身在北方，还是南方/你依然是我最想见的姐妹兄长/今天我们再相逢/没有高低贵贱/也没有尔虞我诈/更没有世态炎凉/亲爱的邻友啊/我们的友谊如山/源于楚才里平民村的这片热土/我们的感情似水/饱蘸着奔腾黄浦江的浪花飞溅/我们有着相同的经历/我们有着共同的记忆/那一幕幕难忘的画面啊/深深地镌刻在我的心底/亲爱的邻友啊/还记得铁路旁的交通路吗？/还记得曾经居住的简陋小屋吗？/我们这些人，昨天还是垂髫髻年/流年似水，如今青丝染白霜/我们老了吗？不！/六十是人生全新的开始/六十也是四季最美的节气/我欣赏东方升起的旭日/也赞美夕阳的余晖与绚丽/亲爱的邻友啊/让重逢的喜悦消去我们身心的疲惫/让甘醇的美酒冲淡我们岁月的沧桑/让动听的歌声唤起我们美好的回忆/让欢快的舞步舞出我们未来的梦想/亲爱的邻友啊/相逢是首歌/歌中有我和你/心儿是我们永远的琴弦/我们的记忆/沿着楚才里平民村开始/又沿着楚才里平民村奔向远方。

亲爱的邻友们，一个已然消失二十余年的棚户区，为何能够在我们的心中留下如此深刻的印记？让左邻右舍二十余年后再次重逢。那是因为在这片土地上，有我们童年的快乐和梦想。时光飞逝，昨日居住的生活区，早已没有了踪影，甚至连一点痕迹都没有留下。在一个晴朗的日子里，我徜徉在曾经生活过的这片土地上，仿佛看到了父辈们忙碌的身影，听到了伙伴们追逐打闹的欢笑声。

时光穿越到20世纪40年代中期的孔家木桥路、太阳山路、交通路的交叉路口。这里是一个不起眼的栖身之地。当时孔家木桥路有一座木质小桥，东西走向，宽不过2米。散居在这里的人们曾在河边洗衣、洗菜等。西面有一排排平房，从交通路一直延伸到孔家木桥路、中兴路路口。这些平房是抗战前日本人的军营（俗称平民村）。当时楚才里还没有一间房屋。听父亲说："在平民村一眼就能望见大洋桥。"之后，我家经营面店，是第一家在楚才里搭起简陋草屋的。再后来，一群群年轻人，怀揣梦想，背井离乡（有的从湖北、江苏等地）来到上海，落脚于这里。形成了我国数量众多的最早的打工群体。他们在城市中大都从事繁重的体力劳动，养家糊口，辛勤地劳作着。

在每一个人的记忆里，弄堂氛围永远是那样和谐，长辈们谨言慎行，彼此以礼相待，虽然大家平日的交往看似风轻云淡，其实彼此都有一颗善良之心。记得我家人口多，生活拮据，寅吃卯粮，邻里长辈们关键时刻都能伸出援手。孩子们之间互帮互助，团结友爱的优良品质更是源于良好的家风。记得读小学时，上午上学，下午就到彭金娣、陈连珍、孟林根同学家做作业。那时杨富生、彭金娣给予我不少帮助呢！还记得，夏日炎炎，正平、明喜、志富、明祥、响生等人到父辈们工作的铁路东站，用竹壳热水瓶或塑料罐灌点盐汽水或酸梅汤让伙伴们一起分享。

20世纪90年代初和2002年初，由于市政动迁，房屋不得不拆，各家各户陆续搬离了。20多年过去了，消失的弄堂从来没有在我们心中抹去。2015年12月20日，彭朝新等人提议，将老邻居联系起来，组织一次大相聚，每一个看见微信和接到电话的人都心潮澎湃、万分激动。

这次聚会，原铁路分局新龙华站副站长、88岁的毛德成兴奋得彻夜难眠，沉浸在对往事的回忆中；在会场还作了热情洋溢的发言。年过九旬的向毛毛母亲坐着轮椅也来到了现场。那情那景深深地感动着在场的每一个人，即使不能到场的邻友，也通过微信或视频表示由衷的祝贺。

第四辑　边看边聊

　　第一次相聚时，有的邻友由于身在外地或公务缠身未能亲临现场，而这次他们也来了。他们激动地喊着对方的乳名，紧紧拥抱在一起，幸福的泪水止不住地流淌。他们诉说着童年生活的一桩桩趣事，也急着倾诉别后的一切，总之有说不完的往事和今事。然而短暂的相聚，满腹的话语哪里说得完？此时人景凝滞了，此刻，时空凝滞了，太多的感慨、太多的回忆、太多的话语凝滞在这一刻，唯等经年后风干这记忆的片段。随后，大家互留通信地址，还提议半年或一年后再相聚。

　　一天很短，短得来不及拥抱清晨，就已经手握黄昏。一年很短，来不及细品初春殷红窦绿，就要打点素裹秋霜。一生很短，短得来不及享用美好年华，就已经身处迟暮。人生啊，总是经过太快，领悟得太晚。亲爱的邻友啊，相逢是首歌、岁月是首歌、友情是首歌。我们从青春年少走向暮年古稀，但我们的友谊将地久天长。我相信，我们的邻里情，随着时间的推移，会沉淀为醇香的美酒，喝一口就会沁人心脾，回味无穷。让我们在回忆过去的时光，学会珍惜今天，把握明天，将我们这份珍贵的友谊，在我们的生命旅途中延续、延续，再延续。

后 记

  3月的风，吹绿了大地的生命之树，当簇簇花蕾在春光中竞相吐艳时，《岁月留痕》也顺利脱稿了。望着厚厚的书稿，我的心中不禁泛起阵阵涟漪。

  时间如梭，生命如歌。不知不觉已奔七，回忆自己走过的路，有平坦，有坎坷，有伤痛，也有欢乐。感悟最深的是一路风景，等待我去体验、去发现、去欣赏。

  巴金说，他从启蒙老师、《忏悔录》的作者卢梭那里学到的是讲真话，讲心里话。又说，他将心比心，以心换心，对朋友们讲真话，讲心里话。巴金在文章中反复地、集中地阐述说真话、抒发真情的问题。其实，他是说出了散文创作的一条规律，必须写个人的真情实感。我国从古至今脍炙人口的优秀散文都是真情实感的记录。司马迁的《史记》所写的是历史上的人物和事件；陶渊明的《归去来辞》是他辞官时真实抒怀的抒写；文天祥的《指南录》后序是他从赴阙、出使到福州这个时期个人患难遭遇的实录；鲁迅的《为了忘却的纪念》、冰心的《寄小读者》、朱自清的《背影》、茅盾的《风景谈》等等，都是在真人真事的基础上写实抒情的散文。总而言之，那些让人念念不忘的散文，最主要的共同点是情真意切。

  一般而言，散文只有写出自己经历过、体验过的事情，才会产生独特的感受和真挚的感情，写出来的作品才能打动读者。丁玲说："散文可以偏重于写风景，但必须有思想。风景是人欣赏的，你写风景、写山水，如果不寄寓自己的情感，那有什么意思呢？画家的山水画画得好，是因为他心中有山水，画的是自己心中的山水。如果心中有山水，没有自己的感情，是不可能画好的。写散文也是这样。"

后 记

退休这几年，我坚持自己的写作方式，有时情思喷涌，灵感闪现，我的笔会毫不犹豫地在纸上飞驰，宛如顺着波翻浪滚的大江一路疾下。有时哪怕是记录几百字，在每次记录的时候，是用心的发现。感觉是倾诉、是思考、是收获、是真情，更是感慨。浅浅的文字，淡淡的情愫，折射出对生活的热爱，对人生的信念。我愿用激情谱写自己的生活，用真情抒写自己的情感之魂。

这些日子，一直在为第二本散文集而忙碌着，本书将要付梓出版，是对自己心灵的一丝安慰，也许人们可以从我这些拙作中读出那么一点感悟和启迪，抑或勾起一点朴素的温暖和相同经历的记忆。当然，由于本人才疏学浅，文学功底不厚，书中纰漏之处，在所难免，恳请各位批评指正，本人将不胜感激！

在这本书付梓出版之际，我由衷地感谢"北大荒"战友《"北大荒"知青眼中的复转官兵丛编》编委、《云涛千帆》编辑谢远京长兄在百忙之中给予赐序。令我甚为荣幸！无疑，他的文字为这本书平添了分量。感谢兵团战友沈宝贵等知青，为我提供了在"北大荒"连队生活的有关内容；给我的写作带来了更多的选择与思考。感谢胡远山、黄闽苏、吴国臣提供了相关照片。感谢爱妻提出宝贵建议，并对有些篇章亲自修改。对以上各位在此致以诚挚的敬意与衷心的谢意！没有你们的热诚帮助和大力支持，《岁月留痕》是不能如期出版的。同时，《岁月留痕》作为一份特别的礼物，献给始终关爱我的家人和朋友，献给我最喜欢的天真活泼、聪明可爱的外孙女琳琳和外孙浩浩。

铁凝在第四届韩中日东亚文学论坛上的演讲中说："我从《万物简史》中知道，目前以最长寿者按小时计算，人的寿命大约65万个小时。如果时光是无法挽留的，那么文学恰是为了创造时光而生。文学创造出的美和壮丽，能够使我们和读者有限的生命更饱满、更生动，从而我们的生命得以双倍延长，超越我们的日历年龄。"我将活到老、学到老、写到老。把自己的人生岁月收藏。岁月的长河是无止境的，人不过是沧海一粟，转瞬即逝。人的一生在漫漫岁月中，总有深深浅浅的痕迹。我那一篇篇散文就是岁月留下的痕迹，无论其精彩与否。

年华随风而逝，珍惜时光，珍爱岁月，我们的生命才能禅趣横生。对于时光的流转，岁月的变迁，我们更应该感谢它们，感谢它们给我们留下了珍贵的印迹。

颜培林

2021年3月12日

于上海卧书斋